10-04-02

Le système Boone

Percy Kemp

Le système Boone

ROMAN

Albin Michel

© Éditions Albin Michel S.A., 2002
22, rue Huyghens, 75014 Paris
www.albin-michel.fr

ISBN 2-226-13297-X

1

C'était, de toutes les heures de la journée, sa préférée. L'heure que, le décalage horaire aidant, il volait systématiquement à Londres. L'heure à laquelle il se consacrait à ce qu'il aimait faire par-dessus tout : à savoir, rien du tout. L'heure où, abandonnant sa position fœtale, il s'allongeait, ses jambes débordant du lit et ses pieds émergeant de sous l'abri de la couverture. C'était l'heure où, ouvrant un œil puis l'autre, il regardait autour de lui avec toujours le même émerveillement et voyait Maria comme pour la première fois. L'heure où, couché sur le dos, le drap lui recouvrant le menton, il épiait les rayons de lumière qui se faufilaient entre les persiennes ; et après toute une vie perdue, lui semblait-il, dans un pays gris et humide dévolu à l'herbe et aux moutons, il s'étonnait qu'on ait pu inventer quelque chose pour garder le soleil à distance. L'heure où, se levant doucement de peur de réveiller Maria, il revêtait son peignoir et allait pieds nus jusqu'à la cuisine pour y préparer son café – turc, et porté trois fois à ébullition ; il le sirotait ensuite sur la terrasse en regardant l'astre solaire prendre définitivement l'ascendant sur la montagne, tout en mordant dans une galette cuite au thym et à l'huile d'olive que le petit Jad, version levantine du laitier anglais, déposait

Le système Boone

chaque matin sur son palier. C'était aussi l'heure où, revenant vers la chambre, il allait parfois ouvrir les volets et parfois, comme ce matin-là, se glissait entre les draps comme dans un pain chaud. S'approchant d'elle, il humait délicatement son cou en prenant soin de ne faire aucun bruit. Très vite son odeur épicée le remettait en appétit, et bientôt il en était à lécher le mélange de rose et de cumin qui perlait sa peau. Son sexe battait alors la chamade en se pressant contre elle, et elle, s'étirant sans pour autant s'éloigner, écartait insensiblement les cuisses. Lentement, sans même la toucher de ses mains, il la pénétrait, les lèvres rivées à sa nuque, et elle ne bougeait toujours pas. Tout comme elle ne bougeait pas quand, posant enfin une main sur sa hanche, il faisait involontairement grincer le sommier. Elle était réveillée, certes, mais feignait d'être assoupie, et il n'en était que plus excité. Il faut dire qu'il n'avait jamais été un partisan farouche de l'échange égal : on aurait eu du mal à le convaincre que la jouissance qu'il tirait des ortolans de septembre qu'on lui servait chez Halim, grillés puis enrobés dans leur sirop de grenade, aurait été encore plus intense si ces pauvres bêtes avaient eu autant de plaisir à être croquées par lui qu'il en avait, lui, à les croquer. Et c'était finalement l'heure à laquelle il s'abîmait en elle, pour sombrer aussitôt après dans un second sommeil, le visage enfoui dans ses longs cheveux noirs et moites.

Ce matin-là cependant, une sonnerie insistante bouscula le rituel et rompit le charme bien avant le dernier acte.

« Allô, dit-il de mauvaise grâce s'éloignant de Maria pour décrocher le téléphone.

– C'est moi ! »

Moi ? Qui ça, moi ? se demanda Boone, les yeux sur sa virilité soudain esseulée.

Le système Boone

« C'est moi, Kamel !
— Il n'est même pas huit heures, à Londres, colonel !
— Peut-être, Boone. Mais ici, à Beyrouth, il est déjà dix heures !
— Mmm..., grommela Boone, qui aimait être à l'heure de Beyrouth le soir, mais à celle de Londres le matin.
— Je vous invite à déjeuner. Pour me faire pardonner de vous avoir tiré du lit. »
Oh non ! se dit Boone. Pas un autre déjeuner avec Kamel !
« Vous me retrouvez au Vieux Paris ? »
Oh non ! se lamenta Boone. De grâce ! Pas le Vieux Paris !
« C'est urgent, disait à présent son interlocuteur en sentant sa réticence. C'est même *très* urgent. »
Urgent ? A chaque fois que Kamel exprimait ainsi le souhait de le voir de toute urgence, c'était soit pour se faire délivrer un visa pour l'une ou l'autre de ses innombrables connaissances, soit pour se faire offrir le tout nouveau gadget électronique dont le dernier numéro de *Soldiers of Fortune* vantait les mérites. Boone, qui lui en voulait de lui avoir gâché sa matinée, était déterminé à refuser.
« Je ne peux vraiment pas, se désola-t-il faussement.
— J'insiste, Boone, j'insiste. Vous ne le regretterez pas. »
Que voulait-il dire ? Etait-ce à l'agent secret que cette remarque s'adressait ? Ou à l'amateur de bonne chère ?
« Ne pourrait-on pas remettre ça à un autre jour, colonel ?
— Impossible ! J'ai besoin de vous voir avant ce soir !
— D'accord », capitula finalement Boone en se disant qu'après tout les relations publiques faisaient aussi partie de son métier. Parfois il pensait même que son travail à Beyrouth consistait surtout en cela. Et il ne s'en plaignait pas.

2

La route en lacets reliant les hauteurs de Rabié à la côte serpentait parmi des collines boisées où trônaient les demeures cossues du Tout-Beyrouth politique et mondain. Mais Harry Boone ne voyait ni les façades accrocheuses ni les jardins suspendus des villas m'as-tu-vu nées de l'argent d'hier, tout occupé qu'il était à éviter ornières et nids-de-poule. Preuve supplémentaire, s'il en fallait, de la carence des autorités. Le gouvernement comptait bien un ministre des Travaux publics, mais ce dernier s'évertuait à drainer les fonds qui lui étaient alloués – et les pots-de-vin qui allaient naturellement avec – vers son fief, situé plus au sud. Ainsi allait le Liban à l'heure de la reconstruction : les infrastructures se jouxtaient sans se toucher, ici le téléphone, là les routes, au gré des remaniements ministériels. Sensible aux couinements d'agonie de ses amortisseurs, et plus encore aux protestations de ses cuisses cognant contre le volant, Harry Boone se disait qu'il était grand temps que le portefeuille des Travaux publics changeât de titulaire.

Une fois qu'il eut atteint la côte, la circulation se fit plus dense. Les voitures avançant au pas finirent même par s'immobiliser complètement, et la Rover vétuste de Boone vint docilement s'encastrer dans l'interminable queue de ferraille, de gaz carbonique et de tintamarre qu'elles formaient. Boone fulminait. Et l'idée du déjeuner qui l'attendait ne faisait que l'irriter encore plus. Il n'appréciait guère, en effet, les choix du colonel. S'isolant derrière les vitres, il imagina qu'il était ailleurs. Il n'était plus dans ce bouchon assourdissant. Il n'était pas plus avec le colonel Kamel au Vieux Paris. Il était attablé devant un bon hommos-chawarma au Diwân. Il voyait la crème de pois chiches auréolée de sa viande croustillante, il reniflait son fumet, il entendait le délicieux grésillement de la viande chaude baignant dans l'huile, il palpait le pain tendre et légèrement saupoudré de farine, et il sentait l'onctuosité du hommos sur sa langue et le crissement du chawarma sous sa dent. Il dégustait aussi des feuilles de vigne farcies. Des feuilles de vigne qui fondaient dans sa bouche sans qu'il ait même besoin d'y mordre. Ses papilles gustatives s'affolaient. Il était à deux doigts de laisser tomber le colonel et son restaurant huppé.

Il était à deux doigts de le faire quand une sirène aussi officielle que stridente le ramena à la réalité. Soudain, comme par magie, les klaxons se turent et les voitures arrivant en sens inverse se rabattirent brutalement sur la droite afin de céder le passage. On se serait cru dans la mer Rouge lors du passage des Hébreux. Boone, qui s'attendait presque à voir Moïse surgir dans son rétroviseur, aperçut une limousine qui fondait sur lui à toute allure en empruntant la voie en contresens. Quelques instants plus tard la grosse Mercedes noire à l'habitacle opaque le dépassait en trombe, suivie d'une Range Rover d'escorte, toutes vitres ouvertes et fusils-mitrailleurs au vent. Boone ne put réprimer un geste d'agacement. Il n'arrivait toujours pas à se faire à ces passe-droits musclés qui, plus que tout autre chose dans ce pays, symbolisaient la césure entre la caste des gouvernants et la masse des gouvernés. Et il se demanda ce qui se passait quand un tel coupe-file tombait nez à nez avec un autre roulant en sens inverse.

Pourtant, coupe-file ou pas, ornières ou pas, Boone se trouvait parfaitement bien à Beyrouth, et pour rien au monde il n'aurait échangé le manque évident de civisme des Libanais et leurs chaussées défoncées contre le macadam lisse et la vie encore plus lisse d'une capitale européenne. Ayant débarqué ici quatre ans auparavant, il avait fini par y prendre racine – définitivement, l'espérait-il. Détaché d'abord à l'ambassade britannique, officiellement en tant qu'attaché commercial adjoint, ce catholique de Belfast qui se plaisait apparemment plus en la compagnie des Levantins qu'en celle des Européens, et qui appréciait davantage les petits plats libanais que la cuisine anglaise (mais qui lui en tiendrait rigueur ?), avait rapidement suggéré au Club-House de monter une antenne hors les murs, et loin de ces emmerdeurs du Foreign Office.

Mis au courant de ce plan l'ambassadeur s'était montré ravi, et littéralement enchanté d'être ainsi débarrassé de Boone qu'il avait très vite étiqueté *Garden Party Only* (GPO, aiment à dire les diplomates), en d'autres termes, comme quelqu'un d'infréquentable.

Le Club-House ayant alors judicieusement estimé qu'une représentation commerciale britannique risquait d'attirer trop de requêtes *bona fide*, on avait opté pour une variante régionale en priant fort que les mercantis locaux ne se découvriraient pas un intérêt soudain pour les différentes

Le système Boone

espèces de moutons et de terroristes irlandais. L'Office du commerce de l'Ulster, pierre angulaire du système Boone, venait de naître.

Une fois les locaux acquis, Boone, qui avait, semble-t-il, une connaissance innée de la Fonction publique, y installa rapidement un coffre-fort monumental pour mettre ses secrets à l'abri, un système chiffré de transmission pour, à l'occasion, les communiquer à ses supérieurs ainsi qu'une porte et des vitres blindées pour sceller le tout. Il s'empressa ensuite de louer l'appartement qui était sur le même palier et de s'y installer avec Maria, sa maîtresse libanaise. Quelques mois après son arrivée, il avait réussi à créer un fait accompli qui durait depuis.

Bien sûr, chaque année, lors d'interminables discussions relatives à l'allocation des budgets, des voix mesquines ne manquaient pas de s'élever au Club-House pour remarquer que l'Office du commerce de l'Ulster et son directeur – pour ne rien dire de sa maîtresse – grevaient les finances du Service, et des comptables obtus dressaient régulièrement des plans savants visant à fermer la représentation commerciale et à faire rentrer Harry Boone dans les rangs.

Mais c'est alors que les véritables problèmes se posaient, et qu'apparaissait dans toute sa splendeur l'imparable dispositif de défense diligemment mis en place par Boone. Ce dernier ayant pris la précaution d'encastrer son coffre dans un mur du bureau, les bureaucrates déterminés à en découdre avec lui avaient conscience que si le coffre abritait des codes et des secrets, les bureaux, eux, abritaient le coffre. D'où la porte et les vitres blindées. Par ailleurs, les économies que le Club-House ferait en fermant les bureaux justifieraient-elles tous les tracas administratifs qu'entraînerait le transfert du coffre et du système de transmission ? Pour ne rien dire de la perte définitive des blindages. Après maintes délibérations, la réponse était immanquablement non. CQFD. Le système Boone se tenait. Il était tout à fait cohérent. En déranger l'un des maillons équivalait à déranger le tout. Et déranger le tout risquait de créer encore plus de problèmes qu'il n'en résoudrait. Et quand une nouvelle recrue, armée d'un zèle de néophyte, suggérait de réduire les frais en installant Boone et sa maîtresse dans les bureaux mêmes, il se trouvait toujours quelqu'un de plus averti ou de moins combatif pour remarquer que l'appartement de Boone jouxtait les bureaux, et qu'on ne pouvait prendre le risque de le voir occupé par n'importe qui. Sécurité oblige. Et c'est ainsi qu'une fois l'an les instances financières du Club-House consacraient des heures d'expertise comptable à tenter de casser le système Boone, avant de baisser les bras en se jurant de remettre cela l'année d'après.

Bon an mal an Harry Boone réussissait à battre ses détracteurs à leur propre jeu. Confiant en son système et profitant pleinement de la force d'inertie qu'il avait su générer dès son arrivée à Beyrouth, il se levantinisait d'ailleurs à vue d'œil. Au Club-House, certains le tenaient même pour irrécupérable et, ayant franchement désespéré de le déboulonner, ils se prenaient parfois à souhaiter qu'il fasse rapidement valoir ses droits à une retraite largement anticipée, ou alors qu'il ait la décence de se noyer accidentellement dans cette Méditerranée qu'il semblait tant affectionner.

Le Club-House ! Si le Service, où Harry Boone avait finalement échoué, méritait ce sobriquet, c'était tout bonnement parce qu'il était né sur un parcours de golf, lors

Le système Boone

d'une partie endiablée entre Cecil Devereux et Robert Walker. Ce dernier venait de rejoindre le nouveau gouvernement comme secrétaire d'Etat auprès du Premier ministre, chargé de la lutte contre les trafics illicites, et Devereux, qui rentrait d'Athènes où il avait été ambassadeur, cherchait alors chaussure à son pied. Au cours de cette partie mémorable une idée avait germé dans l'esprit de Walker : monter un service de renseignements dont la tâche exclusive serait de s'occuper de blanchiment, de transferts illégaux de technologies, et bien sûr de terrorisme. L'idée fit ensuite son petit bout de chemin jusqu'au 10 Downing Street, et quand, calfeutrés dans leur nouvelle citadelle fluviale de l'Albert Embankment, les Bunkers protestèrent, on les rassura en leur disant que ce nouveau service ne dédoublerait pas le leur puisqu'il aurait pour mission de s'attaquer, non pas aux *structures*, mais aux *flux* : flux humains, flux de capitaux, flux de drogue, flux d'armements, flux de technologies. A vrai dire, nul ne fut jamais en mesure d'expliquer convenablement la différence qu'il pouvait y avoir entre « flux » et « structures ». Mais comme, à l'époque, les Bunkers n'avaient pas les faveurs du pouvoir – ils sont pitoyables, disait d'eux le nouveau Premier ministre –, on donna à Walker les sbires qu'il recherchait, et à Devereux le titre prestigieux de directeur qu'il convoitait. Ayant perdu la partie sur le parcours de Whitehall, les Bunkers n'en baissèrent pas pour autant les bras. Ils déplacèrent le champ de bataille vers Fleet Street et y lancèrent une véritable campagne de presse visant à discréditer le nouveau service rival. C'est de ce temps-là que datait le sobriquet du Club-House. Fair-play, Walker et Devereux jouèrent le jeu. Ils s'y prirent même, et petit à petit le golf et son

Le système Boone

jargon firent leur entrée à Russell Square : Royal & Ancien pour le comité de direction, Green pour l'archive et la documentation, Caddy pour le support logistique, Practice pour le centre de formation, Bunkers pour ces empêcheurs de tourner en rond de l'Albert Embankment, et Proettes pour les fourmis qui œuvraient à la sécurité à Millbank. Harry Boone, lui, n'était pas un golfeur. Et quand il s'aventurait sur un parcours, c'était pour aller directement au dix-neuvième trou.

Un an auparavant, un jeune diplomate ayant ouvert une brèche dans sa première ligne de défense, Boone avait cru que tous ses plans allaient s'écrouler. Le diplomate en question, Richard Cholmondeley, l'avait d'ailleurs fait sans malice aucune et sans arrière-pensée. Il avait simplement eu la mauvaise idée de se faire descendre en pleine rue et en plein jour, quelques petits mois après avoir débarqué dans la capitale libanaise tout heureux à l'idée de tester enfin l'adéquation des réalités orientales au savoir historique et linguistique que lui avaient inculqué ses professeurs de Cambridge.

A Beyrouth, Cholmondeley avait commencé par épater les bourgeoises acculturées par la pureté de son arabe classique (dans l'espoir de le séduire, l'une d'entre elles était même allée jusqu'à s'inscrire à un cours de poésie antéislamique dispensé par un vieux dominicain français), puis il avait fini par irriter ses homologues du ministère libanais des Affaires étrangères qui n'arrivaient plus à le suivre sur cette voie.

Comme il ne trouvait personne dans la capitale avec qui croiser le fer en arabe, Cholmondeley décida d'aller chercher ailleurs, dans le nord du pays et en milieu islamiste, un adversaire digne de lui. Et tout porte à croire qu'il réussit bien au-delà de ses espérances. En marge de ses joutes littéraires, Cholmondeley eut cependant la fâcheuse idée de s'intéresser d'un peu trop près – et un peu trop candidement, semble-t-il – à la traduction en arabe du bacille du charbon et du virus de la variole, ainsi qu'à une certaine clinique du Croissant-Rouge dont c'était apparemment la spécialité. D'aucuns, qui appréciaient indubitablement l'arabe dans lequel il formulait ses questions, furent par ailleurs tellement impressionnés par sa rigueur et sa minutie qu'ils décidèrent tout bonnement de l'éliminer, privant ainsi la langue du Coran d'un ardent défenseur.

Cholmondeley gisait encore dans son sang, sur la chaussée, quand un communiqué revendiquant son assassinat parvint à un grand quotidien de la capitale. Signé des Fils du Djihâd, ce communiqué annonçait qu'un commando venait d'exécuter un espion (*sic*) anglais, et menaçait le gouvernement britannique d'actes encore plus féroces. Le tout dans un arabe d'une limpidité que le malheureux diplomate aurait sans nul doute appréciée.

L'annonce de l'assassinat du jeune Cholmondeley propagea une onde de choc dans tout Whitehall, et même Buckingham Palace ne fut pas épargné. C'est que Richard Cholmondeley n'était pas n'importe qui. Au fil des générations son auguste famille avait donné à la Couronne maints officiers et administrateurs coloniaux, et l'une de ses tantes avait même épousé un petit-cousin de la reine. Au Club-House la consternation fut aussi grande, si ce n'est plus, les puristes ne comprenant vraiment pas qu'on réduise ainsi au silence un diplomate qui, vivant, aurait pu être pour ses ravisseurs une source inestimable d'informations. Encore une fois on invoqua la barbarie et l'irrationalité des musulmans. C'était en effet contraire à toutes les règles du jeu.

Le système Boone

Nico Mowbray-Smyth, le Green-Keeper, qui avait un fonds de culture marxiste, parla même de *Lumpenislam*, et l'expression fit son chemin dans le Service. Après quoi Londres ordonna l'évacuation immédiate et temporaire de tout le personnel de l'ambassade, et Harry Boone crut bien qu'il allait y passer. Richard Cholmondeley risquait fort de réussir *post mortem* là où tous les ronds-de-cuir du Club-House avaient jusque-là lamentablement échoué.

Boone monta donc au créneau, se portant volontaire, en lieu et place du consul en partance, pour rester à Beyrouth et effectuer les formalités administratives relatives au rapatriement de la dépouille mortelle du pauvre Cholmondeley. Whitehall et les parents de la victime avaient en effet décidé que – n'en déplaise à Rupert Brooke – il n'y aurait pas, au Liban, un autre petit bout de terre qui serait à jamais l'Angleterre. Ensuite, et de concert avec l'incontournable colonel Kamel, Boone diligenta une enquête sur l'assassinat de Cholmondeley, qui, il le savait, n'aboutirait pas. Le Club-House, qui en était venu à considérer Harry Boone moins comme un sujet de Sa Majesté que comme un agent indigène, se laissa tenter, et Boone put à nouveau respirer. Le système Boone avait bien surmonté l'épreuve.

Depuis, Harry Boone faisait tout ce qu'il fallait pour renforcer son système, c'est-à-dire qu'il en faisait le moins possible. Le système Boone était en effet allergique au zèle, à l'esprit d'initiative, et aux remous en tout genre. A l'instar de la mer qui le baignait, ce système était à la fois placide et tempéré, et Harry Boone avait à cœur de ne pas trop le secouer.

3

« Il se passe de drôles de choses dans l'Appareil, disait le colonel. Comme vous le savez ils étaient tous à Quetta. Quetta au Pakistan. En droite ligne de Kandahar.
— Je *sais* où se trouve Quetta, colonel ! s'irrita Boone qui en voulait encore à Kamel et regrettait amèrement Maria, son hommos-chawarma et ses feuilles de vigne, dans cet ordre.
— J'oubliais l'Empire. J'oubliais que vous êtes anglais.
— Irlandais, colonel !
— Ils étaient donc tous à Quetta il y a un mois, reprit Kamel, l'air de quelqu'un qui ne saisit pas vraiment la nuance, pour une réunion avec leurs amis arabes, pakistanais et afghans. »
Les huîtres étaient trop grasses et le chablis frigorifié, mais Boone ne s'en formalisait pas. Ce que Kamel lui racontait commençait à l'intéresser.
« Pour un *pow-wow*, lança-t-il, histoire de dire quelque chose.
— Oui, c'est ça. Un *pow-wow*, comme vous dites. » Boone s'attendait presque à le voir sortir son calepin pour y noter *pow-wow*. Kamel travaillait en effet assidûment à son anglais ou, devrait-on dire, à son américain.
« Ils y étaient tous, disait l'aspirant à la langue anglaise.

— J'en ai eu des échos. » Boone espérait que le Libanais mettrait sa réponse évasive au compte des euphémismes chers aux Britanniques. Le Club-House lui avait bien fait parvenir un questionnaire détaillé mais, hormis les rapports de presse et quelques informations glanées lors d'un dîner chez un riche marchand de tapis de retour d'Asie centrale, il n'avait pas réussi à apprendre grand-chose sur le sujet.

« Comme vous le savez aussi, reprit Kamel après une brève interruption pour permettre au personnel pléthorique qui virevoltait autour d'eux de changer les couverts, les cheikhs arabes qui finançaient jusqu'ici l'Appareil et d'autres "entreprises" du même genre retirent leurs jolies petites billes.

— Ils prennent peur. Ils s'adaptent à la nouvelle donne.

— Oui, c'est cela. Ils s'adaptent à la nouvelle donne, comme vous dites.

— Finie, la diplomatie du chéquier.

— Des années durant les cheikhs du Golfe ont acheté leur tranquillité et cherché à se faire pardonner leur penchant prononcé pour l'alcool et les femmes en finançant les Fous de Dieu, dit le colonel, avec le mépris que les petits-bourgeois ont d'ordinaire pour l'argent des autres.

— Mais, à présent, Washington demande des gages.

— Les princes arabes du Golfe se rendent soudain compte qu'ils ont plus à craindre de l'Amérique que des islamistes.

— Ils lâchent donc leurs amis.

— Oui, ils les lâchent, Boone. Et comme vous l'imaginez, une telle situation représente pour nous une véritable aubaine. »

Le tournedos Rossini était trop cuit, et le nakad 1963 bien trop jeune pour l'année qu'il annonçait, mais Harry Boone n'y prêtait même plus attention. Le colonel com-

Le système Boone

mençait à l'inquiéter. Depuis les attentats du 11 septembre, Boone angoissait à l'idée que son métier puisse le rattraper. Et voilà que, par l'entremise inattendue de ce colonel-cocktail qu'il n'avait jamais pris au sérieux, toutes ses craintes devenaient soudain réalité. Il se prit à regretter que Kamel n'ait pas eu une simple faveur à lui demander.

« J'ai profité de l'aubaine, poursuivait ce dernier d'un ton triomphal, et j'ai pensé à vous. »

Sur un signe de Kamel, un agent de la Sûreté attablé à proximité se leva et déposa devant Boone une enveloppe scellée.

« Ouvrez-la, ouvrez-la », l'encouragea le colonel.

Harry Boone était mal à l'aise. L'endroit ne se prêtait guère à ce genre d'échange. Il entreprit de se gratter le nez, tout en balayant la salle du regard. Le Vieux Paris était un restaurant chic qui avait phagocyté une ancienne demeure beyrouthine, et le lieu de prédilection des grosses huiles de la Sûreté libanaise qui aimaient y entretenir les correspondants des divers services plus ou moins accrédités au Liban. En dépit de son nom, le Vieux Paris avait des allures de petit palais vénitien revu et corrigé pour les pensionnaires du musée des horreurs. Lustres, moulures, chandeliers et verre irisé, colonnades et carrelage en marbre : rien n'y manquait. Autour de la salle principale où les convives se trouvaient réunis, des portes drapées de tentures pourpres ouvraient sur de petits salons privés qui demeuraient désespérément vides. Il ne serait en effet jamais venu à l'esprit des habitués du Vieux Paris de s'y isoler. Car un salon privé était surtout un salon privé de vue, et personne, au Vieux Paris, n'aurait voulu rater le spectacle, ni l'occasion de se donner en spectacle.

A leur gauche se dressait une table kitsch où le saumon fumé et le mezzé libanais se côtoyaient impunément, et autour de laquelle avaient pris place le consul iranien et un colonel gominé que tout le monde savait à la solde des Américains. Etrange mélange, se dit Boone en pensant autant aux mets qu'aux convives. Un peu plus loin, le chargé d'affaires libyen mâchonnait méthodiquement sa grillade prédécoupée en écoutant d'une oreille distraite un journaliste local lui vanter les mérites de son dernier éditorial sur la crise afghane. Boone connaissait bien le journaliste en question. Il avait déjà mangé à tous les râteliers, et il entamait à présent son deuxième tour de piste avec les Libyens. Une fois de retour à son ambassade, le Libyen s'empresserait d'expédier à ses supérieurs un message codé les informant de contacts clandestins et suspects entre les Iraniens et des officiels libanais qui roulaient pour les Américains, tout en sachant pertinemment que le consul iranien, de son côté, avertirait Téhéran que les Libyens venaient de recruter un journaliste local jusqu'ici à sa solde. Ainsi allait l'espionnage à l'heure des mondanités. Les barbouzes hantaient toutes les mêmes endroits, vêtues des mêmes sahariennes et arborant les mêmes Ray-Ban ; elles envoyaient à leurs centrales goulues des rapports bien assaisonnés qui confirmaient leurs maîtres dans leur parano et justifiaient les budgets faramineux dont ils se repaissaient. Depuis qu'il frayait avec cette élite de mouchards, Harry Boone ne se faisait plus d'illusions sur sa couverture. Il se prit à espérer néanmoins que l'Iranien et le Libyen seraient trop absorbés l'un par l'autre pour remarquer le manège de Kamel.

« Dessert ? demanda le colonel alors qu'on débarrassait la table. Non ? Je vous recommande le tiramisu. Fait maison, Boone... Vraiment pas ? Café, alors. Sans sucre, n'est-ce pas ? » Kamel aimait ainsi surprendre ses interlocuteurs en leur rappelant leurs goûts culinaires. Malheureusement pour lui il s'était déjà trompé sur le restaurant.

Ouvrant l'enveloppe, Boone en sortit une douzaine de documents officiels arborant le sigle de l'Appareil, ainsi qu'un rapport de quatre pages en mauvais anglais identifiant les membres d'un réseau islamiste implanté en Grande-Bretagne et donnant une liste de leurs planques et de leurs caches. Pourquoi ce rapport rédigé en anglais ? s'interrogea-t-il. Pourquoi Kamel s'était-il donné la peine de le faire traduire ? Certainement pas pour lui. Pour les Américains peut-être. Il reconnut vite, parmi les noms qui y figuraient, ceux de certains activistes récemment interpellés à Cardiff, et bientôt il en oublia les Américains et cette traduction inattendue. Contre toute attente, il lui fallut concéder qu'il s'agissait là de renseignements quatre étoiles. On pouvait difficilement faire mieux dans le genre. Rien à voir avec les rumeurs et les on-dit que Kamel lui servait d'ordinaire. Il aurait dû en être ravi, mais le fait est qu'il prenait peur. Ces documents risquaient fort de provoquer des vagues qui malmèneraient le système Boone.

« J'ai cru comprendre, disait le colonel en brandissant un étui à cigares en croco noir, que votre police vient d'appréhender – par pur hasard, m'a-t-on dit – des islamistes au pays de Galles. »

Refusant le bâton de chaise cubain qu'on lui tendait, Boone farfouilla dans ses poches et finit par en sortir un petit cigare hollandais tout fripé.

« Le pays de Galles, c'est bien en Angleterre, n'est-ce pas ? » demanda le colonel, et Boone, qui ne se sentait vraiment pas le courage de lui expliquer la différence entre

Le système Boone

l'Angleterre, la Grande-Bretagne et le Royaume-Uni, répondit que oui.

Kamel fit jouer le coupe-cigares en or qu'il gardait sur une chaîne avec ses clés, et aussitôt le même agent que tout à l'heure bondit de son siège en faisant jaillir une flamme nauséabonde de son Zippo de G.I. de la guerre de Corée. Le congédiant d'un geste dédaigneux, Kamel fit signe au sommelier du Vieux Paris qui accourut avec les éternelles allumettes en bois de cèdre. Ce n'est pas pour rien que le colonel frayait avec les hommes d'affaires. Outre un « bizness » lucratif – la Jaeger-leCoultre Reverso qu'il arborait au poignet en attestant –, leur fréquentation lui avait appris que les bons cigares n'étaient pas friands des briquets à essence, de même qu'elle lui avait appris à marier les mets et les vins – côté couleur, du moins. L'examinant, Boone pensait à tous les officiers de renseignements occidentaux qui se prétendaient hommes d'affaires et finiraient par prendre leur retraite avec une maigre pension. Mais voilà un homme judicieux qui ne se prenait pas la tête, et pour qui le renseignement n'était que prétexte à réaliser de bonnes affaires. Boone ne pouvait s'empêcher de l'envier.

« Intéressant, non ? demanda Kamel en soufflant fièrement sa fumée.

– Dites-moi un peu, colonel... Avez-vous fait part de ces renseignements à quelqu'un d'autre ?

– A personne !

– Même pas aux Syriens ? »

Boone était dubitatif.

« Même pas aux Syriens !

– Aux Américains, alors ?

– La production de cette source vous est entièrement

réservée, Boone, répondit Kamel en éludant la question. Aucun autre service n'y aura accès. Je vous le promets. Cette affaire restera entre nous. » Il lui adressa un clin d'œil complice. « Et en échange de ce petit service, reprit-il, la Sûreté aimerait recevoir ces nouveaux téléphones mobiles chiffrés en mode numérique.

– Y aura-t-il un suivi ? Ou est-ce là une fourniture certes exceptionnelle, mais néanmoins unique ?

– Il y aura un suivi, Boone. Je vous le garantis. Vous pourrez d'ailleurs vous en charger vous-même.

– Si je comprends bien, c'est une source que vous me proposez là, s'angoissa Boone, qui voyait soudain cette affaire lui échapper et bousculer son train-train.

– Et pas n'importe quelle source ! Pas n'importe laquelle ! dit le colonel en se penchant vers lui et en prenant un air conspirateur. Le Charif, chuchota-t-il. Le Charif, Boone...

– Le Charif ?

– Le Cha-rif, articula Kamel en se calant dans son siège. Le Charif, répéta-t-il en tirant sur son cigare.

– Comment diable êtes-vous arrivé jusqu'à lui ?

– Le cheikh Hammoud, ça vous dit quelque chose, le cheikh Hammoud ? » Kamel tirait à présent sur sa moustache, tout en regardant Boone d'un air malicieux.

« Le Hammoud de l'Union des étudiants islamiques ? L'agent recruteur de l'Appareil au Liban ?

– Celui-là, répondit Kamel en abandonnant sa moustache pour son cigare. Hammoud est en relation étroite avec l'une de mes sources... un professeur... un chrétien, mais un spécialiste de l'islam. Lui et Hammoud se sont connus à l'université, et ils se voient de temps à autre. Echanges culturels et intellectuels. Vous voyez le genre... »

Le système Boone

Boone voyait parfaitement.
« Et comment le Charif a-t-il été recruté, colonel ?
– Eh bien, pour être tout à fait franc, il n'y a pas eu recrutement au vrai sens du terme.
– C'est-à-dire ?
– Samedi passé, ce professeur dont je vous parle est allé rendre visite à Hammoud à la demande de ce dernier. Il se pointe donc chez le cheikh à l'heure convenue, et il le voit en compagnie d'un autre barbu à moitié défiguré. Sans même se présenter, l'inconnu prend immédiatement les choses en main. Le cheikh Hammoud s'efface. L'inconnu se saisit d'une mallette, l'ouvre, y place deux ou trois livres sans importance, tapote bien le fond pour signifier que quelqu'un devrait s'y intéresser de près, et la remet au professeur en lui disant de revenir voir Hammoud le samedi d'après. L'inconnu ne demande pas, il ordonne ! Mais ma source vous racontera tout cela dans le détail... Il n'y a aucun doute, Boone. C'est bien du Charif qu'il s'agit. Ma source me dit que tout le côté droit de son visage est ravagé. Comme labouré. Brûlé, en fait. Les séquelles de l'attentat qui a eu lieu il y a dix ans.
– Ainsi, le Charif serait menacé.
– Les temps changent, et le Charif s'offre probablement une petite police d'assurance. Il se propose de vendre ses renseignements avant que ses anciens protecteurs ne les livrent gratos, et lui avec.
– Et votre source, colonel, vous la partagez avec quelqu'un ? »
Boone ne connaissait que trop bien le mode de fonctionnement de la Sûreté.
« La partager, Boone ?

Le système Boone

– Avec les Renseignements militaires syriens, peut-être ?
– Mais non !
– Avec la CIA, alors ?
– La CIA ? Certainement pas ! Pourquoi partagerais-je ma source avec les Américains ? Je suis un patriote, Boone ! »

Boone nota que le patriotisme du colonel s'affirmait volontiers face aux Américains, mais qu'il s'effaçait tout aussi volontiers face aux Syriens.

« Et maintenant, Boone, si vous le voulez bien, je vous propose de le rejoindre. Son nom est Chartouni. Le docteur Sami Chartouni. Il nous attend dans un chalet au Marbella Beach.

– Bien, dit Boone à contrecœur. Allons voir votre fameux monsieur Chartouni.

– *Docteur* Chartouni, Boone, *docteur* ! Il a un doctorat ! Un PhD d'Amérique ! C'est quelqu'un de très bien, vous verrez... Education anglaise... »

Boone se permit un petit sourire. D'expérience, il savait que, dans cette partie du monde, ceux qui s'annonçaient d'éducation anglaise n'étaient pas tant ceux qui parlaient correctement l'anglais que ceux qui ne comprenaient pas un traître mot de français.

Calant son cigare entre les dents, le colonel Kamel repoussa bruyamment sa chaise et aussitôt, à la table à côté, ses gardes du corps en firent de même à l'unisson. Boone se dit que, pour des spécialistes de la protection rapprochée, ils étaient par trop attentifs à leur patron et pas assez à ce qui se passait dans la salle. Plus courtisans qu'efficaces, conclut-il en abandonnant le mégot de son Wintermans et en se levant à son tour.

4

Un studio exigu au deuxième étage du Marbella Beach : autant pour le « chalet » de Kamel. Des sièges en skaï et une table basse en formica, un lit qui s'efforçait de jouer au canapé, et pour unique bibelot une boîte de Kleenex multicolores. Plus garçonnière que planque.

« C'est comme je vous le disais, monsieur... »

Assis dos à la porte-fenêtre, les coudes appuyés sur les cuisses, le docteur Chartouni s'occupait à tresser un mouchoir en papier. Boone lui faisait face dans l'autre fauteuil, le colonel Kamel ayant opté pour le canapé-lit, un peu en retrait, comme pour suggérer à Chartouni que c'est à Boone qu'il aurait désormais affaire.

Dès qu'ils étaient entrés, le colonel avait tiré les rideaux et plongé la pièce dans la pénombre. Sans doute pour impressionner Chartouni. Comme si ce dernier n'était pas déjà assez nerveux. La main qu'il avait tendue à Boone était moite à souhait, et il s'épongeait le front sans arrêt.

« Je suis allé voir le cheikh Hammoud chez lui, répéta-t-il. J'y vais régulièrement depuis quelques mois. A la demande même du Président... Le président de la République, s'empressa-t-il d'ajouter au cas où Boone n'aurait pas compris. Je suis un universitaire, moi ! Je n'ai rien à voir dans vos histoires ! C'est le Président qui m'a présenté monsieur Kamel, et c'est à sa demande que j'ai accepté la proposition de monsieur Kamel de renouer le contact avec le cheikh. » Il s'épongea à nouveau le front. « Et je l'ai fait car j'estime qu'il ne faut pas couper les ponts. Qu'une meilleure compréhension entre les différentes communautés religieuses de notre pays est essentielle. Mais il n'a jamais été question d'espionnage, de documents secrets et de valises à double fond... » Nouveau coup d'éponge. « Je comptais d'ailleurs en parler au Président », se promit-il ensuite, comme s'il espérait ranimer par cette simple promesse son courage défaillant. Il jetait du « Président » par-ci par-là dans la conversation, mais il ne savait pas trop si son interlocuteur était impressionné. Il était de plus en plus nerveux, le mouchoir en papier qu'il manipulait avait fini par prendre l'allure d'un ouvrage de dentelle ajouré par un convulsif, et il regardait en vain en direction de Kamel. Mais le colonel s'en tenait à son rôle d'entremetteur, et Boone était décidé à maintenir la pression.

« Et votre ami Hammoud vous a laissé seul avec l'inconnu ? demanda-t-il en calant ses jambes sous la table basse.

– Oui, expira Chartouni douloureusement en se remémorant cette trahison. Il m'a laissé seul avec lui. L'homme a pris une mallette, il a tapoté sur le fond – de l'intérieur, puis de l'extérieur –, il m'a expliqué que des documents y étaient dissimulés, et il m'a dit de la remettre à monsieur Kamel. »

« Monsieur » Kamel. Chartouni semblait préférer « monsieur » à « colonel ». Comme si ce simple mot de « monsieur » suffisait à mettre un peu de distance entre lui et le monde clandestin qui le rattrapait.

« Puis le boiteux est arrivé avec des livres, poursuivit-il.
– Quel boiteux ?
– Un simple domestique. Un boiteux. Il est souvent chez le cheikh quand je m'y rends. Ce jour-là il apportait des ouvrages de jurisprudence que j'avais demandés au cheikh. Je prépare un petit travail sur la pensée juridique de l'école hanbalite. L'inconnu a pris les livres, il les a déposés dans la mallette, il l'a refermée et il me l'a tendue... Je l'ai prise, bien sûr. Tout s'est passé tellement vite. Il m'a dit que monsieur Kamel saurait à qui la donner, et qu'à ma prochaine visite chez le cheikh je devrais lui ramener une réponse... » Soudain les images de cette entrevue terrifiante avec cet inconnu durent devenir insoutenables, car il se leva brusquement, pour se rasseoir presque aussitôt. « Il m'a aussi dit, reprit-il d'un ton résigné, que si je n'avais pas de réponse, il était inutile que je revienne. Que le cheikh Hammoud ne me recevrait pas. » Il essuya avec ce qui restait du mouchoir un filet de transpiration qui coulait sur sa joue droite. « J'ai été pris de court, dit-il en se justifiant. Je ne savais pas quoi dire. Alors j'ai pris la mallette et je suis allé voir monsieur Kamel. »

Chartouni était allé chez Kamel. Il n'était pas allé chez son ami le Président. Boone avait déjà croisé d'innombrables Chartouni comme celui-ci. Ils s'en allaient à l'étranger décrocher des diplômes, et s'en revenaient ensuite bardés de titres universitaires tonitruants et outillés de concepts occidentaux ineptes. Le plus souvent pour se lancer dans l'arène politique. « Pour servir leur pays », comme ils aiment à dire. Se voyant déjà éminences grises, ces Père

Le système Boone

Joseph en herbe préparent alors à l'usage de leurs maîtres des études de faisabilité et des analyses prévisionnelles savamment agencées (graphes, courbes et notes infrapaginales à l'appui), lesquelles finissent par s'entasser dans les tiroirs oubliés des alcôves du pouvoir. Les grands chefs les flattent, leur donnent du « Docteur » par-ci et du « Professeur » par-là, les exhibent comme des chiens savants, et leur téléphonent chaque fois qu'ils n'ont pas de dictionnaire sous la main. *Allô, docteur Chartouni ? Docteur Sami Chartouni ? Un moment, s'il vous plaît, le Président vous demande.* (Garde-à-vous de Chartouni. A quand le téléphone visuel, pour immortaliser ce moment ?) *Allô, Chartouni ? Dites-moi, mon ami, vous qui savez tout, la capitale de la Mauritanie, c'est bien... Nouakchott, dites-vous ? C'est bien ce que je pensais. Vous voyez, ma chère ! Le docteur Chartouni est une véritable mine d'informations ! Merci, Chartouni...* Puis les sachems s'en lassent, comme ils se lassent de tout, et ils finissent par les livrer à leurs sbires plus pragmatiques des services, qui en font un usage plus intensif. Et c'est ainsi que les Chartouni de ce monde deviennent les garçons de course des Kamel.

Boone se dit qu'il n'aimait pas du tout ce docteur Chartouni. Il lui fallait cependant faire avec.

Se levant, il alla jusqu'à la fenêtre et tira les rideaux. Une lumière lasse d'automne se lança sans conviction à l'assaut des lieux, sa tâche rendue encore plus ardue par l'état désolant des vitres, que maintes générations de femmes de ménage avaient omis d'approcher. Boone fit coulisser la porte-fenêtre crasseuse. Un vent frais de crépuscule marin s'engouffra dans la pièce, charriant les odeurs et les bruits familiers du monde extérieur auquel Chartouni s'efforçait encore de se raccrocher. En bas, une Sri-Lankaise affolée tentait de calmer trois mioches qui se bousculaient au bord de la piscine en poussant des cris stridents, tandis que leurs mères, insouciantes, donnaient des coups mous de raquette de part et d'autre d'un filet fatigué sous l'œil désabusé d'un moniteur qu'elles avaient promu ramasseur de balles. Un peu plus loin, un adepte du culturisme esquissait des mouvements étudiés tout en lorgnant une jeune femme bronzant soft sous un soleil qui avait hâte d'aller se coucher.

« Docteur Chartouni, dit-il finalement en reprenant sa place. Il me semble que, dans votre quête légitime de relations constructives entre les différentes communautés libanaises, vous êtes fortuitement tombé sur quelqu'un qui a du dialogue une vision, disons, avancée... Une telle opportunité, vous en conviendrez, est trop rare pour qu'on se permette de la négliger.

– Une vision avancée du dialogue ! » Chartouni bondit sur ses courtes pattes. « Dites plutôt : de l'espionnage ! » De toute évidence, le titre de « docteur » que Boone venait de lui reconnaître lui avait donné de l'assurance. « Ma relation avec le cheikh Hammoud est politique, poursuivit le docteur. Nous travaillons ensemble à une rencontre entre les chefs spirituels des différentes communautés, et je comptais en parler au Président. Et maintenant, c'est fichu ! » Découragé à l'idée de ce sommet raté, le sherpa en puissance se rassit lourdement.

« Je comprends votre déception. Vous conviendrez néanmoins avec moi que les vues du cheikh Hammoud quant à la situation qui prévaut au sein du camp islamiste demeurent personnelles, et donc subjectives. Alors que les documents qui vous ont été remis donnent, eux, un aperçu plus objectif de la situation. C'est un éclairage neuf sur cette affaire.

— Je ne sais même pas de quoi ils parlent, ces fameux documents ! Je ne les ai même pas vus ! En ce qui me concerne, il peut tout aussi bien s'agir d'un inventaire de garnisons, d'arsenaux et de positions militaires ! Je ne vois vraiment pas en quoi ça nous aiderait à parfaire notre connaissance de l'islam !

— Voulez-vous que je vous les montre ? bluffa Boone.

— Surtout pas ! Je ne veux pas les voir ! Et puis, pourquoi moi ? Pourquoi me donner ces documents à moi ? Qu'ai-je à voir dans cette histoire ? Il aurait pu trouver quelqu'un d'autre !

— Docteur Chartouni, vous me dites que votre relation avec le cheikh Hammoud est amicale. C'est sans doute au nom de cette amitié qu'il a estimé pouvoir vous présenter à son ami et vous demander ce service. Il est probablement dans l'impossibilité de trouver un autre moyen fiable pour communiquer avec nous, et il a donc décidé – sagement, à mon avis – de s'en remettre à vous. »

Chartouni ne protestait plus. Vu sous cet angle, son rôle lui paraissait plus acceptable. Boone se dit qu'il avait fait la moitié du chemin. Chartouni semblait à présent acquis à l'idée qu'il n'avait rien fait jusqu'ici qui puisse ternir l'image qu'il voulait donner de lui-même. Il restait à Boone à le convaincre de parcourir l'autre moitié du chemin avec lui.

« Docteur Chartouni, ce qui se passe actuellement dans le monde musulman est d'un grand intérêt pour nous tous. Le cheikh Hammoud et son ami attendent à présent notre réponse, et vous allez la leur transmettre.

Le système Boone

– Mais ça ne me regarde pas ! Ce n'est pas mon affaire !
– Docteur Chartouni, reprit Boone de sa voix la plus calme, si vous me laissez tomber, je pourrai vous remplacer au pied levé. » Boone mentait. Dans l'état actuel de ses réseaux (si tant est qu'on puisse parler de réseaux) il lui faudrait des semaines pour trouver un courrier convenable. De plus, cela l'obligerait à se déculotter. Non, tant qu'à faire il préférait se cacher derrière Chartouni. Boone était en effet un ardent partisan du portage, et son système était très friand d'écrans de toutes sortes.

« Cela dit, ajouta-t-il à l'attention de l'écran, je ne vous cache pas que j'aimerais mieux traiter cette affaire avec vous. Hammoud et son ami vous font apparemment confiance, et...
– Mais je suis un professeur d'université, pas un espion !
– Il ne s'agit pas d'espionnage mais de politique ! L'islam passe par une phase cruciale de son histoire. Les alliances se font et se défont. Les amis d'hier sont les ennemis d'aujourd'hui, et vice versa. Les clivages s'accentuent. De nouveaux alignements régionaux et internationaux se dessinent. Tout bouge. Voulez-vous y participer ? Ou préférez-vous passer à côté de l'événement et rester en marge de l'Histoire ?
– Mais je ne suis pas un professionnel ! »
Ça y est, se dit Boone. Je le tiens. Il n'a pas dit « espion ». Il a dit « professionnel ». Ce n'est plus une question de principe, mais une simple affaire de compétence.

5

« Qui est-ce au juste, ce Charif ? »
Cecil Devereux finissait de lire le rapport de Boone et interrogeait Archie Briggs par-dessus ses lunettes directoriales en écaille véritable. Le Royal & Ancien au grand complet siégeait depuis une bonne heure dans le bureau du directeur. Outre Devereux et Briggs il y avait là Nico Mowbray-Smyth le Green-Keeper, Alec Rose le Caddy-Master, et bien sûr Guy Fennell. Comme il se doit, Fennell était assis à la droite de Devereux : à la droite du Père. C'est que Fennell était le patron de la prestigieuse section Est : du temps où l'argent de la mafia russe se déversait impunément, tout en se blanchissant, dans le système bancaire occidental, Fennell et sa section avaient été les chouchous des Cousins d'outre-Atlantique. Puis un nouveau Président avait quelque peu repris les choses en main à Moscou et inauguré une ère de coopération avec les Etats-Unis, menaçant Fennell de chômage au moment même où Washington commençait à se désintéresser des mafias russes pour se concentrer sur la menace terroriste islamiste. Les renseignements que Fennell fournissait jusqu'ici sous le manteau à un public trié sur le volet, les politiciens les

trouvaient à présent dans la presse, ou alors ils les obtenaient auprès des ennemis de la veille (*Heureux de pouvoir vous rendre ce petit service, cher ami, mais n'oubliez surtout pas cette ligne de crédit !*). Depuis, Fennell était à la recherche d'un nouveau créneau. En bureaucrate averti, il s'était naturellement rabattu sur la réorganisation interne. Avec l'aval de Devereux, il avait mis sur pied un petit « comité de réflexion » (tout à fait informel, bien sûr, et dont lui et Devereux étaient les seuls membres) pour repenser le Service en fonction de la nouvelle donne mondiale. Archie Briggs savait pertinemment ce qui se cachait derrière toute cette prospective et toute cette réflexion. Sa section perdant rapidement de son importance, Fennell souhaitait regrouper les efforts de collecte de renseignements du Club-House en une seule et unique section qui lui serait évidemment confiée. Véritable équilibriste, il cherchait sur son flanc sud ce qui l'aiderait le mieux à se mouvoir à présent que le vent d'est était tombé. Et la section de Briggs lui semblait à ce propos un point de chute tout trouvé.

« Son nom est Ali El-Husseini, répondit finalement Briggs quand Devereux l'eut à nouveau interrogé du regard.

— Ali comment, dites-vous ? Tous ces noms sont effroyablement déroutants. Nous commencions à peine à nous faire aux Russes, sans parler des Tchèques, tout en consonnes, eux, et voilà qu'on nous sort à présent ces noms musulmans franchement imprononçables. »

Briggs se retint de faire remarquer à son directeur que, pour les noms impossibles, les Anglais n'avaient vraiment rien à envier aux autres, puisque Devereux se prononçait *Deverooks*, Cholmondeley *Chumley* et Brougham *Broom*, pour ne rien dire de Pontefract qui se disait *Pomfret*.

« Il est aussi connu sous le nom d'Abou Hassan, se contenta-t-il de dire, espérant ainsi faciliter la tâche à son patron.
– Parce qu'il a plusieurs noms ? Abou Hassan... Charif... Ali je-ne-sais-pas-quoi... »
Devereux semblait irrité.
« C'est un ascendant du Prophète. D'où son surnom de Charif.
– Un descendant du Prophète, dites-vous ? »
Devereux semblait avoir retrouvé un peu de sa bonne humeur. Briggs se dit que le lignage noble du Charif avait dû titiller son snobisme.
« C'est une grosse huile de l'Appareil, le service de renseignements de la mouvance islamiste, intervint Nico Mowbray-Smyth. Il y a fait toute sa carrière, et il n'a même pas trente ans. Ils gravissent vite les échelons, dans ces pays-là. Mais la chute est souvent encore plus rapide. Il est marié, et il a au moins un enfant. Un fils. Hassan. Il est originaire de Mastaba, un petit village de l'ouest de la Bekaa non loin de la frontière avec Israël. Il y a dix ans, la population du village fut décimée dans un attentat à la voiture piégée. Toute la famille du Charif y est passée. Lui-même y fut gravement blessé, et il en porte encore les marques sur tout le côté droit du visage. Plus tard il fut recruté dans l'Appareil, et il fait aujourd'hui partie du directoire international, tout en dirigeant l'organisation au Liban. Mais on ne sait pas pour combien de temps encore.
– Et c'est ce *terroriste* que nous voulons employer ? » C'était Guy Fennell qui venait de parler. « Je ne sais pas si nos amis américains apprécieront. Ce Charif doit être sur leur liste d'ennemis publics numéro un.

— Ce n'est pas un terroriste, dit Mowbray-Smyth. Il n'est recherché ni par Washington ni par l'ONU. L'Appareil est un service de renseignements, non un service action. Le Charif est un pur espion. Il n'a aucun pouvoir d'exécution. Nous n'avons jamais trouvé trace de lui dans des opérations terroristes.

— Tout de même ! Ce n'est pas une sainte-nitouche ! Il n'est pas blanc comme neige !

— Je l'espère bien, Guy ! lui rétorqua Briggs. J'espère bien qu'il sait qui a fait quoi, quand, où et pourquoi, et qu'il nous le dira !

— Je l'espère aussi. Mais ça risque de coûter cher. Si cette source est aussi bonne que vous le prétendez, elle finira de grever vos finances.

— C'est exact, intervint Alec Rose qui avait les finances du Club-House à sa charge. Il faut penser à l'aspect financier. Tout le budget d'Archie risque d'y passer.

— Je me demande si le secrétaire d'Etat donnera son accord à une rallonge, s'inquiéta Devereux.

— Inutile de demander une rallonge au secrétaire d'Etat, dit Fennell qui venait de trouver l'ouverture qu'il cherchait. Les choses étant plutôt calmes sur le front est, je peux aisément prélever les fonds nécessaires à l'opération sur mon propre budget.

— Bonne idée, dit Devereux, soulagé. On puisera dans le budget de Guy, et l'affaire restera en famille.

— Riche idée ! s'exclama Alec Rose qui était friand de vieilles expressions. Riche idée !

— Il faudrait lui trouver un nom de code, dit Devereux. Que diriez-vous de Tiger Woods ? Nous n'avons pas encore de Tiger Woods dans notre écurie, n'est-ce pas ?

Le système Boone

— Nous n'en avons pas, confirma Nico Mowbray-Smyth, et il est grand temps que nous en ayons un ! Les sources que nous nous payons ont toutes un handicap désastreux ! »

Le directeur décida d'ignorer la pointe de son Green-Keeper.

« Messieurs, annonça-t-il solennellement, cette opération relève désormais du Royal & Ancien et passe en priorité dans ce Service. Nico, envoyez-moi donc la fiche du Charif... De Tiger Woods... Ce que vous avez sous la main uniquement. Pas de demande inter-services, n'est-ce pas ? Inutile d'attirer sur lui l'attention des Bunkers et des Proettes... Archie, prévenez votre homme à Beyrouth que nous y allons... Alec, vous vous occuperez de gérer le budget. Guy, vous vous chargerez de démarcher la production de la source hors du Service. Après dématérialisation, bien sûr. Pour l'instant, on garde l'identité réelle de la source pour nous. Après, on verra. On pourra peut-être mettre les Américains dans le coup... mais pas tout de suite, Guy. Uniquement quand nous serons sûrs de notre source. »

Ça y est, se dit Briggs. C'est fait. Fennell est à nouveau en selle. Le voilà, le créneau qu'il convoitait. Conscient de la valeur hautement marchande du Charif et du profit qu'il pourrait en tirer auprès de Whitehall et de ses bons amis les Américains, Fennell ne pouvait que sauter sur l'occasion. Fennell avait très bien manœuvré. Très tôt il avait compris que le meilleur renseignement, celui qui intéressait vraiment les maîtres, se glanait non pas sur le terrain mais dans les couloirs. Et Fennell était un homme de couloir. A un moment il avait caressé l'espoir de se faire nommer directeur adjoint, ce qui aurait fait de lui le numéro deux du Service et, Devereux étant ce qu'il était, le véritable patron. Ses rêves

Le système Boone

s'étaient pourtant écroulés le jour où il s'était présenté chez le secrétaire d'Etat à onze heures du matin en chaussures vernies noires. L'histoire de cet impair avait fait le tour de Whitehall. Fennell avait accusé le coup, mais son ardeur à vouloir gravir les échelons n'avait pas diminué pour autant. Il avait simplement mis ses ambitions en veilleuse le temps de faire oublier ses richelieus vernis et de s'offrir le vernis qu'exigeait le système. Et il s'était donné beaucoup de mal, fréquentant l'académie de golf de Leslie King pour améliorer son swing, se ruinant chez un tailleur prisé de Savile Row, et allant même jusqu'à suivre des cours intensifs de français parce que quelqu'un, un jour, lui avait raconté que tous les aristos anglais avaient eu une au-pair française. Oui, Fennell avait bien manœuvré. Mais Briggs n'était pas mécontent. Lui aussi avait bien manœuvré. Mieux valait leur livrer le Charif de bonne grâce que les voir fourrer leur nez dans ses affaires. Briggs était un réaliste. Le Charif, il le savait, était un trop gros morceau pour lui. Trop politique. S'il avait insisté pour maintenir un contrôle exclusif sur sa source, ils en auraient bientôt été à éplucher ses comptes. Alec Rose l'appellerait à tout bout de champ pour lui demander les notes de frais de Boone, Devereux lui dirait que le Premier ministre en personne s'enquérait de la situation et, aux réunions hebdomadaires du Royal & Ancien, Fennell lui demanderait insidieusement s'il y avait du nouveau sur l'assassinat de Cholmondeley et sur les attentats aux Etats-Unis. Briggs se dit qu'à tout prendre, il s'en sortait plutôt bien. Le Charif lui échappait peut-être, mais il conservait le contrôle de sa section et Guy Fennell était désormais trop occupé par son nouveau dada pour poursuivre sa « réflexion » sur la réorganisation du Service.

6

Dans les semaines qui suivirent l'adoption officielle du Charif, alias Tiger Woods, par le Club-House, Boone et Chartouni se virent régulièrement au chalet mis gracieusement à leur disposition par le colonel Kamel auquel Boone avait soutiré la promesse de ne plus s'en servir pour ses rendez-vous clandestins, fussent-ils professionnels ou galants. Boone se rendait au Marbella Beach tous les samedis matin, et quand Chartouni l'y rejoignait il le briefait, puis il lui remettait la Delsey à double fond contenant l'argent destiné au Charif ainsi que le dernier questionnaire de Londres. Chartouni s'en allait ensuite chez le cheikh Hammoud, et il s'en revenait dans l'après-midi retrouver Boone au Marbella Beach afin de lui remettre la mallette et le courrier. Boone passait alors de longs moments avec lui à le débriefer, et surtout à le rassurer sur son propre rôle dans cette affaire qui le dépassait.

La clé de Chartouni, ce n'était pas l'argent. En tout cas, pas les mille dollars mensuels que Boone lui versait pour ses peines. La clé du docteur Chartouni, c'était son ego. Boone se devait donc constamment de le flatter en lui faisant croire que ses discussions politiques et philosophiques avec le cheikh Hammoud étaient au moins aussi importantes que les documents secrets qu'il convoyait et dont il ignorait bien sûr la teneur. Quand il avait une bouteille sous la main, Harry Boone savait très bien écouter. Sa patience et sa réceptivité étaient alors illimitées. Et Chartouni, qui carburait à la logorrhée plutôt qu'à l'alcool, en profitait, se lançait dans des exposés interminables sur les relations entre le christianisme et l'islam, et concluant immanquablement sur des recommandations solennelles que Boone lui promettait tout aussi solennellement de transmettre en haut lieu. Boone trouvait ce côté de la manipulation particulièrement pénible, mais il y attachait néanmoins la plus grande importance, sachant pertinemment qu'il lui fallait tenir lieu, auprès de Chartouni, de mentor et de confesseur, et lui servir d'exutoire pour une diarrhée verbale qui, autrement, se déversait chez Kamel, ou, pire, chez son ami le Président. Il achetait donc le silence de Chartouni en l'écoutant déballer ses élucubrations entre les quatre murs du chalet.

Une fois la traite terminée, et dès que Chartouni ne ressentait plus de douleur aux pis, il s'en repartait chez lui avec une Delsey noire. Une Delsey identique à celle qui faisait la navette entre le Marbella Beach et le domicile de Hammoud, achetée par Boone pour la circonstance afin que les proches de Chartouni s'habituent à le voir une mallette à la main. Pour faire place à cette Delsey, Chartouni avait dû mettre au rancart (momentanément, lui avait promis Boone) la vieille serviette en cuir du professeur américain type qu'il avait rapportée de l'université de Miami, et cela n'avait pas été sans quelques grincements de dents. Mais, en fin de compte, il s'était montré raisonnable, acceptant noblement de sacrifier sa sacoche fétiche à sa propre sécurité.

Semaine après semaine, la mallette à double fond livrait ainsi ses trésors d'informations, dûment appréciés par le Royal & Ancien et par les amis et les alliés qui se bousculaient à présent, de plus en plus nombreux, à la porte du Service, pour ne pas dire à la porte de service. Des années durant, le Club-House avait cherché à cerner cette nébuleuse aux contours indéfinis que, faute d'un meilleur mot, on avait appelée *Islamintern*. Des années durant, le Club-House avait cherché à comprendre cette structure fluide aux tentacules rhizomatiques qui semblait échapper à tout effort de rationalisation. Puis les Green-Keepers avaient baissé les bras, déclarant la mouvance islamiste irréductible à l'analyse et l'esprit de ses chefs réfractaire à toute logique. Et voilà que le Charif se pointait en se proposant de répondre à toutes les questions – ou presque – qui hantaient Londres. Voilà qu'il étalait devant les Anglais l'organigramme de l'Appareil, disséquait pour eux son organisation interne et ses liens externes, et donnait enfin un sens politique et rationnel à toute cette déraison apparente. Bien que ce soit une pure folie, semblait-il leur dire à l'instar de Shakespeare, il y a néanmoins là une méthode. Et tout cela sans fioritures, dans un style aussi clinique que dépouillé, et avec une économie de mots et de moyens bien peu orientale. Un courrier, une mallette à double fond, et un échange aussi égal que régulier : renseignements d'un côté, questionnaires et billets de banque de l'autre. Semaine après semaine, avec la précision d'une pièce d'horlogerie bien réglée, le Charif égrenait ses renseignements inédits, et le Club-House pouvait enfin remettre ses pendules à

Le système Boone

l'heure. Après des années perdues à courir après la lune, passées à recruter des sources qui ne l'étaient pas et à collecter du renseignement par téléphone arabe, et bien sûr en PCV.

A Londres aussi, les choses allaient bon train. Trois semaines à peine après le lancement de l'opération, une estafette jaune, conduite par un quinquagénaire qui cachait mal des allures de sergent-chef sous sa salopette de coursier, déposa à Russell Square deux caisses qui semblaient contenir du matériel électronique. Syd, le vieux portier du Club-House qui avait dû être averti de cette arrivée imminente et faisait le guet sur le perron, se hâta d'en informer Alec Rose qui accourut pour signer en personne le bon de livraison. Renseignements pris, il s'agissait là des fameux téléphones codés que le colonel Kamel attendait impatiemment.

Quelques jours plus tard, le pool de voitures du Club-House s'enrichit de deux nouvelles acquisitions, une Jaguar Type S noire et une Ford Mondeo bleue qui s'en allèrent impudemment squatter des places de stationnement en principe réservées au personnel de l'université toute proche avec laquelle le Club-House s'efforçait de se confondre.

Entre-temps, fort de son nouveau titre d'officier de liaison, Guy Fennell s'était empressé de contacter Scotland Yard, et il s'était fait remettre les dossiers des militants islamistes interpellés à Cardiff et ceux des activistes de la même mouvance arrêtés depuis sur la base des renseignements fournis par le Charif. Puis il avait invité Nico Mowbray-Smyth à déjeuner dans un bistrot de Chenies Street (car il savait que ce dernier n'aurait jamais accepté d'aller avec lui à son club) et, entre un verre de sancerre et un autre de badoit, il avait réussi à lui emprunter Blaker. *J'ai besoin d'un bon arabisant, Nico, et j'ai pensé au petit Simon Blaker. Comme il n'est pas chez vous depuis longtemps, il vous sera plus facile de vous passer de lui, n'est-ce pas ?* Aux yeux de Fennell, Blaker offrait le grand avantage d'être un nouveau venu dans le Service : un Boy dont les loyautés ne s'étaient pas encore figées, qui ne devait rien – ou si peu – à Mowbray-Smyth et aux Keepers, un garçon malléable, certainement récupérable, et éventuellement retournable. Et Nico Mowbray-Smyth, qui n'avait pas l'esprit de clan, avait volontiers accepté.

Ce même après-midi, Simon Blaker se présenta chez Fennell avec pour tout bagage un dictionnaire *Hans Wehr* arabe-anglais, et Fennell l'installa lui-même dans un petit bureau non loin du sien. Là, il lui remit solennellement le dossier des activistes islamistes qui avaient été entendus par la police, et il lui demanda d'y puiser tous les noms, toutes les adresses, tous les numéros de téléphone, bref toute référence aux éventuels contacts que le réseau aurait pu avoir en Europe et outre-Atlantique. Après avoir souligné l'urgence de la tâche et insisté sur son caractère strictement confidentiel (*Vous ne ferez part de vos résultats qu'à moi, et à moi seul !*), il souhaita à Blaker bonne chance et bon courage, puis il sortit sur la pointe des pieds en refermant doucement la porte, illustrant ainsi par le geste les propos qu'il venait de tenir. Deux minutes plus tard il était cependant de retour et, tout en faisant signe à Blaker de se rasseoir, il lui demanda sur un ton faussement complice de relever aussi tout ce qui avait trait aux islamistes en Russie et dans le Caucase (*Il faut bien sacrifier au nouveau climat de coopération internationale, n'est-ce pas ?*).

Le système Boone

Blaker se révéla une excellente recrue. Quelques jours à peine après son arrivée chez Fennell, il remettait à ce dernier un numéro de téléphone parisien gribouillé en arabe par un islamiste à la mémoire défaillante, et Fennell passait immédiatement le tuyau au chef d'antenne français. Après une semaine de mise sur écoute et de filature, cinq Algériens étaient finalement appréhendés en France. Les preuves réunies contre eux étaient maigres mais, à la suite des attentats du 11 septembre et à la veille du procès des membres d'un réseau nord-africain accusé d'avoir trempé dans une vague d'attaques meurtrières perpétrées à Paris quelques années auparavant, les autorités n'avaient aucun scrupule à ratisser large. Les services français, qui à l'époque avaient été durement malmenés par les médias et accusés de laxisme, profitèrent de l'occasion pour redorer leur blason rudement terni en organisant des fuites. Leurs multiples caisses de résonance s'en donnèrent à cœur joie, et les informations ainsi rendues publiques furent, bien entendu, reprises par la presse arabe.

7

Deux semaines plus tard, Tiger Woods frappa un grand coup. Ce samedi-là, Fennell s'était pointé au Club-House peu après quinze heures en prévision de la transmission hebdomadaire de Boone, et il s'était immédiatement assuré que Simon Blaker était bien à son poste. Puis il avait fait venir Joan, sa secrétaire, et il l'avait gentiment priée d'aller chez les Caddys leur demander de l'avertir aussitôt qu'un message arriverait de Beyrouth.

Sur le coup des dix-huit heures, et après trois fausses alertes, Joan frappa à sa porte et l'informa qu'un message crypté de Boone venait de tomber.

« Merci, Joan, dit-il en admirant les jambes gainées de cuir de sa Purdey. Apportez-le-moi, s'il vous plaît, et demandez à Blaker de venir me voir. Et renseignez-vous discrètement, ajouta-t-il, toujours à l'attention des jambes, pour savoir si M. Briggs et M. Mowbray-Smyth sont dans la Maison. Discrètement, s'il vous plaît. » Fennell disait toujours s'il vous plaît aux jambes de Joan.

Dix minutes plus tard, Joan et Simon Blaker se pointaient chez lui. Nico Mowbray-Smyth n'avait apparemment pas été vu de la journée, mais Archie Briggs était

Le système Boone

bien dans son bureau. Ainsi, se dit Fennell en décachetant l'enveloppe brune que Joan venait de lui remettre, Archie était déjà au courant de la teneur du dernier envoi de Tiger Woods, ou il le serait très bientôt.

Alors que Joan ressortait en fermant la porte, Fennell retira de l'enveloppe quatre feuilles de format A4. Sur la première, un bref message de Boone expliquant que la toute dernière fourniture de Tiger Woods suggérait qu'un attentat terroriste se préparait à Paris. Sur la deuxième, un texte en arabe qui ne disait absolument rien à Fennell. Et sur les deux dernières, des croquis.

« Posez votre dictionnaire et vos fesses, ordonna-t-il à Blaker resté debout, les bras croisés sur son *Hans Wehr* comme s'il craignait qu'on ne le lui fauchât. Dites-moi un peu ce qu'ils racontent là », ajouta-t-il en lui remettant le texte arabe et les croquis, mais en gardant pour lui le message de Boone.

Prenant les feuilles qu'on lui tendait, Simon Blaker s'assit en posant son dictionnaire sur ses genoux et jeta un coup d'œil sur l'ensemble, comme s'il avait voulu évaluer d'emblée la lourdeur de la tâche qui l'attendait. Puis il se plongea dans la lecture des documents. Il lisait lentement, en bougeant les lèvres : un élève appliqué. De temps à autre il fronçait les sourcils et posait machinalement une main sur son *Hans Wehr*, comme pour y puiser du courage ou de l'inspiration. Il lisait déjà depuis cinq bonnes minutes, revenant fréquemment sur l'une ou l'autre des feuilles et retournant les croquis comme pour mieux s'orienter, et Fennell commençait à s'impatienter. Mentalement, il comparait la vitesse de lecture de Blaker à celle de Briggs et de ses Gens.

Le système Boone

« Ce n'est pas une traduction littérale que je veux ! Dites-moi de quoi il s'agit en gros ! Pour les détails, on verra après ! »

Blaker se trémoussa sur sa chaise. De toute évidence il n'aimait pas travailler sous pression : un universitaire.

« Eh bien, monsieur, finit-il par dire en se raclant la gorge, il y a là les noms et les adresses de six Arabes... Les adresses sont toutes en France, et ce sont toutes celles de garagistes ou de concessionnaires automobiles.

— Et elle correspond à quoi, cette liste ? Il n'y a pas de note explicative ?

— Rien qu'une liste.

— Et les croquis ?

— L'un d'entre eux correspond à un parc de stationnement à Paris. Il s'agit apparemment d'un parking souterrain. Celui de... Je ne connais pas bien Paris, monsieur, mais, à en croire la légende en arabe, ce serait le parking de *Blâs Doûfîn*.

— *Blâsdoûfîn* ? C'est quoi ça, *Blâsdoûfîn* ?

— *Blâs Doûfîn* en deux mots, monsieur... *Blâs*, et plus loin *Doûfîn*.

— *Doûfîn, Doûfîn... Doûfîn* ! J'y suis ! Il doit s'agir de Dauphine... La place Dauphine, en bas de l'avenue Foch, dit Fennell dont la connaissance de la capitale française se limitait aux septième, huitième et seizième arrondissements.

— C'est bien possible, monsieur. Car, voyez-vous, la langue arabe rend le son *o* par *ou*, et leur alphabet ne comprend pas de lettre *p*. Les Arabes rendent le *p* par le *b*. Il est vrai que certains innovent en ajoutant deux points sous la lettre *b* pour en faire le *p* de l'alphabet latin, mais...

Le système Boone

— Et l'autre croquis ? l'interrompit Fennell que ce cours de linguistique arabe n'intéressait guère. Il montre quoi, au juste ?

— Un... un square, balbutia Blaker, pris à contre-pied. Cette même place Dauphine, selon la légende, flanquée à l'est par le Palais de Justice.

— Le Palais de Justice de Paris ?

— Apparemment, monsieur.

— Le Palais de Justice sur la place Dauphine ? Vous en êtes sûr ?

— C'est ce que dit le texte arabe, répondit Blaker qui n'était sûr de rien.

— Allez donc me chercher un plan.

— Un plan ?

— Oui, un plan ! Un plan de Paris ! Un plan des rues ! Ça doit bien se trouver, dans cette Maison !

— Bien, monsieur », dit Blaker en lâchant ses documents et son *Hans Wehr*.

Une fois seul, Fennell décrocha son téléphone et composa un numéro interne.

« Archie ? Guy... Vous avez vu la dernière livraison de notre ami ? Alors, qu'est-ce que vous en pensez ? Boone a l'air de croire qu'un attentat se prépare... Mais les documents n'annoncent rien de tel... C'est elliptique, non ? »

Elliptique ! Jamais Fennell n'aurait avoué à Briggs qu'il était dans le cirage.

« Ah ! Vous avez une petite idée ? Il faudrait peut-être qu'on en discute... D'accord, j'arrive. »

Dans le couloir il croisa Blaker qui s'en revenait en brandissant fièrement un petit ouvrage relié en rouge, comme un jeune Chinois son Livre rouge.

Le système Boone

« Plus tard, plus tard », lui lança-t-il sans ralentir l'allure, et il le laissa en plan, riche, il est vrai, d'un plan de Paris, mais orphelin de son cher *Hans Wehr*, inaccessible pour l'instant puisque enfermé dans le bureau de son patron.

Fennell était en réalité aussi irrité que pressé. L'idée de se rendre chez Briggs lui coûtait. La conscience aiguë qu'il avait de sa propre importance lui faisait ressentir cet acte comme une dérogation. A la limite comme une humiliation. Mais il avait besoin de Briggs.

« Il s'agit de la *place* Dauphine ! Dans le premier arrondissement ! C'est la *porte* Dauphine qui est au bas de l'avenue Foch dans le seizième, et non la *place* Dauphine. »

Penché sur une carte de la capitale française, Briggs montrait du doigt l'île de la Cité. « Tenez, regardez vous-même. La façade ouest du Palais donne sur la place Dauphine... Et là, voyez, un *P.P.* pour parking. Avec une entrée quai des Orfèvres. »

Se penchant à son tour sur la carte, Fennell y promena un index dubitatif de saint Thomas qui alla rejoindre celui de Briggs place Dauphine. Puis l'index de Fennell quitta celui de Briggs, longea les quais rive droite à contresens, contourna la place de la Concorde, remonta toute l'avenue des Champs-Elysées sur la voie gauche (l'index de Fennell était anglais), hésita un peu place de l'Etoile, dévala l'avenue Foch sur la voie de gauche, et trouva enfin la porte Dauphine. Apparemment convaincu, l'index s'en fut ensuite gratter le cuir chevelu de Fennell qui se rassit.

« Et qu'est-ce qui fait dire à Boone qu'un attentat se prépare ?

– Ce doit être le procès.
– Le procès ?

Le système Boone

— Le procès des Algériens.
— Mais oui ! C'est pour bientôt !
— Lundi.
— *Ce* lundi ? Après-demain ?
— Leur procès s'ouvre après-demain à midi. Et, à en croire Tiger Woods, les islamistes projetteraient une opération aussi spectaculaire que meurtrière. Pour fêter l'événement.
— Les documents ne disent rien de tel... Boone spécule en parlant d'un attentat. »

Se calant dans son fauteuil, les mains croisées sous la ceinture, Briggs regarda Fennell de l'air mi-las mi-amusé d'un instituteur patient confronté à un élève peu doué.

« A votre avis, Guy, qu'est-ce que cela veut dire quand une source du gabarit de Tiger Woods nous envoie un plan de la place Dauphine, un plan du parc de stationnement de ladite place, et une liste de ce qui semble être des garagistes de la région parisienne liés à la mouvance islamiste ? »

Fennell ne répondit rien. Briggs devinait ce qui se passait dans sa tête. Guy, se disait-il, a très bien compris, mais il veut que je formule moi-même la conclusion.

« Je ne sais pas ce que vous en pensez, mais il me semble qu'il s'agit là d'un attentat à la voiture piégée, très certainement à l'intérieur même du parc de stationnement de la place Dauphine, probablement au cours du procès, et peut-être même le jour de son ouverture.

— Les documents de Tiger Woods sont loin d'être explicites, Archie. Pourquoi n'a-t-il pas formulé tout cela plus clairement ?

— Mon cher Guy... qu'est-ce qu'un message écrit de

Le système Boone

Tiger nous apporterait de plus que ces documents ? De toute évidence, qui de droit a dû lui demander un travail de reconnaissance sur l'environnement immédiat du Palais de Justice, et un ciblage des agents et honorables correspondants de l'Appareil résidant en région parisienne et travaillant dans l'industrie automobile : concessionnaires, revendeurs, garagistes, etc. Et Tiger a apparemment fourni les informations requises. Il est donc plus ou moins couvert puisque les documents en question sont sortis de chez lui et existent en plus d'un exemplaire. Mais s'il nous envoyait une copie de ces documents accompagnés d'une note explicite et explicative, comme vous semblez le souhaiter, alors là il ne serait plus couvert du tout. Il prendrait un risque énorme si, d'aventure, le courrier était intercepté. Le jeu pour lui n'en vaut pas la chandelle ! Tiger s'est contenté de fournir les renseignements qu'on lui a demandés. Il ne sait pas qui exécutera l'attentat, ni quand ni comment. Il ne sait d'ailleurs même pas si l'attentat aura vraiment lieu. Après tout, combien d'opérations ne planifions-nous pas nous-mêmes avant de les abandonner... Par conséquent, le message *explicatif* qu'il nous enverrait serait des plus vagues : pas de *qui*, pas de *quand*, pas de *quoi*, pas de *comment*, juste le *où* qui relève très précisément de ses attributions dans cette affaire. Si le message devait tomber entre de mauvaises mains, ce vague même l'accuserait. Il prend donc ses précautions. On ne peut pas lui en vouloir. Il se couvre. »

Faisant la grimace, Fennell se leva et se mit à tourner en rond. Briggs comprenait son dilemme. En se couvrant si bien, Tiger Woods le laissait dangereusement à découvert. Et Fennell n'aimait pas avancer à découvert.

« Ainsi, vous pensez qu'un attentat se prépare... »

C'est *moi* qui le pense, se disait Briggs. Guy se protégeait comme il le pouvait.

« Je crois, Guy, que ces documents suggèrent qu'un groupe islamiste pour l'instant inconnu de nous envisage – ou a un moment envisagé – un attentat à la voiture piégée contre le Palais de Justice à Paris.

– Que devrions-nous faire, à votre avis ? »

Prudent, se dit Briggs. Très prudent. Il me laisse mener la danse. Il ne se mouille pas. Briggs décida de le laisser suer.

« J'estime qu'en votre qualité d'officier de liaison vous devriez transmettre sans plus tarder ces renseignements aux Français. Nous n'avons plus beaucoup de temps, d'ailleurs. » Il jeta un œil à sa montre, comme pour suggérer que les minutes étaient désormais comptées. « Le procès s'ouvre dans moins de quarante-huit heures.

– Ecoutez, dit Fennell, qui tournait toujours comme un lion en cage. Les Froggies mangent dans ma main... Ils mangent dans notre main, corrigea-t-il juste après. Les renseignements que nous leur avons fournis jusqu'ici ont été très appréciés. Vraiment très appréciés. Il ne faudrait pas, n'est-ce pas, tout gâcher en leur donnant de fausses informations. C'est notre crédibilité qui est en jeu, Archie !

– N'empêche que, vraies ou fausses, ces informations, nous les avons. Nous ne pouvons pas faire comme si de rien n'était. Imaginez qu'un attentat ait vraiment lieu... »

Un long silence suivit, durant lequel Guy Fennell pesa le pour et le contre.

« On devrait peut-être en informer d'abord Cecil, finit-il par dire. Et peut-être aussi le secrétaire d'Etat... Après tout,

Le système Boone

il ne s'agit pas là d'une simple affaire de renseignements. S'il se trouve que Tiger a raison, cette affaire est politique. Hautement politique.

— Si vous voulez, Guy.

— Bien, bien... Nous allons faire comme ça. Vous allez téléphoner à Cecil, et ensuite nous demanderons à Dupond-Aignan de passer nous voir. »

Ça y est, se dit Briggs, Guy s'est enfin couvert. L'idée qu'un attentat se prépare vient de moi, pas de lui ; c'est moi qui appelle le patron ; et Guy, d'habitude si jaloux de ses prérogatives, s'arrange pour ne pas voir le Français tout seul. De cette façon, si le branle-bas de combat provoqué par les renseignements de Tiger Woods n'est pas justifié, il pourra toujours m'accuser d'alarmisme. Et, dans le cas contraire, il revendiquera la paternité de l'opération en sa qualité d'officier de liaison.

Plus tard, en rentrant chez lui après la réunion nocturne avec Cecil Devereux et Henri Dupond-Aignan, Briggs se disait que Guy dormirait mal cette nuit. Il l'imaginait se retournant sans cesse dans son sommeil, arrachant des grincements plaintifs à son sommier et des soupirs excédés à Mme Fennell, et se levant le matin plus fourbu que la veille. Il l'imaginait ensuite se rendant au Club-House à la première heure afin d'y attendre un éventuel appel de Dupond-Aignan. Là, il se commandera à manger au bureau, tournera autour du téléphone, décrochera le combiné à intervalles réguliers pour s'assurer que sa ligne est bien branchée, et s'empêchera d'aller pisser, de peur que le bruit de la chasse d'eau ne couvre la sonnerie du téléphone. Et tout ce temps il élaborera des scénarios, mettant au point son plan d'attaque si les renseignements de Tiger Woods se révélaient exacts, tout en préparant sa ligne de défense si les choses devaient mal tourner. Dans tous les cas, il aura besoin d'avoir l'information en primeur. Dans tous les cas, il sera donc à son bureau demain dimanche. Et dans tous les cas, il dormira mal cette nuit.

Pas Briggs. Briggs passa une nuit paisible, à peine perturbée par un mauvais rêve : un coup de froid avait laminé ses jonquilles trop tôt écloses.

8

Quand Archie Briggs arriva au Club-House le lundi matin, il y régnait une fébrilité telle qu'il sut que le Charif avait vu juste et que la veillée d'armes dominicale de Guy Fennell avait été récompensée. Gladys, sa secrétaire, confirma d'ailleurs ses soupçons en l'informant qu'il était attendu pour une réunion chez le directeur dans cinq minutes.

« Savez-vous de quoi il retourne ? lui demanda Nico Mowbray-Smyth qu'il croisa dans le couloir. Ces réunions impromptues ne me réussissent guère. Je n'ai même pas fini de lire les journaux.

— J'ai ma petite idée. Je pense que Tiger Woods vient de nous faire un beau cadeau. »

Ainsi, Guy n'avait même pas pris la peine de mettre le Green-Keeper dans la confidence. Erreur, se disait Briggs. Guy devrait faire plus attention.

Alec Rose était déjà dans l'antichambre du bureau directorial, et les secrétaires s'étaient mises à plusieurs pour préparer le café. Signe évident d'une réunion de crise. Une petite lumière rouge passa finalement au vert et l'une des secrétaires pressa sur un bouton. L'ouverture de la porte

Le système Boone

fit alors entendre son beuglement électrique et Briggs tira le battant. La lourde porte capitonnée s'ouvrait en effet vers l'extérieur, obligeant le visiteur à reculer avant d'entrer. Signe apparent de pouvoir. Briggs, Rose, Mowbray-Smyth et le café rejoignirent alors à l'intérieur Devereux et Fennell. Ce dernier, tout sourire, resta assis quand ils entrèrent. Signe apparent de pouvoir.

« Nous avons fait mouche ! dit-il, une fois la secrétaire ressortie.

– C'est un Birdie ! renchérit Devereux qui trônait dans un chesterfield à roulettes derrière une masse en acajou qui faisait barrage entre lui et le commun des mortels et qui, à l'occasion, lui servait aussi de surface de travail.

– J'ai bien pensé vous prévenir, Archie, disait Fennell, mais il était déjà une heure passée hier dans la nuit quand Dupond-Aignan m'a téléphoné, et je n'ai pas voulu vous réveiller.

– J'aimerais bien que quelqu'un éclaire ma lanterne ! lança Mowbray-Smyth d'un ton excédé.

– Bon, bon, condescendit Devereux. Prenez place, les enfants... Je laisse la parole à notre officier de liaison qui va nous mettre au courant des derniers événements sur la scène parisienne.

– Eh bien, voilà ! » dit Fennell en s'adressant à Nico Mowbray-Smyth. Il avait localisé le foyer d'agressivité, et il s'efforçait de le neutraliser. « Samedi en début de soirée, on nous a transmis un message de Tiger Woods nous informant qu'un attentat à la voiture piégée se préparait probablement contre le Palais de Justice à Paris, sans doute à l'intérieur du parking souterrain de la place Dauphine qui court le long de la façade ouest du Palais... J'en ai donc discuté avec Archie – vous n'étiez pas là, Nico –, et après avoir consulté Cecil – coup d'œil déférent vers l'occupant du trône chesterfield –, nous avons finalement décidé de demander à Henri Dupond-Aignan de bien vouloir nous rejoindre, et nous avons alerté nos amis à Paris sans plus attendre... C'était délicat, bien sûr. Notre crédibilité était engagée. Mais, à moins de deux jours de l'ouverture du procès d'un réseau islamiste, nous nous devions d'agir avec célérité, n'est-ce pas ? »

N'est-ce pas ! se dit Briggs en regardant Fennell qui arborait à présent l'air faussement modeste du décideur qui a su prendre un risque personnel dans l'intérêt général.

« Et apparemment, nous avions vu juste, poursuivait le preneur de risques. Hier dimanche, à dix-neuf heures heure locale, dix-huit heures heure de Londres, une BMW grise s'engouffre dans ledit parking de la place Dauphine. Au volant, une jeune femme. Nos amis français, qui font très discrètement le guet (discrètement, parce qu'ils n'y croient pas encore tout à fait), s'enquièrent alors auprès de l'agent de police en faction à l'entrée. Le policier connaît bien la voiture, et la conductrice. Une riveraine. Une ressortissante uruguayenne du nom de...

– Carmen Ferreira Rios, compléta Devereux en lisant dans un dossier.

– C'est ça... Carmen Ferreira Rios, étudiante aux Beaux-Arts, résidant en France, place Dauphine, depuis déjà deux ans. Elle occupe, au dernier étage du 14 *bis* de la place, un petit appartement que lui sous-loue un diplomate argentin de ses amis...

– Le 14 *bis* fait face à l'appartement qu'occupait Yves Montand, dit Devereux. Montand... le chanteur de charme français... l'acteur... aujourd'hui décédé. Un peu à gauche... Montand, pas l'appartement. Enfin, bref, continuez, Guy.

— Il y a six semaines, Mlle Rios a fait l'acquisition d'une voiture — cette même BMW — qu'elle a pris l'habitude de garer au parking. Elle a un abonnement : une carte annuelle. Mlle Rios gare donc sa voiture au premier sous-sol, ressort par l'escalier donnant sur le terre-plein central, et rentre tranquillement chez elle... Jusqu'ici, rien d'inhabituel.

— Jusqu'à ce que..., intervint Devereux que le succès rendait quelque peu badin.

— Jusqu'à ce que..., reprit Fennell, ravi que le directeur lui donne la réplique. Jusqu'à ce que l'un de nos amis français, un certain Edouard...

— Labat, compléta Devereux. Le capitaine Edouard Labat... Eh oui, il reste encore quelques militaires à la Piscine !

— Jusqu'à ce que notre ami le capitaine Labat aille faire un tour du côté de la BMW... Simple acquit de conscience.

— Et qu'est-ce qu'il remarque, ce militaire consciencieux et perspicace ? demanda Devereux, histoire d'entretenir le suspense.

— Il remarque que l'arrière de la voiture est très affaissé, et que les amortisseurs ont quelque peu tendance à faire le grand écart. Ce qui suggère que la voiture doit être lourdement chargée. Ayant d'abord promené sa torche dans l'habitacle et s'étant assuré de l'absence de tout colis volumineux qui expliquerait un tel poids, il entreprend ensuite de faire ce qu'aucun officier britannique ne se serait avisé de faire. Faisant fi du danger et surtout de la loi, il s'emploie en effet à crocheter délicatement le coffre, espérant y trouver ce qui fait ainsi souffrir les pneus et se tordre les amortisseurs.

— Mais le coffre était vide ! annonça Devereux, plus cabotin que jamais.

— Le coffre était effectivement vide. Notre ami français se gratta donc la tête à la recherche d'une explication. Il est vrai que la voiture appartenait à une femme, ce qui pouvait expliquer qu'elle ait été mal entretenue et que les amortisseurs soient en mauvais état. D'un autre côté, les pneus étaient neufs, et le véhicule d'un modèle récent. Confronté à cette énigme, et ayant épuisé tour à tour toutes les ressources de son raisonnement puis de son imagination, le capitaine Labat fut envahi par un sentiment de peur mêlé de satisfaction et, cette fois-ci, il fit ce qu'aurait fait tout fonctionnaire modèle : il alerta ses supérieurs.

— Puis il alla consciencieusement se poster devant le 14 *bis*, au cas où l'envie prendrait Mlle Rios de ressortir de chez elle, dit Devereux, apparemment décidé à décerner au capitaine Labat la Victoria Cross.

— Deux heures plus tard, c'est-à-dire vers vingt et une heures trente, une équipe de déminage arrivée discrètement sur les lieux découvrait sous la banquette et dans les parois arrière de la BMW une charge de trois cents kilos...

— Trois cents kilos, messieurs ! l'interrompit Devereux. Plus de six cents livres !

— Une charge de trois cents kilos de dynamite minutée pour exploser le lendemain à neuf heures trente.

— Quelques petites heures avant l'ouverture du procès ! expliqua Devereux.

— L'impact de la charge inerte sur les amortisseurs et les pneus de la voiture était évident... Je vous laisse imaginer l'impact de l'explosion de cette même charge sur le Palais de Justice dont elle aurait miné les fondements mêmes ! »

Petite pause, petite gorgée de café. Fennell savourait l'effet de son récit sur l'auditoire.

« C'est incroyable ! » s'exclama finalement Mowbray-Smyth.

Captivé, il avait déjà tout pardonné à Fennell.

« Fantastique ! renchérit Alec Rose. Inouï ! »

Briggs, lui, se permit un petit biscuit.

« N'est-ce pas ? confirma Fennell. De vrais professionnels. Et il s'en est vraiment fallu de peu... » Les ayant héroïquement tenus en échec au risque de sa crédibilité, il n'en était que plus disposé à saluer l'audace des terroristes. « Inutile de vous dire, reprit le héros du jour, qu'après cela la discrétion ne fut plus de mise et le caractère latin de nos amis reprit vite le dessus. Le quartier fut investi par les forces de l'ordre, des barrages furent établis sur tous les ponts menant à l'île, et les Français, tous services et ministères confondus, firent irruption chez l'Uruguayenne. Ils la trouvèrent en petite tenue devant son Macintosh et l'escamotèrent telle quelle sans autre forme de procès pour la soumettre à un interrogatoire musclé du type que la pauvre fille pensait avoir laissé derrière elle en Amérique latine. De toute évidence choquée et paniquée, elle continuait à nier en bloc en répétant : "Ce n'est pas possible, ce n'est pas possible" sur un ton hébété. »

Nouvelle pause, nouvelle tournée de café.

« Peu après minuit, poursuivit finalement Fennell, notre capitaine Labat...

– Qui n'est pas né de la dernière pluie, intervint Devereux, confirmant ainsi son admiration pour l'officier en question.

— Le capitaine Labat, donc, se dit qu'il n'avait peut-être pas affaire à une terroriste cuvée Tupamaros, ni à une zélote fraîchement convertie aux charmes de l'islam, mais à une paumée qui voyait soudain son univers amoureux s'écrouler. Il lui offrit donc une boisson chaude...

— Et son propre veston pour cacher sa nudité, dit Devereux, désireux de faire de Labat, non seulement un officier, mais aussi un gentleman.

— Petit à petit, Mlle Rios se calma, et Labat put reconstituer toute l'histoire... Trois mois auparavant elle avait fait la connaissance, lors d'une réception à l'ambassade d'Argentine, d'un homme d'affaires libanais s'occupant, semble-t-il, d'import-export et d'opérations triangulaires entre l'Europe, l'Amérique du Sud et le Moyen-Orient.

— Un certain Akram Halabi, intervint Devereux après avoir consulté son dossier. Inconnu au bataillon.

— Un beau gosse, présentant bien, parlant l'anglais et le français à la perfection, et financièrement très à l'aise. La petite Carmen Ferreira Rios, qui émergeait alors d'un chagrin d'amour...

— L'artiste peintre pour les beaux yeux duquel elle était venue s'installer à Paris venait de la plaquer, expliqua Devereux.

— ... se laissa séduire par ce beau ténébreux, charmeur et mondain, qui tranchait tellement avec le caractère torturé et écorché vif de son précédent amant. Elle tomba donc amoureuse de lui, et lui d'elle, à l'en croire. Nos tourtereaux filaient le parfait amour, se retrouvant gaiement chaque fois que le travail d'Akram l'amenait à Paris, mais jamais

Le système Boone

chez elle, et toujours dans sa suite au Royal Monceau... Il y a six semaines, Akram offre à sa dulcinée une BMW presque neuve : une occasion, un ami revendeur qui lui doit une faveur. Et l'ami en question... »

Là, Fennell s'interrompit, attendant que quelqu'un finisse la phrase pour lui.

« L'ami en question, compléta Briggs qui avait décidé de lui faire ce petit plaisir, figure sur la liste des concessionnaires, revendeurs et garagistes fournie par Tiger Woods.

— Ex-ac-te-ment ! dit Fennell en hachant ses syllabes. Il s'appelle Rami Makhzoumi, il est libanais, il se fait appeler Rémi pour faire plus français, et il est revendeur de voitures allemandes à Evry à côté de Paris. Carmen est ravie... Vendredi dernier Akram lui téléphone. Il est en ville pour le week-end. Le lendemain ils partent tous les deux en BMW déjeuner à la Chaîne d'Or, aux Andelys, puis ils reviennent à l'hôtel et restent enfermés dans la chambre jusqu'au soir. Plus tard, en sortant pour prendre la voiture, ils découvrent que des vandales ont rayé la carrosserie et lacéré les pneus. Carmen est catastrophée, mais Akram prend vite les choses en main. Aucun problème, lui dit-il. Il téléphonera à son ami Rémi qui enverra une dépanneuse, changera les quatre pneus, fera une retouche de peinture, et en profitera pour s'assurer que tout est en bon état de marche. Carmen aura sa voiture, comme neuve, le lendemain même. Les Libanais, on le sait, sont aussi serviables qu'entreprenants, et ils ne rechignent pas à travailler le week-end. La petite Carmen est ravie d'être ainsi prise en charge. Elle trouve Akram si rassurant. Effectivement, le lendemain soir, c'est-à-dire hier, elle retrouve sa voiture

Le système Boone

réparée, retouchée, révisée, lavée et nettoyée. Lui remettant les clés, Akram lui dit au revoir. Il a un avion à prendre. Il ne veut surtout pas que Carmen l'accompagne jusqu'à Roissy. Avec les retours de week-end, Carmen resterait bloquée dans les bouchons, ce n'est vraiment pas la peine, ils se reverront la semaine prochaine, il l'appellera cette nuit, sinon demain matin... Bonté divine, se dit alors le capitaine Labat. Bonté divine, ou je ne sais quoi d'autre, s'exclament les Français en ces occasions. Bonté divine, il risque d'appeler ! Alors que Carmen lui raconte comment Akram l'a raccompagnée jusqu'à sa BMW, notre collègue français la prend par la main et la traîne jusqu'à la rue. Alors qu'elle lui décrit leurs adieux, il la pousse dans une voiture et démarre en trombe, direction la place Dauphine. Il pensait encore avoir une chance de coincer Akram. Mais ce dernier ne téléphona pas cette nuit-là. Pas plus qu'il ne téléphona le lendemain. Il court encore. »

Nouvelle pause, et gorgée de café froid. Briggs se disait que son succès, Guy Fennell le devait largement à ses talents de conteur.

« Après cela, reprit le conteur, les Français qui, depuis la nuit, surveillaient étroitement notre ami Rémi, fondent sur lui, l'arrêtent, et perquisitionnent à son domicile et à son garage. Je vous épargne les détails de tout ce qu'ils ont trouvé. Dupond-Aignan m'a téléphoné hier dans la nuit pour m'informer du succès de l'opération, et très tôt ce matin il nous a fait parvenir le rapport que voici.

— En somme, dit Briggs, c'est l'approche Roméo dans sa mouture la plus classique.

— Une approche Roméo qui relance la lune de miel entre nous et les Français, intervint Devereux. Ils sont ravis, et ils insistent pour nous remercier de vive voix. Guy part donc pour Paris. Guy, je compte sur vous pour relancer la Maison commune et patati et patata... Les enfants voilà ce que j'appelle du travail bien fait. Je dois avouer, cependant, que ces week-ends effrénés m'épuisent... Archie, vous êtes sûr que Boone ne pourrait pas s'arranger pour communiquer avec Tiger Woods plus tôt dans la semaine que le samedi ? »

9

Veille de fête à Londres. Plus que six jours ouvrables, matraquaient la radio et la télévision. Plus que six petits jours pour participer au clonage en série de saint Nicolas et faire le bonheur d'un enfant, d'un amant ou d'une vieille tante. Apostrophés par les spots publicitaires, canalisés par les enseignes lumineuses, des personnages orwelliens – consommateurs indécis, retardataires pris en faute – se bousculaient et se marchaient indifféremment sur les pieds le long des trottoirs bondés, et se croisaient sans se voir sur les escalators saturés des grands magasins où les chants aguichants de Noël disputaient la vedette aux tintements effrénés des tiroirs-caisses jamais repus.

A quelques dizaines de mètres de là, isolé de tout ce prurit mercantile par la masse glaciale et dégrisante du British Museum, Russell Square affichait pourtant un calme serein, une absence évidente d'activité qui s'apparentait à de la bouderie. Là, nulle boutique de mode, nul magasin de jouets, nulle guirlande ne venait illuminer les arbres dénudés du square et les façades neutres de ses immeubles somnolents. Assoupi, l'hôtel Russell déserté par sa clientèle américaine, victime d'une nouvelle attaque d'isolationnisme. Endormie, l'université vidée de ses étudiants. Fonctionnaires ou employés de banque, le reste de la population locale rongeait son frein derrière les fenêtres en comptant les heures qui la séparaient encore du long week-end. Ignoré de la publicité, oublié de tous, Russell Square faisait figure de trou noir dans la galaxie Noël.

Seule fausse note dans ce tableau catatonique, le Club-House, théâtre, cette année-là, d'une activité aussi frénétique qu'inhabituelle. Niché subrepticement entre l'Institut du Commonwealth et le Centre des études slaves, le Club-House, d'ordinaire, hibernait durant la période des fêtes. C'est que, d'ordinaire, le Club-House se mettait au diapason de ses maîtres. Et quand ces derniers se retiraient finalement dans leurs manoirs humides ou sur leurs yachts caraïbes, laissant à la Reine le soin de transmettre leurs vœux de santé et de prospérité à ceux qu'ils gouvernaient, le Club-House, en vraie cantinière de campagne, leur emboîtait le pas. Depuis sa naissance, le Club-House était en effet à l'écoute des bureaucrates de Whitehall. Et quand Westminster et Fleet Street s'accordaient une pause et que Whitehall soufflait enfin, le Club-House baissait sa garde et se mettait en veilleuse.

Pas cette année-là. Cette année-là, et contrairement à son habitude, le Club-House avait l'oreille tendue, non en amont, mais en aval. Il était à l'écoute, non de Whitehall, mais du Charif. Le directeur, qui avait projeté des vacances aux Bermudes, avait fait faux bond à sa famille ainsi qu'à un sous-secrétaire de ses amis, et faisait des apparitions sans précédent à Russell Square durant le week-end ; Fennell avait poussé le zèle jusqu'à se faire installer un lit de camp dans son bureau ; et Syd, le vieux Syd dont la mission

Le système Boone

essentielle avait été jusqu'ici d'interdire poliment l'accès de l'immeuble à l'éventuel étudiant kenyan égaré, se métamorphosait à vue d'œil en cerbère inquiétant, prenant un plaisir évident à traiter de haut les nombreux visiteurs officiels qu'un flair particulier et propre aux gens de maison lui faisait pressentir comme des quémandeurs. Ce en quoi il n'avait pas tout à fait tort.

Les locataires du Club-House avaient conscience que quelque chose d'important se passait, que le Service était l'objet de toutes les attentions. Les bureaux, notamment les bureaux directoriaux du quatrième, restaient allumés tard dans la nuit et, aux étages inférieurs, les pauses thé grouillaient de rumeurs et ceux qui rangeaient d'ordinaire leurs affaires à dix-sept heures quarante-cinq traînaient à présent jusqu'à dix-neuf heures passées, au cas où « on » (menton en l'air, yeux au plafond) aurait besoin d'eux.

En l'occurrence, « on » n'avait besoin de personne d'en bas. En l'occurrence, « on » avait surtout besoin du Charif. Or, depuis quelque temps, le Charif se faisait prier. Une véritable prima donna. Une soudaine et inexplicable extinction de voix. Depuis le triomphe de la place Dauphine : rien. Le public, alléché par le brio des premières représentations, s'impatientait ; Devereux, le maître de cérémonies, regrettait déjà ses week-ends gâchés et ses vacances avec le sous-secrétaire ; et Fennell, l'imprésario, frisait la dépression. Aux étages inférieurs la fébrilité était peut-être de mise mais, au quatrième, l'ambiance était plutôt morose. Comme toujours, le commun des mortels avait un temps de retard sur l'événement.

« Mais qu'est-ce qui se passe, Archie ? Depuis l'affaire

du Palais de Justice votre source ne nous sert plus que des miettes ! »

Fennell sortait tout juste d'une réunion avec les Américains. N'ayant rien pu leur donner à se mettre sous la dent, il était d'humeur massacrante.

« *Ma* source, comme vous dites, est un homme, pas une machine !

– Archie, Archie... Vous n'allez tout de même pas nous faire un cours sur la différence entre le renseignement de source humaine et le renseignement de source technique ! Mes Gens aussi traitent des sources, figurez-vous ! Nous ne nous contentons pas de poser des micros, d'analyser des photos-satellite et de lire les rapports d'écoutes que nous envoient les Grandes Oreilles de Cheltenham ! Je sais bien qu'une source peut être brûlée, coupée de son traitant ou privée de ses canaux de communication. Tout ça, je le sais ! Et je sais aussi que votre source n'est confrontée à aucun de ces problèmes. Nous savons que Tiger Woods est encore en place, nous savons que Boone est toujours en contact avec lui, et nous savons que le courrier fonctionne normalement... Alors permettez-moi de reposer ma question. » Il avait bondi de son siège et fixait Briggs des yeux en s'appuyant du plat de la main sur le bureau de Devereux, comme pour y puiser on ne sait quelle autorité. « Qu'est-ce qui se passe ? Une erreur de manipulation, peut-être ?

– Vous y allez un peu fort. Harry Boone ne manipule pas vraiment Tiger, et il ne manipule pas plus le cheikh qui fait écran entre lui et nous. Harry Boone se contente de manipuler le courrier, et le courrier remplit sa fonction à la perfection.

– N'empêche que sa production ne fait que dégringoler !

Le système Boone

Non seulement il nous envoie du réchauffé, mais il refuse systématiquement de répondre à nos questions ! Rien sur l'assassinat de Cholmondeley, et rien, absolument rien, sur les attentats contre les Américains ! Que dalle !

— Il a peur.

— Il a peur ? Vous... Vous voulez dire qu'il ne veut plus travailler pour nous ? »

Soudain, à l'idée de perdre son fonds de commerce, Fennell dut se sentir défaillir car il se rassit brutalement.

« Je ne pense pas. Il continue ses livraisons. Il maintient le contact. Seulement voilà, il entend fonctionner à son rythme, pas au nôtre. Et si nous voulons le garder, il va nous falloir nous adapter à son rythme. »

Fennell, dont le rythme de travail — voire le biorythme — se confondait avec celui des divers comités d'organisation, de réorganisation, de liaison et de coordination qui noircissaient son agenda, ne semblait guère enchanté par cette perspective.

« Et ce fameux *rythme*, j'imagine que vous l'avez étudié ?

— Harry Boone l'a fait. Harry Boone pense avoir décelé la logique de Tiger Woods.

— Et qu'est-ce qu'il pense, votre homme ? » intervint Devereux qui avait jusque-là semblé se désintéresser du débat.

Enfoncé dans son fauteuil, le dos tourné à ses collaborateurs, il avait passé son temps à faire crépiter du pouce le mécanisme d'un stylo à bille tout en admirant la console Guillaume IV en acajou dont il venait de faire l'acquisition. D'une poussée du pied sur le tapis soyeux, il virevolta dans son siège et se joignit à la discussion.

« Eh bien, Archie ? »

Le système Boone

Briggs ne répondit pas tout de suite. Ayant ôté ses lunettes, il était occupé à les essuyer à l'aide de son mouchoir qui avait du mal à glisser sur la surface plane du verre. Dans son for intérieur il pestait contre son opticien, ou plus exactement contre le fils de ce dernier qui lui avait conseillé ces verres antireflet. Il examina ensuite ses lunettes à contre-jour, fit une moue dubitative, et les remit sur le nez. Puis il plia soigneusement son mouchoir avant de l'empocher.

« Boone s'est intéressé à la périodicité des envois, dit-il finalement, et il a trouvé quelque chose. Il a remarqué que Tiger avait initialement pris contact avec nous suite à la découverte fortuite d'un réseau de l'Appareil à Cardiff. Il aurait pu le faire dès son retour de Quetta, quand il était devenu évident que tôt ou tard il passerait à la trappe, mais il ne l'a pas fait. Il a attendu les arrestations de Cardiff pour nous fournir les informations qu'il avait sur les réseaux islamistes en Grande-Bretagne. Et tout ce temps il a continué d'ignorer nos demandes pressantes de renseignements sur les assassins de Cholmondeley et sur les attentats anti-américains... Son deuxième grand coup, il l'a frappé avec l'interpellation des Algériens en France. Immédiatement après, il nous a donné l'opération de la place Dauphine...

— Et alors ? s'impatienta Fennell.

— Boone a fait le lien, et il est arrivé à la conclusion que Tiger attend *toujours* que des arrestations aient lieu, et qu'elles soient rendues *publiques*, pour daigner nous envoyer le renseignement quatre étoiles que nous attendons de lui. Pourquoi ? Eh bien, pour se couvrir, naturellement ! Pour que ses maîtres ne soupçonnent pas une fuite. Pour qu'ils concluent que nous tenons nos informations de tel prévenu qui aura craché le morceau, ou de tel carnet découvert dans telle planque. Il noie le poisson. Il sait probablement qui a tué Richard Cholmondeley, il sait probablement qui a perpétré – et qui prépare encore – des attentats contre les Américains, mais il se gardera bien de nous en souffler mot avant de s'être assuré que nous tenons une piste dans ces affaires, aussi ténue soit-elle. Une piste qui expliquera les fuites et le couvrira. Il refuse de se laisser bousculer. Il entend battre la cadence lui-même, et décider seul du contenu et du rythme de ses envois. »

Un long silence suivit, tandis que les espiocrates, qui n'avaient jamais tâté du terrain, digéraient lentement les implications de ce cours magistral en renseignements. Briggs, qui lorgnait l'assiette à biscuits depuis un moment, en profita pour soulever délicatement du doigt une gaufrette dans le secret espoir qu'elle cachât un biscuit au chocolat.

« Eh bien, cela me semble plausible, soupira finalement Devereux. Cela dit, en ce qui nous concerne, le problème reste entier. Nous avons rameuté les chalands et fait monter les enchères, mais sans la marchandise nous n'irons pas bien loin. Pour l'instant nous avons encore le vent en poupe. Mais si c'est Tiger Woods qui doit souffler le vent, j'ai peur, messieurs, que nous ne finissions par rater la marée. La question est donc de savoir ce que nous pourrions faire pour ranimer notre source. Vous avez peut-être une suggestion, Guy ? demanda-t-il à Fennell qui, sortant de sa léthargie, s'était levé et arpentait la pièce les poings dans les poches de son pantalon.

— J'en ai une, répondit ce dernier en s'immobilisant et en s'adressant à ses chaussures. Un Drop.
— Un Drop ? Comment cela, un Drop ? s'étonna Briggs.
— Un Drop, Archie ! Une exfiltration ! Tiger va faire défection et venir ici. Nous lui offrirons une sortie en douceur, autant d'argent qu'il voudra, une nouvelle identité, et s'il le souhaite un nouveau visage. Bref, toute la panoplie !
— Impossible !
— Impossible ? Pourquoi impossible ? S'il a peur, s'il se sent menacé, le Drop résoudra et son problème et le nôtre. Il sera à l'abri, et nous aurons notre source sous la main... C'est nous qui soufflerons le vent, reprit-il en s'adressant à Devereux, et nous ne raterons pas la marée, conclut-il en bon tacticien d'antichambre.
— Ça ne marchera pas », se désola Briggs.
Joignant la mimique à la parole, il esquissa une moue comme pour dire qu'il en était d'ailleurs sincèrement navré.
« Je suis d'accord avec Archie, intervint Nico Mowbray-Smyth. Je ne le vois vraiment pas faisant défection, changeant d'identité, ouvrant un compte numéroté à Curaçao, et s'installant dans un cottage des Cotswolds pour y cultiver ses roses. Je le vois encore moins publiant, plus tard, un livre qui s'intitulerait *J'ai été un agent de l'Islamintern*, et faisant des tournées de conférences outre-Atlantique. Ça, c'était peut-être bon pour les Popov, Guy, mais ce n'est pas la tasse de thé des Abdul.
— C'est vrai, ça, se désola Devereux. Ces gens-là sont... comment dire... différents...
— Je m'en voudrais de piétiner les plates-bandes de Nico et d'Archie, riposta Fennell. Et je ne mets nullement en

doute leur connaissance des mentalités arabes et musulmanes. Mais on nous dit que Tiger prend peur, qu'il se trouve sur un siège éjectable, que ses protecteurs le lâchent. Alors je me dis : qu'avons-nous à perdre à essayer ?

— Déjà que la relation penche lourdement en sa faveur, dit Briggs, avant de se rendre compte qu'il aurait mieux fait de se taire.

— Et qui en est responsable, si ce n'est Boone ? l'attaqua Fennell.

— Une telle suggestion consacrerait définitivement sa supériorité. Nous serions dans une position de quémandeurs. Nous ne pourrions plus le retenir.

— Le retenir, Archie ? Le retenir, dites-vous ? Encore faudrait-il le tenir, avant de le retenir ! Vous reconnaissez vous-même que nous n'avons aucun moyen de pression sur lui.

— Psychologiquement, une telle suggestion nous mettrait dans une position très inconfortable.

— *Psychologiquement* ? Ce n'est pas la psychologie qui m'intéresse, moi, ce sont les renseignements ! L'art pour l'art ? Trop peu pour moi, Archie ! » Il poussait son avantage, maintenant. « A vrai dire je me fiche pas mal que Boone se sente dominé par sa source. Mon problème est de fournir des réponses satisfaisantes aux questions qui nous sont posées. Et si la défection de Tiger peut y contribuer, je ne vois pas pourquoi on hésiterait. Que Boone entre en contact avec lui. Qu'il aille le voir en personne et lui soumette notre proposition. Voilà ce que je propose ! »

Briggs se tourna vers Mowbray-Smyth. Mais le Green-Keeper était loin, très loin. Il avait subitement décidé de donner toute son attention à ses chaussettes bariolées. Rien

Le système Boone

à espérer de ce côté-là. Briggs savait qu'il livrait désormais un combat d'arrière-garde.

« Sa défection, à supposer toutefois qu'il prenne notre offre au sérieux, nous priverait d'une source de choix. D'une source irremplaçable de renseignements sur les projets de l'Appareil...

– Les *projets* de l'Appareil ? l'interrompit Fennell. Parlons-en un peu de ces projets ! Des projets dont votre source nous parle au compte-gouttes, au gré de ses humeurs, et toujours par la bande. Voyez-vous, Archie, je me demande si ce que l'Appareil *projette* de faire, ce que l'Appareil *peut* encore faire, vu les coups qui lui ont été portés, importe autant que ce qu'il a *déjà* fait ! L'arrivée de Tiger Woods ici nous aiderait au moins à clarifier tous ces points obscurs. »

Fennell fixait à présent Devereux, qui se grattait le nez tout en reniflant le bout de ses doigts, histoire, peut-être, de s'assurer qu'ils ne sentaient pas déjà le roussi. Et tout le monde attendait patiemment le résultat des analyses olfactives du patron.

« Guy a raison, dit finalement le "nez" à la sortie d'un virage à cent quatre-vingts degrés. Cholmondeley, les attentats anti-américains, le bacille de charbon, le virus de la variole et les écoles de pilotage d'avions : voilà ce qui intéresse le secrétaire d'Etat. Whitehall sait que nous traitons une source islamiste haut placée, et Whitehall ne comprend toujours pas pourquoi toutes ces questions demeurent sans réponse. Whitehall commence à trouver le temps long. Pour l'instant nous avons encore un petit sursis. La trêve des confiseurs. Mais dès la rentrée la pression va monter, et ça va chauffer.

– Cette exfiltration nous donnera le répit dont nous

avons besoin, le rassura Fennell. Aussitôt que le secrétaire d'Etat aura été informé que nous nous apprêtons à recevoir notre source ici, il fera patienter Whitehall.

— C'est vrai, ça ! » Le visage de Devereux s'illumina. « Guy a raison ! Ça fera patienter Whitehall ! »

Ne se sentant pas de taille à lutter contre Whitehall, Briggs jeta l'éponge. Otant ses lunettes, il les rangea dans la poche-poitrine de son veston et s'isola derrière un flou rassurant.

10

Selon la tradition orientale, les sièges avaient été disposés le long des murs et le centre de la pièce abandonné à un immense tapis au-dessus duquel planait un lustre clinquant. Chartouni était allé directement s'asseoir dans un fauteuil en velours surmonté d'une sourate calligraphiée dans son cadre doré. Boone se dit que ce devait être là sa place habituelle, et que le cheikh Hammoud devait trôner en face, à côté du téléphone. Leurs échanges devaient alors avoir lieu de part et d'autre du grand tapis persan : échange public ou, du moins, échange pour un public. A eux deux, se disait-il, Hammoud et Chartouni devaient avoir réponse à tout. Ils devaient même avoir réponse à des choses pour lesquelles il n'y avait pas encore de question.

Depuis leur arrivée, Chartouni arborait un air des plus serein. Rien à voir avec l'homme qui avait rejoint Boone au Marbella Beach deux heures plus tôt. Ce Chartouni-là avait sué abondamment, et il avait eu du mal à contrôler la peur qui le tenaillait. Pour lui changer les idées, Boone lui avait remis sa petite récompense : un carton d'invitation blasonné priant nommément le docteur Sami Chartouni de bien vouloir honorer de sa présence un colloque que

Le système Boone

Chatham House organisait sur le rôle de l'islam dans le nouvel ordre mondial. Du coup, Chartouni en avait oublié ses frayeurs. Dans le monde des Chartouni, les conférences et autres verbosités internationales étaient en effet particulièrement prisées : l'occasion de voyager, de remplir son carnet d'adresses, et d'allonger un curriculum vitæ déjà bien étiré. Ainsi, grâce au Club-House, et grâce, surtout, au Charif, le docteur Chartouni, auteur de plusieurs articles parus dans des revues obscures et d'une thèse de doctorat non publiée, s'en irait en Angleterre au printemps, sa sacoche dûment remplie de tirés à part qu'il distribuerait généreusement en guise de cartes de visite.

De la terrasse avoisinante leur parvenait à présent un bruit que Boone n'arrivait pas à identifier. Un bruit d'engrenage mal huilé. Intrigué, il s'était levé pour aller y voir quand la tenture séparant l'espace public de la maison de son espace privé se souleva sur un garçon d'une dizaine d'années et un barbu flottant dans une toge noire : le cheikh Ahmad Hammoud. Ce dernier vint directement vers Boone en faisant la chauve-souris et lui donna l'accolade. Le gosse, lui, alla embrasser Chartouni en l'appelant « mon oncle ». Hammoud étreignait toujours Boone, toujours sans mot dire, et toujours résonnait ce bruit lancinant d'engrenage mal huilé. Libérant enfin sa proie, le cheikh fit un geste en direction de la porte-fenêtre et Boone crut qu'il s'apprêtait à éclaircir le mystère du bruit. Mais non, Hammoud l'invitait en fait à le suivre jusqu'à la terrasse. Ils sortirent donc tous les quatre, l'enfant tenant Chartouni par la main, et le cheikh effleurant de son aile le bras de Boone.

La terrasse donnait sur un verger, et le bruit qui intriguait Boone provenait d'une balancelle à auvent. Un

Le système Boone

homme, que Boone apercevait de biais, y était installé et impulsait, du pied, de petites poussées qui faisaient grincer le roulement à billes mal huilé du balancier. L'homme regardait droit devant lui en fumant. Laissant Boone là, Hammoud fit à nouveau son numéro de chauve-souris et s'en fut rejoindre l'enfant et Chartouni parmi les orangers et les néfliers.

S'approchant du fumeur, Harry Boone prit la balancelle au vol et s'installa à ses côtés. Il s'attendait à tout sauf à cela. Il s'était préparé à des coupures intempestives, à des changements brusques de cap et de véhicule, à des immeubles à entrées et sorties multiples, à une brève rencontre dans quelque cave mal éclairée ou sur la banquette arrière d'une voiture en marche. Mais le voir ainsi, en plein jour et en plein soleil, sur une balancelle fleurie ! Il se remit à espérer que cette affaire serait moins traumatique qu'il ne l'avait craint, et que tout se passerait au mieux, entre Levantins civilisés.

Ils restèrent ainsi quelques instants en silence, puis le fumeur jeta d'une chiquenaude sa cigarette au loin, immobilisa la balancelle du pied, et se tourna vers lui.

« Harry Boone », annonça-t-il, à personne en particulier.

Le côté droit de son visage était labouré de sillons difformes qui, partant de la tempe, couraient sur l'arcade sourcilière, la joue, le nez et l'oreille, pour disparaître ensuite dans le cou.

« Tout va bien pour toi, mon ami ? » demanda-t-il dans un anglais plutôt correct.

Il avait la voix rauque d'un homme qui en impose à son entourage en dépit de son jeune âge. Une voix exercée à commander. Une voix sans ambages, et sans ce ton doucereux de fausse humilité propre aux gens du clergé.

« Tout va bien, répondit Boone dans son arabe approximatif.

— J'imagine qu'il doit y avoir un problème quelque part. Sinon, tu n'aurais pas autant insisté pour me voir.

— C'est Londres. » Boone alluma un Wintermans, le temps de se donner une contenance. « Londres s'inquiète.

— Nous sommes tous entre Ses mains, dit le croyant.

— C'est la qualité des renseignements qui les inquiète, reprit Boone, plus prosaïquement. Les envois deviennent irréguliers.

— Nous ne sommes pas maîtres du temps, expliqua le descendant du Prophète en allumant une autre cigarette. Mais on va arranger ça. Toi et moi, on finira par trouver une solution. »

Il avait adopté avec Boone un ton informel qui suggérait on ne sait quelle intimité, on ne sait quelle histoire commune.

« Londres a une proposition à te faire. »

Boone se sentait gêné.

« Je t'écoute.

— Londres estime que tu es menacé. » Boone tournait autour du pot. « Ils aimeraient te rassurer. Te mettre à l'abri.

— Ils veulent que j'aille en Angleterre ?

— Ils se sont mis ça en tête, lança Boone d'un ton qui voulait dire que cette idée saugrenue ne venait pas de lui.

— Une défection ? sourit l'autre. Comme au bon vieux temps de la guerre froide ? Comme au cinéma ?

— C'est un peu cela... »

Le système Boone

Boone était dans ses petits souliers. Il en voulait à Briggs de l'avoir mis dans une telle situation.

Le Charif s'était tu à présent, et il avait repris son balancement. Le mouvement s'accéléra. Boone en avait presque le tournis.

« C'est d'accord, finit par dire le Charif en arrêtant brutalement la balancelle du pied.

— D'accord ? »

Boone était estomaqué : le Charif le prenait à contre-pied.

« J'accepte à une condition. On fait ça à *ma* façon.

— Tu acceptes ?

— Dans deux semaines, tu enverras le Dr Chartouni chez le cheikh Hammoud comme à son habitude. » Il fit un geste de la main en direction de la chauve-souris et de son acolyte. « Tu t'en tiendras à la même routine. Alors qu'ils seront ensemble, ma voiture empruntera un trajet bien précis et tu t'arrangeras pour qu'elle fasse l'objet d'un attentat.

— Un *quoi* ?

— Bien entendu, je n'y serai pas, dit le Charif, se méprenant apparemment sur la cause de cet étonnement. Mais ce sera quand même ma voiture, et mes gardes de corps.

— Un attentat à la *bombe* ? »

Boone voyait soudain toute sa vie peinarde chamboulée. S'il devait tremper dans un attentat, rien ne serait plus jamais comme avant.

« Un attentat à la bombe, oui. Une voiture piégée qui prendra la mienne pour cible.

— Une voiture piégée, répéta Boone d'un ton monocorde en essayant de ranimer son cigare.

— Si je dois disparaître, autant le faire convenablement.

— Tu voudrais qu'on fasse exploser une voiture pour couvrir ta défection ?

— Pour brouiller les pistes, dit le Charif en envoyant sa cigarette au loin. Il ne faut pas qu'ils sachent. Il faut qu'ils soient convaincus de ma mort.

— Une voiture piégée ! Je ne sais pas s'ils accepteront ! dit Boone, en priant fort pour que Londres dise non à ce plan diabolique.

— Je n'ai rien demandé, dit le Charif en reprenant son mouvement de balancier. C'est vous qui êtes venus me chercher. Ce sera ça ou rien. »

Il est fort, se disait Boone. Il est très fort.

« Et je veux une *vraie* voiture piégée. Pas un petit colis minable ! Ma Mercedes devra être pulvérisée, et ce qui reste de ses occupants impossible à identifier ! »

Il veut impliquer Londres, réfléchissait Boone.

« Si vous n'arrivez pas à mettre la main sur du C4, je veux *au moins* trois cents kilos de semtex, de tolite et de pains de plastic. »

Il veut mouiller Londres jusqu'au cou.

« Et pour être sûr que la charge aura raison du blindage de ma voiture, je veux des charges creuses, des obus de mortier, et des mines antichars. »

Mais qu'est-ce que je fais ici ? se demandait Harry Boone. Qu'est-ce que je fais dans ce verger, sous cet auvent fleuri, à écouter sans mot dire un fou furieux me donner ses instructions mortelles comme s'il me livrait une recette de cuisine ?

« Tu m'attendras au Musée, disait à présent le Charif. Près de la résidence de l'ambassadeur de France. J'irai t'y rejoindre aussitôt après l'explosion. Voilà mes conditions.

« – Et quelles conditions !
– Si Londres me veut, eh bien, Londres n'a qu'à y mettre le prix ! »

Et quel prix ! Le Charif va coûter très cher au Club-House. Et plus la source leur coûtera cher, plus elle leur sera précieuse et plus ils y tiendront. Une fois qu'ils y auront mis le prix, ils le couveront. Ils le défendront bec et ongles.

Sa rapidité à accepter la proposition d'exfiltration avait surpris Boone. Il ne l'y reconnaissait pas. Mais il le reconnaissait bien dans ce plan retors qu'il imposait à présent au Club-House comme condition de sa défection. Et ça, ça ne faisait pas du tout l'affaire de Harry Boone. Ce n'est pas en prévision d'un tel jour, ni de telles aventures scabreuses, que Harry Boone avait rejoint les services secrets, une fois que sa femme lui eut rendu sa liberté. A l'époque, il végétait comme professeur dans une école religieuse mineure d'une province qui ne l'était pas moins, mais ni l'ambiance ni le climat ne lui correspondaient. Il souhaitait voir du pays, s'était-il dit, et il souhaitait aussi être assisté sans jamais avoir à entreprendre quoi que ce soit. Inutile de se faire violence, s'était-il dit. Inutile d'aller contre sa vraie nature. Les ordres religieux lui semblaient à ce propos assez bien indiqués, mais le fait est que les vœux de chasteté qu'ils requéraient ne lui convenaient guère. Il avait envisagé aussi la possibilité d'épouser quelque riche héritière mais, outre la difficulté de l'entreprise (Harry Boone ne se mouvait pas vraiment dans les cercles adéquats), un résidu de morale chrétienne mal placée l'en empêchait. Restait la Fonction publique qui pouvait lui donner l'occasion de voyager tout en s'assurant que son chèque tomberait à la

Le système Boone

fin de chaque mois sans qu'il ait à s'en inquiéter. D'emblée Harry Boone avait exclu l'armée, trop violente à son goût, et dont les déplacements à l'étranger étaient souvent synonymes d'expéditions guerrières. Quant au Foreign Office, n'ayant pas été dans les bonnes écoles et n'ayant fréquenté une université prestigieuse que dans sa version roturière et « brique rouge » (qui plus est en qualité de simple boursier, éligible par ses notes plutôt que par son pedigree), il savait pertinemment qu'il n'obtiendrait jamais les affectations qu'il convoitait, et qu'il risquait de passer sa vie dans quelque obscur département de Whitehall. Il ne lui restait plus que les services secrets qu'il rejoignit donc en espérant que l'accent porterait sur *secrets* plutôt que sur *services*, et qu'il pourrait y cacher plus aisément (derrière le secret) l'inaction qu'il entendait ériger en ligne de conduite. Et ça avait marché pour lui. D'abord chez les Bunkers, ensuite au Club-House. Ça avait même très bien marché. Mais voilà à présent qu'on lui forçait la main, qu'on l'obligeait à se départir de son inaction pour se mouiller dans des actions (qui plus est, violentes) qui risquaient fort de ne pas demeurer secrètes très longtemps. Des actions qui menaçaient d'ébranler le système qu'il avait si patiemment bâti.

11

Il était deux heures passées et Londres n'avait toujours pas réagi à son message de l'après-midi. Ça devait cogiter ferme, à Russell Square. Le Royal & Ancien avait dû battre le rappel des troupes. Une décision de cette importance ne souffrait rien de moins que l'unanimité la plus totale, le consensus étant la condition sine qua non de toute survie carriériste. Tout comme il y avait à Beyrouth un système Boone, il y avait en effet, à Londres, un système Royal & Ancien.

Boone imaginait la scène. Fennell commencerait par crier au loup, histoire de pouvoir affirmer par la suite, si besoin était, qu'il avait tenté de mettre tout le monde en garde. Nico lui rétorquerait que non, qu'il ne croyait pas vraiment au traquenard, et Archie dirait que la suggestion du Charif était somme toute cohérente avec son approche. Mais Fennell n'en démordrait pas. A prudent, prudent et demi ! Lui qui est à l'origine de l'idée de la défection jouera à l'avocat du diable, et Devereux et Rose se rangeront bien sûr de son côté. Puis, petit à petit, et parce que leur désir de mettre le grappin sur le Charif sera plus grand que leurs angoisses de bureaucrates arrivistes, ils finiront par se laisser convaincre. Chemin faisant, ils se seront néanmoins constitué un dossier « au cas où ». Dans ce dossier, ils auront compilé tous les indices, aussi ténus soient-ils, suggérant que le Charif joue double jeu. Toutes les bribes d'information, toutes les rumeurs l'associant de près ou de loin à la mort de Cholmondeley, à l'écrasement d'un avion de ligne sur une tour de bureaux, à l'empoisonnement d'un château d'eau, et à une bonne douzaine d'autres horreurs du même genre. Si les choses tournent mal, si la proposition du Charif se révèle être un piège, ils pourront toujours dire qu'ils cherchaient sérieusement à l'éliminer, ce salaud, cet infâme tueur, et que, hélas, mille fois hélas, on ne fait pas d'omelette sans casser des œufs. Après tout, diront-ils aussi, nos cousins américains et nos alliés israéliens ne font pas dans le détail, eux.

En fin de compte, l'unanimité au sein du Royal & Ancien se fera, non pas autour de l'opération elle-même, mais autour de la deuxième ligne de défense, notamment autour du filet de rattrapage. Ainsi paré, le directeur demandera à voir Walker de toute urgence et le rejoindra dans son manoir du Gloucestershire. Ce dernier le recevra dans son fumoir lambrissé, et Devereux lui exposera les faits. Walker s'attardera spécialement sur la stratégie de repli et sur les palliatifs que Devereux lui présentera, il les traduira vite fait en termes politiques et médiatiques, et s'il trouve la traduction à son goût, il finira par donner son feu vert à l'opération. Au Club-House, la prise de décision se résumait à cela.

Le téléphone tira finalement Boone de ses pensées, et il s'empressa de décrocher avant que la sonnerie ne réveillât Maria qui dormait dans la chambre à côté.

Le système Boone

« Je ne te tire pas du lit, j'espère, dit la voix de Briggs à l'autre bout du fil.
— Pas du tout. Je t'attendais.
— On passe en code ? »
Et merde, se dit Boone en pressant un bouton sur son mobile. La voix de son patron lui revint aussitôt, métallique et comme décalée.
« C'est d'accord, Harry... »
Et merde, et merde et merde, se dit encore Boone qui avait vu la tuile venir.
« La suggestion de notre ami est acceptée... »
D'où ce coup de fil, bien sûr. Pas de trace écrite, électronique ou autre.
« Nous aimerions cependant que le travail soit effectué par un Pro... »
Un Pro ! Londres jouait la prudence. Dans la terminologie snob que le Service avait héritée du golf, un Pro était un mercenaire. Rien à voir avec les soi-disant gentlemen qui constituaient l'ossature du Club-House, et parmi lesquels il recrutait aussi ses honorables correspondants. Les Pros ne faisaient pas partie de la Maison, et ils n'y étaient d'ailleurs jamais reçus.
« Il est hors de question que nous agissions directement... Et hors de question, également, que nous soustraitions l'affaire à notre ami le colonel... Tu me comprends ?
— Je comprends parfaitement.
— Le Pro que tu choisiras devra être convaincu qu'il s'agit là d'un véritable attentat, non d'une diversion... Compris ?
— Compris.
— Tu penses que c'est faisable ?

Le système Boone

– Je te le dirai dans la semaine. Peut-être même dès lundi.
– Très bien, Harry. Téléphone-moi dès que tu en sauras plus. »
Encore le téléphone.
« On mettra le prix qu'il faudra. Pas de limite. Compris ?
– Compris », répondit Boone, qui comprenait surtout que, pour le Royal & Ancien, une marge confortable de démenti n'avait pas de prix. Les Pros étaient grassement payés pour les dédommager de leur statut d'enfants illégitimes. Jamais le Service ne reconnaîtrait la paternité de leurs actes. Jamais on ne lèverait ne serait-ce que le petit doigt pour les sortir d'un quelconque pétrin.
« Bon dimanche, Harry.
– Bon dimanche, dit Boone en raccrochant, et en pensant au dimanche pieux qui l'attendait.
– Alors ? » lui demanda Maria à travers la porte close.
Ainsi, elle ne dormait pas.
« Ils sont d'accord, soupira-t-il.
– Ils sont fous ! s'écria-t-elle en sortant de la chambre, les jambes nues, et vêtue d'une de ses vestes de pyjama d'homme qu'elle affectionnait. Ils sont complètement fous !
– Fous ou pas, je suis forcé de faire ce qu'ils demandent.
– Un attentat à la voiture piégée en plein Beyrouth, c'est de la démence. Cette guerre en Afghanistan leur a donné le goût du sang !
– Et ce n'est qu'un commencement... »
Boone se disait qu'il n'aurait jamais dû quitter sa petite école de province.
« Tu ne vas quand même pas le faire toi-même !

Le système Boone

– Je pensais en charger Kamel et m'abriter derrière lui et la Sûreté, mais ils n'en veulent pas.
– Ils sont peut-être fous, mais ils ne sont pas cons.
– Dommage. L'aval de la Sûreté libanaise m'aurait bien arrangé.
– Tu as quelqu'un d'autre en tête ?
– Je pense à Théo », répondit Boone, qui confiait toujours tout à sa maîtresse, et qui s'arrangeait pour que le Club-House le sache. Maria, autant que son appartement, son bureau, son coffre et sa porte blindée, faisait en effet partie du système Boone. Elle était la détentrice de tous ses secrets, et le Club-House le savait. D'aucuns à Londres souhaitaient peut-être le rappeler au pays, mais d'autres se rendaient compte qu'il serait préférable de le garder à Beyrouth, ne serait-ce que pour s'assurer que sa maîtresse n'irait pas raconter ailleurs ce qu'elle savait.

« Théo, dis-tu ? Il ne se fait pas trop vieux ?
– Il est vieux, et il est sur la touche. Il n'acceptera que plus facilement.
– Et après ? Après l'attentat ?
– Le Charif me retrouvera à côté de l'ambassade de France, au passage du Musée, et je le conduirai en voiture jusqu'à Halate. J'ai parlé à Roger Trad cet après-midi...
– L'homme d'affaires ? Je vois avec plaisir que tu fréquentes le gratin !
– Il accepte de me prêter son yacht pour une virée à Limassol.
– Le *Jolly Roger II* ? Ou est-ce le *Jolly Roger III*, maintenant ? Ou peut-être déjà le *Jolly Roger IV* ? Sais-tu qu'il a commandé chez Benson & Clegg, à Londres, une centaine de cravates Spécial Jolly Roger à tête de mort ? Il les dis-

tribue allégrement à tous ses amis et néanmoins victimes, qui les arborent fièrement comme sa marque de fabrique. Ils se mettent eux-mêmes la corde au cou, en quelque sorte !

– Il n'aura pas besoin de son yacht ce jour-là », dit Boone, ignorant son persiflage.

Il savait que Maria avait jadis été la maîtresse de Trad, et que cela avait plutôt mal fini.

« Un week-end d'après-ski à Fakra, j'imagine !

– Un comité de réception du Club-House nous attendra à Chypre, et de là on prendra un vol militaire pour l'Angleterre.

– Tu ne seras pas absent longtemps, j'espère. Tu sais que je n'aime pas quand tu t'absentes.

– Je sais », dit Boone, qui savait surtout que Maria vivait mal ses longs veuvages, et qu'elle finissait toujours par trouver une âme charitable pour l'en consoler. Il était furieux, et il maudit Oussama Ben Laden, George Bush, Tony Blair, le Royal & Ancien et le Charif de l'avoir mis dans une telle situation.

12

Le prêtre venait de terminer la lecture de l'Evangile en arménien, et il en avait courageusement entamé une autre en arabe. Pour l'office dominical de onze heures, l'église arménienne-catholique de Saint-Michel accueillait en effet des bourgeois assimilés qui avaient quelque peu perdu le contact avec leur langue maternelle. C'est pour eux que le prêtre officiait en bilingue. Il en était à présent à son deuxième sermon, qu'il ânonnait dans un arabe approximatif qui heurtait même les oreilles profanes de Boone, et ce dernier l'écoutait distraitement tout en cherchant des yeux une silhouette frêle surmontée d'une tignasse blanche. Des petits vieux, il n'en manquait pas ce matin-là, qui s'inclinaient et s'agenouillaient, certains avec un temps de retard : question de rang social. Mais aucun n'avait cette gravité, ce recueillement ostentatoire que Boone guettait. Il fit un effort particulier pour se rappeler la liturgie et ses temps forts, quand les mouvements de foule lui permettraient de déceler un maintien familier ou d'accrocher un regard encore plus fureteur que le sien. A la communion ses prières furent enfin exaucées : l'homme qu'il cherchait était bien là.

Le système Boone

A la fin de l'office l'homme en question laissa le curé et ses ouailles à leurs papotages de parvis et, descendant les marches de l'église sans se retourner, il traversa le petit pont enjambant le fleuve – à sec – de Beyrouth et pénétra dans le quartier arménien. Prenant l'autre trottoir, Boone lui emboîta le pas. L'homme parcourut une centaine de mètres sans s'arrêter, puis il s'engouffra dans l'entrée du 83 de la rue Arax. Dans le quartier arménien chaque rue avait son nom, bien en évidence, chaque pâté de maisons sa lettre, et chaque immeuble son numéro. Les Arméniens, en bons aryens, étaient des gens cartésiens. Un peu plus à l'ouest, dans les quartiers arabes – et donc sémites – de la capitale libanaise, il en allait tout autrement. Là l'espace se découpait empiriquement à partir d'un lieu-dit, d'une église ou d'une mosquée toute proche, voire d'un quelconque « minisupermarché ». Une lettre adressée à un Beyrouthin prenait vite des allures de charade (monsieur untel, immeuble un autre, derrière l'ancienne école, face à l'épicier), véritable exercice de style de la part de l'expéditeur et d'interprétation de la part du facteur, sans quoi le courrier n'avait aucune chance d'arriver à destination. Pas chez les Arméniens. Chez les Arméniens, le découpage rationnel de l'espace était roi. Même si la Poste libanaise ne suivait pas toujours.

Traversant la rue, Boone entra à son tour dans l'immeuble. Dans la cage d'escalier défraîchie, une feuille de papier scotchée à une porte annonçait le CODE, le Cercle œcuménique d'entraide. La porte était entrouverte. Boone pressa néanmoins le bouton de la sonnerie et déclencha une musique religieuse. Théo semblait avoir gardé le sens de l'humour, se dit-il.

« Entre, Harry, entre... »

Le système Boone

Ainsi, il l'avait vu à l'église. Voilà pourquoi il avait fait l'impasse sur les bavardages dominicaux de fin d'office dont il était pourtant friand. Boone poussa la porte, et elle s'ouvrit en grinçant sur un petit homme à la barbe blanche taillée court, qui se fendit en un grand sourire carnivore. Il tenait à la main une bouteille et deux verres.

« Mais entre donc, Harry !
— Bonjour, Théo.
— Nous n'allons tout de même pas trinquer à la porte ! »

Refermant derrière lui, Boone se retrouva dans une pièce qui aurait eu grand besoin d'un bon coup de balai et de pinceau. Des cartes partout — des cartes touristiques, des cartes d'état-major, et même des cartes aériennes —, un grand crucifix surmontant un lit défait, un placard, une table, trois chaises, des piles de livres et de classeurs posées à même le sol nu, et des fenêtres sans rideaux aux volets fermés. De toute évidence, ça n'allait pas très fort pour Théo Damiano.

« Bienvenue au CODE », dit ce dernier en posant la bouteille sur la table.

Ils s'assirent et trinquèrent en silence. Harry Boone le trouvait vieilli. Mais son regard était resté le même et n'avait rien perdu de sa mobilité ni de son éclat narquois. Et il avait toujours les mêmes dents. Des dents blanches d'acteur américain. Des dents de carnassier.

« Ça fait un bail, Harry, dit-il. Et comment va ma nièce ?
— Maria n'est *pas* ta nièce, Théo !
— Son père était mon meilleur ami. J'ai bien le droit de l'appeler ma nièce, non ? Enfin... Passons... Tu es ici à titre personnel, Harry, ou à titre officiel ?
— Disons que je ne suis pas ici.

Le système Boone

– Voilà bien une réponse d'Anglais !
– Je suis irlandais, Théo.
– On ne le dirait vraiment pas. Tu es devenu plus anglais que les Anglais. Je te préférais d'ailleurs comme tu étais. »

Une pointe de reproche, maintenant. Une pointe de reproche annonciatrice d'une attaque en règle.

« Et toi, ça va ? dit Boone en tentant de dévier le tir. Le CODE, ça va ?

– On fait aller, Harry, on fait aller... Nous avons nos réfugiés, nombreux, et nous avons aussi nos bienfaiteurs, bien moins nombreux, eux. Et nous dispensons toujours nos dons dans la mesure de nos maigres moyens, sans distinction aucune de région ou de dénomination. »

Un zeste d'œcuménisme, à présent.

« Et l'autre volet ? L'autre volet de tes activités ?

– L'autre volet, l'autre volet... Tu le sais mieux que moi, Harry ! L'autre volet, comme tu dis, a énormément souffert de la concurrence des "grandes surfaces"... Depuis que ta boîte et d'autres boîtes du même genre nous ont enlevé leur honorable clientèle. Et pour faire quoi, je te le demande ? Pour la donner à ces idiots de la Sûreté ! »

Il s'était levé, maintenant. Offensive générale de culpabilisation. Théo Damiano était passé maître dans l'art de culpabiliser ses interlocuteurs. Ce n'est pas pour rien qu'on l'appelait l'Abouna : mon Père.

« Les temps changent. Liaison, Théo, liaison... Nos maîtres ne jurent plus que par cela. Liaison avec les services officiels et plus ou moins amis. C'est la nouvelle philosophie du renseignement.

– Ha ! ricana Damiano en se rasseyant. Alors comme ça, vous vivez des rumeurs et des plats surgelés que notre ami

Le système Boone

le colonel Kamel veut bien vous servir... Ha ! » Il s'offrit un autre ricanement. « Ecoute un peu ça, Harry... L'année dernière Kamel est allé en France à l'invitation de la Piscine. Et il a eu la judicieuse idée d'inclure dans sa délégation le capitaine Jaafar Nasrallah du Département des passeports. Ce type-là n'a jamais approché une source de sa vie, Harry. Un vrai rond-de-cuir aux doigts à jamais noircis par l'encre et les tampons. Un de ces mecs qui vont dormir avec leur poucier. Qu'à cela ne tienne, Kamel le prend avec lui à Paris. C'est un petit malin, Kamel. A l'époque la presse n'en avait que pour le cheikh Hassan Nasrallah du Hezbollah, et voilà que Kamel débarque à Paris au bras d'un Nasrallah qu'il présente comme un cousin du premier. Et au dîner, notre préposé aux passeports se retrouve assis à côté du directeur général français, Harry ! Et ce dernier n'en a que pour lui. Bien entendu, notre ami Kamel avait omis de préciser à ses hôtes que des Nasrallah, il y en a à la pelle ici. Que penses-tu de cela, Harry ? Que penses-tu de l'engouement des services occidentaux pour la Sûreté ?

— Ils ne prennent pas de risques. Ils se mettent à l'abri des mauvaises surprises. Beyrouth, c'est Vienne. Vienne en 46. La misère en moins, la cupidité en plus. Tout le monde à Beyrouth a du renseignement à vendre. A vendre, et à revendre. Un Libanais sur deux a un frère, un ami, un cousin, ou l'ami d'un cousin dans l'Appareil, ou au Hezbollah, ou chez les trafiquants. Souvent même chez les trois à la fois. Si les *junk bonds* existaient dans le monde du renseignement, Théo, Beyrouth serait leur Mecque boursière.

— Beyrouth a largement dépassé Vienne, Harry, dit Damiano en secouant tristement la tête. Ils ne se contentent plus de vendre et de revendre la même information en plusieurs exemplaires, maintenant. Ils vendent aussi les questions qu'on leur pose. Les vraies valeurs, aujourd'hui, ce sont les questions, Harry, pas les réponses. Très lucratif, le commerce des questions. Lucratif, et mortel, aussi...

— Tu penses à Cholmondeley ?

— Le pauvre petit. Dieu ait son âme. Mais tu n'es certainement pas venu pour parler du passé, ni pour me souhaiter la bonne année, j'imagine.

— Je veux ton avis sur une affaire.

— Ah ! Une consultation ! » Damiano se cala dans son siège et jeta un œil discret à sa montre. Un avocat regardant l'heure pour calculer ses honoraires. « Je suis tout ouïe, dit-il.

— C'est en effet au sujet de Richard Cholmondeley.

— Oui ?

— Nous savons à présent qui est derrière son assassinat, mentit Boone.

— Et qui ça ?

— C'est l'Appareil, mentit à nouveau Boone. Les gens du Charif.

— Le Charif, dis-tu ? Tu m'étonnes, Harry ! Ce n'est pas du tout son genre.

— Nous sommes sûrs de notre information.

— C'est de Kamel que vous tenez ça ?

— Pas du tout, Théo. C'est une information de première main.

— De première main ? Une source de pénétration au sein de l'Appareil ?

— Une information sûre, esquiva Boone.

— Une taupe, Harry ? Tu as une taupe dans l'Appareil ?

— Londres ne voudrait pas que ce crime reste impuni.

– Je vois... l'heure du jugement dernier. Londres règle ses comptes en profitant du fait que toute la région est en ébullition.
– C'est un peu cela.
– Et quelle rétribution avez-vous en tête ?
– Voiture piégée.
– Une voiture piégée ? Et c'est pour cela que tu es venu me voir ? Je ne fais pas dans les voitures piégées, moi. La violence aveugle est contraire à la vocation du CODE. Contraire à sa mission d'œcuménisme. Tu m'étonnes, Harry !
– Théo...
– Ne m'interromps pas, s'il te plaît ! Le renseignement, ça oui, je veux bien. L'assassinat ciblé, à la rigueur. Mais la violence aveugle ! Et l'enseignement du Christ, tu en fais quoi, Harry ? »

Harry Boone se disait que l'Abouna poussait un peu loin son étrange charité chrétienne. Mais après toutes ces années d'abandon, c'était à prévoir.

« Ecoute-moi bien, Théo. Des tueurs, je peux en trouver. La plupart rateront leur cible tout en massacrant des innocents. Ce que je te demande, c'est de me trouver quelqu'un qui ferait le boulot proprement, en ciblant précisément la voiture du Charif et en limitant autant que faire se peut la perte de vies humaines.

– Mmm... Proprement, dis-tu ? » Damiano semblait rajeunir à vue d'œil. « Si vous êtes vraiment – mais *vraiment* – décidés à y aller, Harry, je veux bien t'aider à trouver un professionnel dont l'art contribuera à réduire au maximum les – comment dites-vous – les "dommages collatéraux"... Quel bel euphémisme, les dommages collatéraux...

Le système Boone

A guerre propre langage propre, n'est-ce pas ? Enfin... si c'est pour épargner des innocents, je veux bien t'aider. »

Amen, se dit Boone. L'Abouna était enfin en paix avec sa drôle de conscience.

« Ce serait pour quand ? demandait l'apôtre.
— Samedi en huit.
— C'est dans moins de deux semaines. C'est un peu court, Harry... très court, même.
— C'est néanmoins faisable ?
— Pourquoi samedi en huit, Harry ? Est-ce une date anniversaire ? Ou la veille d'une allocation de budget ?
— Est-ce faisable, Théo ?
— Mmm... Oui... Ça peut se faire... Où cela ?
— Le Charif quittera son bureau de Mazraa à quinze heures quinze pour se rendre à l'hôtel Beaurivage. Il sera dans une Mercedes blanche — blindée, bien entendu.
— C'est de ta taupe que tu tiens toutes ces précisions ?
— A quinze heures trente la voiture longera la Cité sportive et ralentira à l'entrée du stade...
— L'entrée du stade ? Un samedi après-midi à l'heure du match de football ? Ça va faire mal !
— Moins mal que si un amateur s'en occupe, Théo. L'homme que tu choisiras fera la différence entre dix morts et soixante-dix morts. Je préférerais qu'il n'y en ait que dix, mais je voudrais néanmoins être sûr qu'il ne restera *rien* de la voiture du Charif.
— Ne t'en fais pas, Harry, il n'en restera rien. Mais, ça va te coûter...
— Combien ?
— Oh... dans les soixante mille.
— Soixante mille ?

Le système Boone

— *Dollars*, Harry ! Soixante mille *dollars*. Pas soixante mille *livres*.

— Dollars ou livres, c'est trop !

— Trop ? C'est du Charif qu'on parle. Ce n'est pas n'importe qui, le Charif. Les risques sont considérables. Et puis le délai... Deux semaines, c'est court.

— Deux semaines c'est peut-être court, mais soixante mille dollars c'est certainement trop !

— Ecoute-moi un peu, Harry... Dix mille dollars pour le *hardware*, et dix mille dollars pour le *software*...

— *Software, hardware* ? Parce qu'on fait ça sur ordinateur, maintenant ?

— Tais-toi un peu, veux-tu ? Le *hardware*, c'est l'équipement : le véhicule, les explosifs, les munitions, les câbles, la minuterie. Et le *software*, eh bien, c'est les hommes. Alors, suis-moi un peu. Deux mille dollars pour la voiture...

— Deux mille dollars pour une voiture volée ? Ton type en trouvera une pour cinq cents !

— Tu crois ça ? Il ne faudrait pas que ce soit un tacot, quand même ! Tu ne voudrais tout de même pas qu'elle tombe en panne. Tu es d'accord ? Bien... Nous disions donc deux mille dollars pour le véhicule, et huit mille pour... Disons pour les petites fournitures. Et puis dix mille dollars pour... Pour la main-d'œuvre. Tu vois, Harry, j'apprends vite les euphémismes. Dix mille dollars pour la main-d'œuvre, ce n'est vraiment pas trop demander, n'est-ce pas, en comptant l'homme qui va monter l'opération, un préparateur à mille dollars, un guetteur à mille dollars, et le conducteur du véhicule... Honnête, non ? Le conducteur à lui seul touchera deux mille dollars. Moitié avant, moitié après... »

Le système Boone

Moitié après ! Harry Boone ne se faisait aucune illusion. Le conducteur en question ne verrait jamais la couleur de cet argent. Il ne verrait plus jamais rien, d'ailleurs. Le professionnel que l'Abouna aurait choisi ne commettrait pas l'erreur de laisser un véhicule vide en stationnement à l'entrée du stade. L'homme serait encore au volant quand la voiture sauterait. Le guetteur à mille dollars s'en chargerait.

« Même en acceptant tes chiffres gonflés, on est loin du compte.

— Ecoute, Harry, tu serais venu me voir il y a deux ou trois ans, ça t'aurait coûté trente mille dollars et pas un sou de plus.

— C'est l'inflation galopante, à ce que je vois !

— Ce n'est pas l'inflation, comme tu dis, Harry. C'est qu'à l'époque nous étions encore en affaires, toi et moi. Mais là tu disparais, tes gens ne donnent plus signe de vie, ils me traitent par-dessus la jambe, genre ne-nous-appelez-pas-nous-vous-rappellerons, et puis tu débarques chez moi comme si de rien n'était, comme si nous nous étions quittés la veille, et tu voudrais que je casse les prix ! Tu trouves que c'est raisonnable ? Moi pas. Alors, trois fois le prix de revient, cela me semble un bon prix à payer pour du travail discret et bien fait. »

Ce n'est plus un devis, se dit Boone, c'est un procès en dommages et intérêts. L'Abouna entendait faire payer à Londres ses infidélités, sa marginalisation au profit du colonel Kamel, son étoile pâlissante, et même cet appartement minable.

« C'est trop, Théo, dit-il en vidant son verre et en se levant. Pas question de casquer soixante mille dollars.

— Bien, bien... » Damiano l'invita de la main à se rasseoir. « Je ne vais pas marchander avec toi, Harry... Va pour quarante mille dollars. Deux fois mon prix de revient. Mais c'est uniquement parce que c'est toi ! Et parce que tu es catholique, et irlandais ! Quoique tu aies un peu trop tendance à l'oublier... Et qu'on ne vienne surtout pas m'accuser de grever la balance des paiements du gouvernement de Sa Majesté ! Laisse-moi te dire une chose... votre Chancelier de l'Echiquier te doit une fière chandelle. Parce que si ça ne tenait qu'à moi, je leur aurais pris jusqu'à leur dernier sou à tes gratte-papier de merde ! »

13

Boone regardait sa montre. Quinze heures vingt-neuf. Si tout se passait comme prévu, pensait-il (car il rechignait à se dire « si tout se passait bien »), une dizaine de bougres plus ou moins innocents vivaient leurs derniers instants sur terre, et une vingtaine d'autres ne seraient bientôt plus jamais les mêmes. Quinze heures trente. Maintenant, se dit-il. Mais rien ne se produisit. Il baissa sa vitre. Toujours rien. Rien que le silence poli d'un ancien quartier chic qui se remettait encore péniblement de la guerre. Boone ralluma le mégot de son cigare. Sa montre marquait à présent quinze heures trente-huit. Quinze heures trente-huit, et toujours rien. Ouvrant la portière, il finit par sortir de la voiture qu'il avait empruntée à Roger Trad le matin même. Soudain une formidable explosion secoua l'air. Boone jeta un œil subreptice à sa montre. Quinze heures trente-neuf. Le disciple de l'Abouna semblait avoir rempli son contrat sanglant. Autour de lui des passants inquiets se pressaient déjà vers les militaires de faction devant la résidence de l'ambassadeur de France, cherchant dans la proximité de l'uniforme Dieu sait quel réconfort, et Dieu sait quelle réponse à leurs questions angoissées. Boone se joignit à eux.

Le système Boone

« C'est une bombe ! s'exclama quelqu'un. Regardez. »

Le soleil dans les yeux, Boone se laissa guider par un index qui le mena droit sur une épaisse colonne de fumée qui s'élevait au sud-ouest.

« On croyait en avoir fini avec tout ça, disait un autre.

– Ça vient du côté de la Cité sportive », affirma quelqu'un d'averti.

Pas mal, se dit Boone alors qu'une nouvelle déflagration, moins violente que la précédente, déchirait l'air qui se remettait à peine du premier choc.

« Encore une bombe ! » s'exclama quelqu'un.

Harry Boone regarda machinalement sa montre. Quinze heures quarante-cinq.

« Regardez ! s'écria le même topographe amateur en pointant son index expert vers une fumée qui montait à l'ouest. C'est du côté de Sabra ! »

Quinze heures trente-neuf à la Cité sportive, et quinze heures quarante-cinq à Sabra. Boone ne comprenait plus rien. Le disciple de l'Abouna continuait-il à dispenser ses dons, dans la mesure de ses maigres moyens, et sans distinction aucune de région ou de dénomination ?

Ayant finalement désespéré des militaires qui leur semblaient aussi paumés qu'eux, les badauds s'éparpillaient à présent pour aller commenter la nouvelle avec leurs voisins, et au passage du Musée les automobilistes se raréfiaient. Un bahut déglingué finit cependant par s'arrêter à une dizaine de mètres de Boone et déposa un agent de la circulation dans sa vareuse kaki. Alors que, dans un réflexe rappelant la guerre civile, quand la capitale était divisée, le conducteur faisait demi-tour pour repartir vers Beyrouth-Ouest, l'agent, un petit sac d'épicerie à la main, passa à côté des militaires et les salua en les appelant « mes frères ». Et eux lui rendirent son salut en lui donnant aussi du frère. Ils n'étaient pas frères, ils ne se connaissaient même pas, mais l'uniforme a ses raisons. Continuant son chemin vers les quartiers est de la capitale, l'agent en vareuse dépassa finalement Boone, lui offrant à voir son profil droit ravagé. Boone avait déjà vu ce profil-là. Il l'avait vu il n'y a pas très longtemps. Cet agent en permission, glabre, sans son pistolet de service et avec son petit sac ridicule, c'était lui. C'était le Charif. Remontant en voiture, Boone roula à faible allure, le rattrapa deux cents mètres plus bas, et l'embarqua.

Ils demeurèrent longtemps sans mot dire, et ce n'est qu'après avoir franchi les limites de la capitale que Boone rompit enfin le silence.

« Tout s'est déroulé comme prévu ?
— Tout s'est parfaitement déroulé.
— Pas mal, la touche d'agent de circulation, dit Boone pour détendre l'atmosphère.
— Un agent de circulation ne fait peur à personne. On le méprise trop pour lui prêter attention.
— C'est bien vrai, ça, acquiesça Boone en pensant au rodéo qui se jouait vingt-quatre heures sur vingt-quatre sur les routes libanaises. Mais cette deuxième déflagration... » reprit-il, puis il se tut et attendit une réponse qui ne vint pas.

« Quelle est la suite du programme ? s'enquit le Charif.
— Nous allons à Halate. Un bateau nous y attend.
— Un bateau ? Nous allons donc à Chypre ?

Le système Boone

— Nous y accosterons cette nuit, et nous prendrons ensuite un avion jusqu'en Angleterre. »

Ils étaient arrivés à hauteur de Jounié, à une vingtaine de kilomètres au nord de Beyrouth, et ils roulaient sur une véritable autoroute suspendue, vestige d'un Liban d'avant-guerre, quand un général-président plus gestionnaire que guerrier caressait encore le rêve fou de bâtir un Etat dans ce pays placé sous le signe des clans. De ce rêve étatique il n'était finalement resté que ce bel ouvrage d'ingénierie, et le casino aux pieds duquel il s'arrêtait, comme à un péage. A croire que le tronçon autoroutier n'avait jamais été qu'un immense tapis d'honneur déroulé à l'attention expresse des amateurs de roulette et de baccara. Il fallait bien aider l'argent à circuler.

Aux abords du village côtier de Halate, Boone ralentit l'allure. « Halate-sur-Mer », annonçait un panneau sorti tout droit de l'Office français de la signalisation routière. Boone s'engagea dans l'entrée du complexe balnéaire. Un dos-d'âne, une guérite, une barrière métallique. Immobilisant la voiture, Boone donna un coup impatient de klaxon tout en titillant l'accélérateur du pied. Les emballées et le klaxon étaient autant de signaux adressés au préposé à l'entrée, lui signifiant qu'il n'avait pas affaire à n'importe qui. Le destinataire des signaux s'extirpa finalement de son abri et s'avança vers eux d'un pas nonchalant. Il avait bien décodé les signaux qu'on lui envoyait (la sémiologie du pouvoir, il connaissait), mais il en avait vu d'autres et il n'entendait nullement se laisser impressionner. Pourtant, aussitôt qu'il eut reconnu, dans le véhicule en question, la voiture personnelle de Roger Trad, il courut relever la barrière.

Le système Boone

Un autre dos-d'âne. Virant sur sa gauche, Boone contourna le bâtiment central et avança jusqu'au quai séparant les chalets luxueux et leurs pelouses manucurées de la mer. Rien à voir avec le Marbella Beach, ses espaces étriqués, ses petites-bourgeoises peinturlurées, ses essaims d'enfants criards et ses bancs de boniches sri-lankaises sous-payées. Halate-sur-Mer ressemblait moins à un complexe balnéaire qu'à une base futuriste pour sous-marins furtifs. Architecture pure et froide, tout en marbre, en verre et en béton. Ascèse et sobriété y étaient de mise, et même la Méditerranée y avait mis son clapotis en sourdine. D'ailleurs, quand on s'y entre-tuait (il le fallait bien, de temps à autre), le silencieux était de rigueur.

Le *Jolly Roger II* était amarré à la jetée, pavillon noir à tête de mort flottant comme il se doit au vent. Le dépassant, Boone poussa jusqu'au parking.

« Bon, dit-il quand il eut éteint son moteur. Je vais téléphoner à Chartouni pour l'informer que je dois m'absenter. Je ne voudrais pas qu'il s'inquiète.

— Je ne me dérangerais pas si j'étais toi.

— Comment cela ?

— Je disais que ce n'était pas la peine d'appeler le docteur Chartouni.

— Ce n'est pas la peine ?

— Ce n'est *plus* la peine... Tu ne le trouveras pas... »

Il s'était tourné vers Boone et le fixait avec des yeux qui répétaient mot à mot ce qu'il venait de lui dire. Boone remarqua qu'il s'était mis du fond de teint pour masquer ses cicatrices et les traces fraîches de son rasage.

« Tu comprends ? » insista-t-il.

Le système Boone

Non, Boone ne comprenait pas. Boone ne voulait pas comprendre. Boone voulait qu'on le lui dise clairement.

« L'explosion... La deuxième... Elle visait le cheikh Hammoud... Ton docteur Chartouni était encore là-bas. Il attendait patiemment qu'on lui rendît sa précieuse mallette... Mais la mallette était piégée de manière à exploser aussitôt qu'on l'ouvrirait. »

Boone alluma immédiatement l'autoradio. Le présentateur venait de terminer la lecture des titres et attaquait la principale nouvelle du jour. *Journée noire dans la capitale*, disait-il, du ton sombre qu'affectionnaient ses aînés quand ils couvraient la guerre civile. *A quinze heures quarante*, continuait-il, *un véhicule piégé a explosé à l'entrée principale de la Cité sportive. Les forces de l'ordre et les secouristes accourus sur les lieux du drame ont déjà relevé quarante-sept morts, et le bilan pourrait encore s'alourdir puisqu'on ne dénombre pas moins de cent cinquante blessés dont plusieurs dans un état grave...* Quarante-sept morts ! Cent cinquante blessés ! Théo avait failli à sa promesse ! *Et quelques minutes plus tard*, poursuivait la radio, *un engin explosif éclatait dans une maison à Sabra. L'explosion, qui a ravagé l'édifice, aurait fait trois morts. Cette vague d'attentats intervient à un moment où...*

Boone avait déjà éteint le poste. Il n'avait que faire de leurs analyses douteuses, et il avait hâte d'essayer de joindre Chartouni. Il composa son numéro une demi-douzaine de fois alors que le Charif fumait tranquillement à ses côtés, mais à chaque fois la même voix féminine préenregistrée lui disait que son interlocuteur ne pouvait être joint. Se faisant une raison, Boone empocha finalement son téléphone, mais ce dernier se mit alors subitement à sonner.

Le système Boone

Fébrilement, Boone le reprit en espérant que Chartouni serait à l'autre bout du fil. Ce fut la voix du colonel Kamel qui lui parvint.

« Allô ? Boone ? Vous avez entendu les nouvelles ?
– Oui, bien sûr.
– J'ai dû revenir au bureau en catastrophe. Quel coup ! Un travail de professionnel !
– On sait qui était visé ?
– Il semblerait que ce soient... qui vous savez. Ceux dont on avait discuté au Vieux Paris...
– Non ! s'exclama faussement Boone.
– Si, si, dit le colonel, fier d'être le premier à le lui annoncer. Il faudrait qu'on se voie. Pour faire le point.
– Ça va être difficile.
– Ah bon... Dommage. Je me demandais si notre ami commun, l'autre, le professeur, vous me comprenez, n'est-ce pas... Je me demandais s'il avait quelque chose à dire sur cette affaire.
– Justement... Notre ami commun est allé à son rendez-vous hebdomadaire cet après-midi, mai il n'est plus reparu depuis... Je l'ai attendu, mais en vain...
– Il n'est pas revenu vous voir ?
– Non... Je me demandais s'il était passé chez vous.
– Chez moi ? Pas du tout !
– Je n'arrive pas à le joindre.
– Il a disparu ?
– Je ne sais pas du tout où il peut être.
– Vous voulez dire que...
– J'en ai bien peur. Il devait être chez son ami quand c'est arrivé. Il n'a même pas appelé, et comme je vous le disais à l'instant son portable est injoignable.

– Mais... mais... il faut qu'on parle !
– Malheureusement je pars à l'instant même. Je projetais de m'absenter aussitôt que j'aurais vu notre ami commun, et après ce qui vient de se passer mes patrons voudront certainement me voir, et je vais devoir aller m'expliquer.
– Je comprends, je comprends. C'est vraiment triste que ça se termine comme ça. Enfin... c'est la vie, que voulez-vous ? Les risques du métier. Parfois, je me dis que j'aurais mieux fait de me lancer dans le commerce. Comme mes frères... »

Parce que, commerçant, tu ne l'es peut-être pas, se dit Boone.

« Que voulez-vous, mon ami, disait à présent le commerçant contrarié, du ton las qu'adopterait quelqu'un qui verrait avec regret sa vie défiler devant lui, on ne se refait pas. Ainsi va le monde. Faites bon voyage, mon ami, et à bientôt, *inch Allah.* »

Et voilà, se dit Boone en raccrochant. La méfiance – si méfiance il y avait eu – était morte de sa belle mort, noyée dans un verre de mélodrame agrémenté d'un zeste d'apitoiement sur soi. Kamel ne soufflerait mot à personne du Charif ni de Chartouni. Il devait même être soulagé que ces œufs-là se soient cassés entre les mains de Boone plutôt qu'entre les siennes. Non, Kamel ne dirait rien.

« Tu mens très bien, le complimenta Charif une fois qu'il eut raccroché.
– Et toi tu n'y vas pas de main morte ! Ainsi, tu as éliminé Hammoud et Chartouni !
– Je joue gros. Autant que les choses soient nettes. »

Nettes, se disait Boone. En guise de netteté, le peu de cervelle que Chartouni avait dans sa tête de linotte suante devait à présent orner ce qui restait des murs du salon du cheikh Hammoud. Ainsi, le docteur Chartouni, homme de grande culture, symbole du Liban-berceau-des-religions-et-carrefour-des-civilisations, n'irait finalement plus à Londres au printemps y éclairer la lanterne de ses pairs. Il ne serait d'ailleurs plus d'aucun colloque ni d'aucune séance de brainstorming. L'aspirant éminence grise à qui il manquait tout de même un tantinet de matière grise avait fini sa trajectoire prématurément pour cause de quelques kilos de produit chimique et d'un détonateur à quatre sous. Triste fin. L'orbite visée ne serait jamais atteinte. Du moins Chartouni était-il mort en bonne compagnie. Si Dieu existe, se disait Boone, le professeur et le cheikh devaient déjà être quelque part du côté de la constellation des Gémeaux. Demain un éditorialiste beyrouthin écrira que c'est le dialogue islamo-chrétien qu'on vient lâchement d'assassiner à Sabra, et la veuve de Chartouni gardera sa sacoche de vieux cuir, sa thèse inédite et ses tirés à part, comme autant de reliques.

Ils descendirent de voiture, le Charif en bras de chemise et tenant à la main sa casquette enveloppée dans sa vareuse roulée en boule. Une fois au large il lesterait son baluchon et le confierait à la mer, tout en sachant qu'elle ne le garderait pas très longtemps. Dans une semaine ou deux, selon les courants, il referait surface, mais en mille morceaux et aussi méconnaissable que ces malheureux poissons que les Libanais persistaient à vouloir pêcher à la dynamite. Boone se mit à espérer que ce serait là la toute dernière explosion ponctuant cette mortelle exfiltration.

14

Boone dormait. Boone rêvait. Dans son rêve tactile une main se posait sur son épaule nue et le berçait.

« Monsieur Boone ! »

Le rêve tactile devenait sonore. La main berceuse était reliée à une voix, et c'était la voix qui commandait. L'urgence qui y était décelable s'était d'ailleurs communiquée à la main qui ne cherchait apparemment plus à bercer Boone. A présent, elle le secouait.

« Réveillez-vous, monsieur ! »

C'était donc cela : quelqu'un voulait l'empêcher de rêver. Ouvrant un œil, Boone vit un visage masculin penché sur lui : Travers. Ouvrant l'autre, il regarda sa montre. Deux heures vingt. Deux heures vingt de l'après-midi à en croire les rayons opaques qui avaient réussi à passer le barrage des rideaux. Boone n'avait pas entendu Travers ouvrir la porte. Il ne l'avait pas plus entendu s'approcher. En fait, il n'avait rien entendu du tout, et durant quelques brefs instants il n'avait plus su où il était. Un autre que lui se serait senti gêné de se laisser ainsi surprendre. Un autre que lui aurait probablement cherché à jouer au pro jusqu'au bout, lançant un oui-oui-je-vous-ai-entendu-je-nedormais-pas-vraiment, manière de signifier à Travers que ses pas feutrés n'avaient pas trompé sa vigilance. Pas Boone. Boone se contenta de s'étirer paresseusement sans même chercher à écarter la main du jeune homme.

« Monsieur Fennell est arrivé, disait ce dernier.
— Et notre ami ?
— Dans sa chambre. Il dort encore. »

Il parlait avec un accent traînant du Dorset qui adoucissait un peu son côté chat sauvage.

« Dites à Fennell que je descends.
— Bien, monsieur. »

Travers sorti, Boone s'extirpa lentement du lit, frissonna, se passa une serviette autour des épaules et alla jusqu'à la fenêtre. Les rideaux étaient chauds au toucher, et il s'y attarda quelques instants avant de les tirer d'un geste mal assuré : le geste de quelqu'un qui ne saurait pas si le mécanisme suivra. Mais le mécanisme suivit, les rideaux glissèrent sans effort sur leur tringle, et Boone cligna des yeux. Le beau soleil cornique qui tapait sur la vitre depuis un bon bout de temps déjà ne se fit pas prier et envahit la chambre, arrosant les fleurs de la moquette et celles du papier peint. Boone avait oublié à quel point les intérieurs anglais pouvaient être fleuris.

La salle de bain arborait le même soleil et la même moquette que la chambre, mais sans le papier peint. Boone voulut se raser, mais le lavabo n'était pas équipé d'un mélangeur. Il commença donc par s'ébouillanter, chercha en vain une bonde, effectua ensuite la navette entre le robinet d'eau chaude et celui d'eau froide, philosopha que, dans cette affaire comme dans bien d'autres, la tempérance était question de simultanéité et non de succession des contraires, et finit par se couper. Puis il voulut prendre une douche, mais la baignoire n'était qu'une version élargie du lavabo : là aussi l'apartheid Fahrenheit régnait en maître. En désespoir de cause, lui qui détestait les bains s'en fit couler un, avec pour seule satisfaction l'idée qu'il faisait attendre Fennell.

« C'est Fennell qui présidera le comité de debriefing », lui avait annoncé Briggs la veille au soir, alors qu'il trottinait à ses côtés sur le tarmac, une main sur son chapeau et l'autre tenant son sac de voyage. Quelques minutes auparavant, le *Jolly Roger II* avait accosté au cap Gata, à la base britannique d'Akrotiri dans le sud de l'île. Briggs les attendait sur la jetée. Emmitouflé dans un ulster trop long pour lui, coiffé de son Anthony Eden et sa sacoche à la main, on aurait dit quelque obscur préfet français converti dans la Résistance attendant le sous-marinier anglais qui devait le mener jusqu'au général de Gaulle. Après les poignées de main, les content-de-vous-avoir-parmi-nous et les pas-de-nom d'usage, une Land Rover de la Royal Air Force les avait finalement déposés trois kilomètres plus loin, au bout d'une piste balisée où les attendait un vieux Hawker-Siddeley 125 prêt à décoller.

« Dès qu'on aura atterri à Plymouth je vous quitterai pour rentrer à Londres, avait poursuivi Briggs en s'accrochant de plus belle à son chapeau. Vous, vous allez en Cornouailles. Nous y avons loué une maison. A Mullion Cove. Du côté de Land's End. Les Rutters d'Alec Rose vous attendent à Plymouth pour vous y conduire. J'imagine que Guy et son équipe n'arriveront que demain. »

Une fois dans l'avion, Boone avait informé son patron que le Charif avait en quelque sorte parachevé le travail de

Le système Boone

Théo Damiano en faisant le ménage derrière lui : plus de Hammoud, et plus de Chartouni. En guise de réaction, Briggs s'était contenté d'ôter ses lunettes et de fixer le plafond de la carlingue de son regard de myope. Puis, au bout de quelques instants – une minute de silence à la mémoire du docteur Chartouni, s'était dit Boone, à moins que ce ne soit à la mémoire de l'opération qui lui filait entre les doigts –, il avait remis ses lunettes, et sans transition aucune il avait expliqué à Boone que Fennell avait mis Sam Catlow sur le coup : Catlow le roi des interrogatoires, Catlow le tombeur de Nemeth, Nemeth le faux défecteur hongrois. A l'entendre, avait dit Briggs, Guy n'avait que des rois dans sa section. Des rois sans royaume, à présent que les Russes couchaient avec les Américains. Et Catlow aura Le Pelley avec lui, bien sûr, et aussi Blaker, le petit Simon Blaker de chez Nico, pour l'arabe. Et Dogget et Latimer seront bien entendu de la fête, avait ajouté Briggs. Dogget et Latimer rentraient tout juste de Langley et astiquaient déjà leur joujou, avait expliqué Briggs. Dogget et Latimer piaffaient d'impatience à l'idée de montrer tout ce qu'ils avaient appris outre-Atlantique, avait dit Briggs.

Au petit matin ils étaient arrivés à Plymouth. Une douzaine d'heures à peine s'étaient écoulées depuis qu'ils avaient quitté Halate-sur-Mer. Steel et Travers, les deux Rutters qu'Alec Rose avait envoyés pour leur servir de baby-sitters, les attendaient en bord de piste dans une Range Rover plus champêtre que militaire. Il y avait même un plaid à tartan jeté négligemment sur la banquette arrière. Nouvelles poignées de main avec Briggs, nouveau content-de-vous-avoir-avec-nous, nouveau pas-de-nom, et en route pour Land's End.

La Range Rover avait filé bon train, son turbo avalant goulûment l'asphalte de la A38, déserte en ce dimanche matin. Après Dobwalls l'étau avait commencé à se resserrer autour d'eux. Ils étaient à présent bien engagés dans la péninsule, et la terre se faisait rare de tous les côtés. Le goulot avait continué à se rétrécir jusqu'à Land's End, jusqu'au Finistère, là où se terminait la terre des Celtes. Boone s'était dit que ça ressemblait bien au Royal & Ancien de vouloir ainsi enfermer le Charif dans le cul-de-sac cornique, dos à la mer. Point de non-retour. Laissant Truro la républicaine et sa cathédrale protestante sur leur droite, ils avaient rejoint la A39 en direction de Helston, puis ils avaient piqué plein sud sur des routes de plus en plus étroites jusqu'à Mullion Cove.

La maison que le Club-House y avait louée pour l'occasion surplombait l'océan. De sa fenêtre, Boone, qui traînait en fumant après son bain, regardait par-delà le mur de la propriété le sentier escarpé menant aux falaises vert sombre qui plongeaient dans l'Atlantique.

« Monsieur Boone... »

C'était Travers qui venait de frapper à sa porte. Fennell devait trouver le temps long.

15

Quand Boone pénétra dans la pièce, Catlow, Le Pelley et Blaker se levèrent. Fennell, lui, resta assis, une jambe sur l'autre, la gauche oscillant dans un mouvement de balancier, comme s'il avait voulu compter le temps passé à l'attendre. Boone fit un petit signe de la tête à chacun et alla s'installer dans le canapé, face à Fennell. Pour la circonstance ce dernier avait sorti son accoutrement de gentleman-farmer : gros derbys, pantalon en whipcord, veste en tweed, cravate en laine et chemise à petits carreaux, rien n'y manquait.

« Cinquante morts, Boone ? attaqua-t-il d'emblée. Cent cinquante blessés ? Votre fameux Pro n'est pas si pro que ça, à ce que je vois ! »

Boone ne dit rien.

« Bilan extrêmement lourd... Alors même que le Liban panse ses plaies. Ça va faire des remous. *Beaucoup* de remous. »

Boone ne disait toujours rien. Il se demandait où Fennell voulait en venir.

« Vous êtes *sûr* qu'on ne pourra pas remonter jusqu'à vous ? » lui demandait à présent Fennell, l'air de quelqu'un qui espérait le contraire.

Le système Boone

« J'en suis sûr.
— Tout à fait sûr ?
— Tout à fait sûr, Guy ! »

Fennell tiqua. Il n'avait pas apprécié que Boone l'appelât par son prénom. Cette familiarité, jouissive lorsqu'elle était octroyée par ses supérieurs et tolérable quand elle était le fait de ses égaux, lui était franchement insupportable venant d'un subalterne. Et plus particulièrement de Boone.

« En tout cas, finit-il par dire, vous allez vous mettre au vert le temps que ça se tasse. Le temps aussi pour le Royal & Ancien de décider s'il ne faudrait pas envisager de vous trouver un remplaçant. On ne voudrait pas, n'est-ce pas, vous voir subir le sort de ce pauvre Cholmondeley. Sans compter l'embarras dans lequel cela mettrait le gouvernement. »

Ainsi, c'était cela, se dit Boone. Ayant verrouillé la production du Charif en amont, Fennell s'efforçait à présent de s'assurer le contrôle de l'aval. Et pour ce faire, il devait le remplacer par un homme qui lui serait acquis. Le système Boone risquait d'en prendre un coup. Un coup fatal. S'il souhaitait sauver son système, et il le souhaitait ardemment, Boone se devait de rentrer à Beyrouth sans plus tarder. Il maudit le jour où il avait accepté ce déjeuner avec Kamel au Vieux Paris.

« Notre invité dort encore, disait Fennell. Il dort à poings fermés. Il ne ronfle pas, il ne parle pas dans son sommeil, mais il grince des dents, si ça vous intéresse. »

Magie et merveilles du renseignement technique, se dit Boone qui n'était nullement intéressé. Prendre le sujet au dépourvu, l'observer à son insu, guetter l'émersion de son inconscient épuisé remontant à la surface pour prendre l'air, remplir des kilomètres de bobine et des mégabits de

Le système Boone

disque dur, noircir des fiches, comparer les rots d'hier à ceux d'aujourd'hui et les bâillements du soir à ceux de l'après-midi. Approche de laboratoire, où la vérité est censée jaillir de la récurrence des failles et de la courbe des lapsus, non d'un quelconque rapport entre la source et son traitant. Approche expérimentale, où la source devient cobaye, et son traitant laborantin.

« Sa chambre et cette salle-ci sont sonorisées, disait encore Fennell. Le debriefing se fera ici même, et Catlow en aura la charge. » Geste du bras droit en direction de Sam Catlow et de Julian Le Pelley, Catlow assis en bouddha, les mains croisées sur la panse, Le Pelley bourrant sa pipe d'un air appliqué. « Notre jeune ami Blaker prendra des notes ; il assistera Catlow et Le Pelley quand l'anglais du Charif lui fera défaut. » Geste de l'autre bras en direction de Simon Blaker. Subjugué, ce dernier osait à peine poser ses fesses sur le bord de son siège paillé provençal. « Voilà pour le comité de réception », conclut Fennell, les bras en croix. Contrairement à Blaker, il occupait chaque centimètre de la bergère qu'il avait choisi d'honorer de son postérieur, et il se découpait comme une image dans l'encadrement de la porte-fenêtre donnant sur le verger. De là où se tenait Boone, les branches dénudées d'un cerisier lui faisaient d'ailleurs office de coiffe. Le Grand Cornu en personne, se disait Boone. Un vrai Roi-Cerf. Arthur et ses Chevaliers de la Table Ronde.

« Nous aurons bien entendu besoin de votre avis sur une foule de petits détails. »

C'était Catlow-Lancelot qui venait de s'adresser ainsi à Boone.

« Exact, concéda le roi Arthur. Vous resterez donc quelques jours en Cornouailles avant d'aller à Beyrouth faire vos valises, ajouta-t-il, l'esprit toujours à sa stratégie.

— Nous commencerons par un récapitulatif de ces derniers mois, reprit Catlow-Lancelot d'une voix off, en psy orientant subrepticement une séance de thérapie de groupe tout en faisant croire aux malades qu'ils la dirigent eux-mêmes.

— C'est ça, acquiesça Fennell. Récapitulatif pour commencer, et séance de Frétilleur ensuite. Dogget et Latimer se tiennent prêts à intervenir, et j'aimerais autant que cela se fasse au plus tôt. Le debriefing ne pourra commencer qu'une fois que notre invité aura passé avec succès l'examen du détecteur de mensonges. »

Evidemment, se dit Boone.

« Pour l'interrogatoire, je pense que l'approche traditionnelle genre commençons-par-le-commencement-où-êtes-vous-né est dépassée, n'est-ce pas ? »

Boone se disait que rien n'obligeait Fennell à s'étendre sur le sujet. Mais Fennell semblait désireux de l'impressionner.

« Nous opterons donc pour une approche simultanée, disait l'expert. Sur trois fronts à la fois, et par alternance : détails biographiques (quel-est-ton-nom), détails opérationnels (qui-a-tué-Cholmondeley), et détails psychologiques (on-t'a-entendu-crier-cette-nuit). Catlow lui jettera pêle-mêle des questions relatives à son enfance, à son travail, à ses craintes, à ses projets d'avenir. Approche totale. »

Approche totale ! Boone se demandait si Fennell était un adepte du football néerlandais des années soixante-dix, ou s'il avait piqué sa fameuse « approche » à la technique du Frétilleur.

Le système Boone

« Beaucoup dépendra, bien sûr, des dispositions du sujet, professa Catlow.
— Bien sûr, bien sûr, opina Fennell. Mais l'approche totale offre l'avantage de nous permettre de le prendre à contre-pied. En lui lançant nos questions en vrac, nous aurons plus de chance de le coincer, n'est-ce pas ? Je sais, messieurs, que dans notre beau pays un homme est innocent jusqu'à preuve du contraire. Mais cette loi bien de chez nous ne s'applique pas vraiment à notre ami le Charif, n'est-ce pas ? Lui est coupable, jusqu'à preuve du contraire. Ce n'est pas à *nous* de prouver sa culpabilité, mais à lui de nous prouver son innocence. Un peu comme ça se passe en France... Une fois que nous nous serons assurés qu'il est bien le défecteur de bon aloi qu'il se prétend, nous commencerons à disséminer sa production à qui de droit. »

Regard lointain de Fennell, plus Grand Cornu que jamais. Il doit penser à tous les patrons de services amis faisant antichambre chez lui et quémandant un droit d'accès à la perle rare, se disait Boone. *Pourriez-vous lui poser une petite question qui nous tient à cœur, cher ami ? Et serait-ce trop vous demander que de le voir quelques instants ? Pas en tête à tête, bien sûr, mais avec vos Gens qui le connaissent si bien et font du si bon boulot ! Et pourquoi ne pas nous le refiler quand vous en aurez fini ? En contrepartie on pourrait vous passer Mendoza... Vous vous rappelez Mendoza... l'homme du Cartel... Oui, c'est vrai, il date un peu, Mendoza... Mais il n'est pas mal du tout ! Il vous surprendra !* Echange sabbatique, en quelque sorte.

« Et une fois le debriefing terminé, dit Catlow, interrompant la rêverie de son patron, Julian discutera avec lui des modalités pratiques et financières de sa réinsertion. »

Le système Boone

Bonne bouffée de pipe de la part de Le Pelley.

« Eh bien, messieurs, brama Fennell en se levant et en abandonnant momentanément sa coiffe de Roi-Cerf, puisqu'on est d'accord, on va demander à notre invité de se joindre à nous... Blaker, envoyez quelqu'un le réveiller. »

16

Harry Boone n'entendit pas la porte s'ouvrir. Mais à la vue des visages qui se tournaient à l'unisson, il devina que le Charif était là. Fennell arborait l'air propriétaire d'un turfiste prisant son favori sur fond de victoire au Grand National, Catlow prisait le nouveau venu comme un lutteur de sumo son adversaire, Le Pelley tirait sur sa bouffarde à une allure frénétique, et Blaker affichait le regard aveugle de celui qui verrait soudain surgir devant lui la traduction en chair et en os de la fiche signalétique régurgitée par l'ordinateur d'un club de rencontres.

« Monsieur El-Husseini ! lança Fennell en se levant, et les autres l'imitèrent aussitôt. Approchez, approchez... Venez que je vous présente. »

S'avançant vers ses hôtes, le Charif tendit la main à Fennell qui la prit dans les siennes et la secoua énergiquement tout en plissant les yeux d'un air complice.

« Vous connaissez déjà Harry Boone, je crois... Voici Sam Catlow... Julian Le Pelley... Et là c'est Simon Blaker... Moi, c'est Fennell. » Il parlait lentement, en articulant. « *Guy* Fennell », ajouta-t-il juste après, du ton solennel qu'emploierait quelqu'un qui donnerait son prénom comme s'il octroyait une grâce.

Docile et souriant, le Charif fit le tour des présents selon l'ordre dans lequel Fennell les lui avait présentés. Echange de poignées de main, échange de marmonnements. On se serait cru dans un bordel d'Istanbul. Les clients installés avec la mère maquerelle, les filles faisant leur entrée une à une, le contact visuel, le contact tactile par serrement des mains, le sourire des filles, le regard des hommes. Rituel à la fois mercantile et courtois, permettant à l'acheteur de soupeser la marchandise. Version ottomane de la vitrine hambourgeoise. Son tour fait, le Charif alla s'asseoir dans le canapé à côté de Harry Boone. A côté de son placeur.

« Blaker est un arabisant. » Fennell s'efforçait à trouver des points communs avec son poulain.

Gêné, Blaker se crut obligé de confirmer les dires de son supérieur, et proféra un *Ahlan wa Sahlan* digne d'un restaurateur libanais de Londres.

Lui ayant souri, le Charif sortit de sa poche un paquet de cigarettes américaines, et en bon Oriental il le tendit à tous les présents qui refusèrent poliment.

« Blaker connaît parfaitement l'arabe, reprit Fennell, mais si vous le voulez bien nos discussions se dérouleront en anglais. J'ai cru comprendre que vous parliez notre langue.

– Je me débrouille, répondit le Charif en allumant sa cigarette. Ce n'est pas du Shakespeare, ajouta-t-il en inspirant sa fumée, mais ce n'est pas non plus du – comment dites-vous – du *Pidgin English* », conclut-il en expirant sa fumée.

Fennell ne s'attendait apparemment pas à entendre cela.

Le système Boone

L'air interloqué, il devait se dire qu'il fallait vraiment de tout pour faire un monde, et que même un Arabe musulman pouvait trouver plus moricaud que lui.

« Je vois que nos renseignements sur vos dons linguistiques n'étaient pas erronés, finit-il par dire. Bienvenue en Angleterre, donc. Nous avons déjà fait du bon boulot ensemble, et je suis convaincu que notre coopération sera encore plus fructueuse dans les mois à venir. Vous êtes quelqu'un de *très* important ici, vous savez ? »

Sourire poli et air faussement embarrassé du Charif, qui agita sa cigarette en guise de protestation.

« Sérieusement... Vos rapports sont lus à très haut niveau. Au *plus haut* niveau. Et très appréciés, je dois dire. Si, si... »

Sourire dubitatif du Charif qui se contenta de tirer sur sa cigarette. Combien de fois n'avait-il pas joué à ce même petit jeu de l'ego avec ses propres sources ?

« Je vous explique la marche à suivre. Nous allons commencer par une rapide mise à jour des événements de ces derniers mois. Ensuite nous aurons une courte séance de polygraphe. » Fennell avait opté pour l'appellation savante afin d'adoucir l'impact de son message.

« Polygraphe ! Vous voulez dire un détecteur de mensonges ? Vous ne me faites pas confiance ? Après tout ce que je vous ai donné ?

— Disons que le polygraphe est là pour satisfaire nos chefs. Nous avons tous nos bureaucrates, que voulez-vous ! »

Fennell faisait son petit numéro d'homme de terrain. Il s'inventait des affinités avec le Charif.

« Et ça fonctionne vraiment ce machin-là ? Je lisais

quelque part qu'il suffisait de se pincer les orteils pour le tromper.

— Vraiment ? » s'étonna Fennell en interrogeant ses assistants du regard. Il ne savait pas trop si le Charif était sérieux ou pas. « Très drôle, finit-il par dire. Très drôle. Les orteils... Non, non, ça fonctionne, je vous assure. Mais ce n'est qu'une formalité... Alors, pas d'inconvénient ?

— Aucun inconvénient. J'espère néanmoins que vous n'insisterez pas pour que je me déchausse.

— Vous déchausser ?

— Pour les orteils. Pour vous assurer que je n'essaie pas de tromper la machine. Chez nous on se déchausse pour la prière, mais pas pour le polygraphe. »

Fennell fit une grimace en guise de sourire, mais Julian Le Pelley ne put s'empêcher d'éclater d'un grand rire humide de fumeur, et le petit Blaker profita de la détente générale pour se caler dans son siège. Pour la première fois de la journée, et grâce au Charif, il se sentait membre à part entière de l'équipe.

« Où en étions-nous ? dit Fennell, histoire de reprendre les choses en main. Ah ! oui, le polygraphe. Après le polygraphe nous passerons aux choses sérieuses. J'estime qu'il nous faudra entre six et huit mois pour bien faire le tour des choses. Notre gouvernement attache une très grande importance à vos renseignements. Le secrétaire d'Etat, ainsi que mon supérieur direct, le patron du Service, m'ont d'ailleurs demandé de m'occuper de vous personnellement. Je serai donc amené à vous rendre visite très souvent. »

En quelques mots Fennell avait réussi à suggérer au Charif qu'il n'avait pas affaire à n'importe qui mais au numéro deux de la boîte, pas moins, et à quelqu'un qui avait par ailleurs accès direct au gouvernement.

« Dans les semaines à venir, poursuivait le numéro deux du Club-House, vous aurez le temps de vous familiariser petit à petit avec notre mode de vie. Et à la fin du debriefing, Julian mettra au point avec vous tous les détails de votre réinsertion : votre nouvelle identité, votre compensation financière, un nouveau visage, si vous le souhaitez. On pourrait peut-être faire quelque chose pour ces... pour ces cicatrices.

— On verra, lança le Charif en écrasant sa cigarette.

— Ce n'est pas une simple affaire d'esthétique, vous savez. C'est aussi une question de sécurité. Et puis d'ici là les choses se seront certainement calmées, et on pensera à faire venir votre famille.

— On verra, on verra. »

Sortant une autre cigarette, le Charif la tapota d'un geste agacé sur le dos de la main, comme s'il avait voulu la tasser, comme s'il s'était agi d'une cigarette sans filtre, puis il la porta à sa bouche sans l'allumer.

« Vous savez, nous serions très heureux de vous accueillir parmi nous si vous le désirez, dit Fennell, apparemment décontenancé par cette mauvaise humeur évidente. Cela étant, si vous le souhaitez, on pourrait aussi envisager votre réinsertion dans un autre pays. »

Le Charif ne prit même pas la peine de répondre et se contenta d'allumer sa cigarette.

« Parfait, parfait, finit par dire Fennell, après avoir attendu en vain une réaction. Et maintenant, ajouta-t-il en se levant, j'ai bien peur de devoir vous quitter. Mais je reviendrai vous voir très bientôt », promit-il.

Le système Boone

Pas avant d'avoir eu le résultat de la séance du Frétilleur, se dit Boone. Fennell gardera ses distances jusqu'à ce que Dogget et Latimer se soient prononcés. Il ne s'engagera pas avant. Pas question pour lui de se mouiller avant d'avoir reçu l'imprimatur de la machine.

« J'espère seulement, disait Fennell en prenant congé de son invité, que vous ne ferez pas comme ce pilote égyptien qui atterrit jadis en Israël avec son Mig... » Il fit une pause pour s'assurer qu'il retenait l'attention de tous. « Les Israéliens lui donnèrent une nouvelle identité, et ils l'envoyèrent vivre dans un pays d'Amérique du Sud avec un compte en banque bien approvisionné. Mais, une fois là-bas, il ne trouva rien de mieux à faire que d'envoyer une carte postale au Caire pour dire à sa famille qu'il allait parfaitement bien. Vous devinez un peu la suite... »

Boone se dit que, dans l'embarras, certains se taisaient, d'autres bâillaient. Fennell, lui, faisait des plaisanteries de mauvais goût.

17

« Pourquoi nous ? demandait Catlow. Pourquoi avoir choisi les Anglais ? Pourquoi pas les Français ? ou les Allemands ?

– Parce que vous êtes des barbares.

– Que voulez-vous dire par là ?

– Je veux dire que vous ne négociez pas. Vous refusez de vous soumettre au... comment dites-vous...

– Au chantage ?

– Oui, c'est ça. Au chantage. Tenez... Prenez les otages... Vous vous rappelez la crise des otages... Les Français et les Allemands, eux, ont négocié. Ils ont géré la crise. Ce sont des gens civilisés. Et ils font le jeu de *nos* civilisés. Ceux que vous appelez les "modérés". Les radicaux, eux, ne sont pas des civilisés. Comme vous, ce sont des barbares. Ils tuent, ou alors ils laissent passer. Ils ne marchandent pas. Ils ne gèrent pas. Ils ne font pas de... de compromis. C'est bien ça, le mot ?

– C'est bien ça, acquiesça Catlow, aussi impressionné par le discours du Charif que par son anglais.

– Vous, vous êtes un peu comme ça : des barbares. Et pour quelqu'un dans ma position, c'est rassurant. Parce que, entre vos civilisés et les nôtres, il y a des accords qui sont conclus dont je n'aurais pas voulu faire les frais. Imaginez un peu que j'aie pris contact avec les Allemands. Je peux vous assurer que leur ministre des Affaires étrangères, un vrai modéré, lui, aurait vite fait un marché derrière mon dos avec mes anciens amis.

– Vous voulez dire que les Allemands négocient secrètement avec vos amis, comme vous les appelez ?

– Les Allemands, et les Belges ! Il y a un accord secret entre eux et nous : ils ne nous inquiètent pas sur leurs territoires respectifs, et nous, en échange, nous nous engageons à ne pas conduire d'opérations chez eux, ni à cibler leurs ressortissants.

– C'est incroyable ! s'écria Le Pelley qui, malgré ses origines huguenotes, était un eurosceptique farouche.

– Incroyable ou pas, je vous préviens d'ores et déjà que je refuse catégoriquement de rencontrer des Allemands ou des Belges ! Je n'ai pas confiance. Et je refuse aussi qu'ils soient destinataires de mes renseignements.

– On en tiendra compte, promit Catlow.

– Et par la même occasion, et quoique pour des raisons très différentes, je vous préviens aussi que je refuse de rencontrer des Juifs... Des Israéliens... Ils ont tué toute ma famille ! »

Très tôt, la fameuse approche totale de Fennell avait montré ses limites. Catlow et Le Pelley avaient eu beau savamment doser leurs attaques, les réponses du Charif n'avaient cessé de les déborder. Soumis à la question, il ne cillait pas. Ses inquisiteurs, par contre, commençaient à s'embrouiller. Blaker, qui avait passé des semaines à potasser la monumentale *Encyclopédie de l'Islam* et la plus que douteuse *Encyclopédie du Djihâd* en prévision du choc culturel à venir, ne s'attendait certainement pas à cela. Il était fasciné. Et il fallut l'intervention de Boone pour que l'interrogatoire ne dégénérât pas en conte des mille et une nuits.

« Et le boiteux ? demanda-t-il.

— Pardon ? dit le Charif en éteignant sa énième cigarette de la journée.

— Le boiteux... Celui qui se trouvait chez Hammoud quand tu y rencontrais Chartouni.

— Ah ! lui... Un autre écran que j'utilisais.

— Mais encore ?

— C'était l'assistant de Hammoud.

— C'était ?

— Hammoud est mort, n'est-ce pas ?

— Quel est son nom ?

— Son nom ? Tarek.

— Tarek comment ?

— Tarek Bizri.

— Et avant d'être chez Hammoud ?

— Il travaillait pour moi.

— Est-il mort dans l'explosion ? Celle qui a tué Hammoud et Chartouni ? Je n'ai vu son nom nulle part parmi les victimes.

— Je ne sais pas. Il était chez Hammoud ce jour-là. Je n'en sais pas plus que toi.

— Tu l'avais prévenu ?

— Prévenu de quoi ?

— De l'attentat. Du faux attentat.

— Certainement pas.

— Qui d'autre que nous est au courant, à propos de ton exfiltration ?

— Personne. C'est mon secret, et le vôtre.
— Même pas votre femme ? demanda Catlow.
— J'ai dit personne !
— Comment t'es-tu arrangé pour ne pas être dans la voiture quand elle a sauté ? »

Se calant dans son fauteuil, le Charif croisa les jambes, alluma une cigarette, et tira dessus énergiquement avant de répondre tout en soufflant la fumée par le nez.

« En quittant le bureau j'ai fait un crochet par une des planques du Service. A Sabra. L'immeuble en question a un parking souterrain. Ma voiture n'y est restée que cinq minutes, puis elle est repartie sans moi.

— Un leurre, dit Catlow.
— Une ruse, reprit le Charif, préférant un mot qu'il connaissait. Pour déjouer un éventuel attentat... Je suis alors monté jusqu'à l'appartement du cinquième qui nous sert de planque. J'avais sur moi un émetteur-récepteur branché sur la longueur d'onde utilisée par ma voiture. J'ai attendu... Quand j'ai entendu l'explosion, mon émetteur-récepteur s'est soudain tu et je suis sorti au balcon. De là où j'étais je voyais une colonne de fumée qui s'élevait du lieu de l'attentat. Je pouvais aussi voir la maison du cheikh Hammoud, distante d'à peine cent mètres à vol d'oiseau. J'ai attendu qu'ils ouvrent la mallette piégée que je leur avais envoyée. Dès qu'elle a explosé je me suis rasé, j'ai revêtu l'uniforme que j'avais déposé dans la planque quelques jours auparavant, j'ai fait un paquet de mes affaires, et je suis descendu au sous-sol où j'ai jeté le tout dans la chaudière. Puis je suis rentré chez un épicier où j'ai fait quelques achats – je n'aime pas me promener les bras

ballants, c'est agressif – et j'ai sauté dans un taxi-service pour aller retrouver mon ami Harry au passage du Musée.
– Pourquoi n'avoir pas pris contact avec nous plus tôt ? demanda Catlow, une fois qu'il eut digéré tous les détails de ce plan minutieux. Pourquoi avoir attendu si longtemps après votre retour de Quetta ?
– J'attendais le... J'attendais le moment propice.
– Cardiff ? intervint Boone.
– Pardon ?
– Le réseau de Cardiff ? Le réseau islamiste ? Celui qui avait été démantelé ici ?
– Oui, le réseau... Voyez-vous, je savais que l'une des personnes interpellées revenait de Kandahar, et qu'elle avait accès au type de renseignements que je comptais vous fournir. C'était suffisant pour me couvrir.
– Et après cela, le rythme de vos envois...
– A toujours été dicté par vos prises. Je ne pouvais pas prendre l'initiative sans me mettre en danger.
– Et cette voiture piégée que vous avez exigée de nous ? demanda Catlow. Cet attentat meurtrier devant la Cité sportive, c'était aussi pour couvrir vos traces ?
– Bien sûr. Mais je voulais aussi m'assurer de votre sérieux.
– Et pour l'opération qui visait le Palais de Justice à Paris ? Vous avez attendu la toute dernière minute pour nous prévenir.
– Il fallait que je sois sûr que les Français tenaient une piste. L'arrestation des Algériens est arrivée à point nommé.
– Si je vous suis bien, dit Catlow, si vous n'aviez pas été couvert par ces arrestations vous n'auriez rien fait ! Vous

auriez gardé vos renseignements pour vous, et l'attentat aurait eu lieu !

— C'est tout à fait exact. »

Le Charif ne semblait nullement perturbé.

« Vous ne pensez pas que vous poussez la prudence un peu trop loin ?

— Trop loin, dites-vous, Sam ? Non, je ne le pense pas. On n'est jamais assez prudent. Mais rassurez-vous : je vous aurais quand même envoyé mes renseignements par la suite.

— Par la suite ? s'offusqua Le Pelley. Après l'attentat ? Après les morts ?

— Oui... Par la suite... Après... Et alors ? Vous êtes peut-être médecin ? Vous voulez sauver des vies humaines ? Eh bien, vous les avez sauvées ! Vous êtes satisfaits ? Qu'est-ce que ça vous a rapporté, à vous et à vos collègues français ? Dites-moi un peu ce que ça vous a rapporté. Une tape dans le dos, voilà quoi ! » Il s'était levé et faisait les cent pas. « Mais si l'attentat avait *effectivement* eu lieu. S'il avait eu lieu, et qu'une semaine ou deux plus tard, grâce à mes informations, vous réussissiez à mettre la main sur les responsables. Que se serait-il passé, à votre avis ? » Il s'était arrêté de marcher et fixait ses hôtes à tour de rôle. « Je vais vous dire, moi, ce qui se serait passé ! Vous auriez tous pris du grade à l'heure qu'il est ! Et vos maîtres n'en auraient que pour vous ! Et vous auriez pu demander les budgets que vous voulez ! Et pourquoi ? Parce que vous auriez fait bien mieux que sauver des vies humaines ! Parce que vous auriez vengé les morts ! Et surtout, *surtout*, parce que vous auriez sauvé la mise aux survivants ! Et pas n'importe lesquels ! Vos supérieurs, messieurs, et vos politiciens ! » Il s'assit et éteignit sa cigarette. « Mieux vaut prévenir que guérir. C'est bien ce qu'on dit, n'est-ce pas ? C'est ça qu'on vous apprend. Eh bien, pas dans notre métier. Dans notre métier il vaut toujours mieux *guérir* que *prévenir*.

— Je ne suis pas d'accord ! lança Le Pelley, en légaliste dépité. Notre société ne fonctionne pas de cette façon-là ! »

Fennell ne serait pas du même avis, se disait Boone. Fennell aurait certainement apprécié ce mélange subtil de l'homme de terrain et de l'homme de couloir.

« Vous disiez, intervint Catlow, en revenant au fait, que vous aviez décidé de prendre contact avec nous parce que, contrairement aux Européens, nous étions ce que appelez des "barbares". Mais les Américains le sont autant que nous. Pourquoi ne les avez-vous pas approchés ?

— Pourquoi vous et pas les Américains ? Eh bien, parce que vous avez une longue expérience des Arabes et des musulmans : une expérience coloniale, certes, mais une expérience. Parce que vos soldats, vos administrateurs et vos missionnaires ont tanné leur peau chez nous, et parce que leurs os ont blanchi sous notre soleil. Mais les Américains ! Que savent-ils de nous, les Américains ? Que savent-ils *réellement*, qu'ils n'ont pas par réfraction et par satellite ou avion-espion interposé ? » Il alluma une autre cigarette. « Quelle expérience les Américains ont-ils des musulmans, des Arabes ou de l'Orient ? Et tant qu'on y est, quelle expérience ont-ils de tout être vivant qui ne serait pas sur leur territoire et n'aurait pas le droit de vote chez eux ? Ah ces Américains ! expira-t-il en soufflant la fumée de sa cigarette. Laissez-moi vous raconter une histoire que j'ai entendue à Quetta... C'est au sujet du débarquement américain en Somalie, il y a une dizaine d'années.

Le système Boone

Vous vous rappelez... quand les Américains s'étaient mis en tête de faire la police dans la Corne de l'Afrique... Opération Redonner l'Espoir... »

Les Britanniques ne s'en souvenaient que trop bien. Une bonne douzaine de Rangers américains y avaient trouvé la mort après que leur hélicoptère avait été touché par un missile sol-air. L'un de ces missiles que les Américains avaient eux-mêmes fourni auparavant aux islamistes afghans dans l'espoir qu'ils les utiliseraient contre l'Armée rouge, disaient les mauvaises langues.

« Les Rangers, Marines et autres corps d'élite américains débarquent donc en Somalie, racontait le Charif, et avec eux leur mascotte, un gros chat impressionnant qui a vite fait de sortir du campement pour aller rouler des mécaniques et montrer à qui de droit qui est dorénavant le roi de la jungle. Et voilà qu'en se pavanant il tombe sur un chat somalien qui tient à peine sur ses pattes tant il est maigrichon. Le chat américain ne résiste pas à la tentation de montrer sa force à son malheureux congénère. Il bondit sur lui, mais toute sa force et tout son art du combat ne suffisent pas à lui épargner une véritable déculottée. Vaincu et meurtri, et encore plus perplexe, il s'en retourne au campement où il raconte tout à son colonel. Ce dernier est évidemment furieux de voir sa mascotte faire aussi piètre figure devant des étrangers, et il le lui fait comprendre. "Tu es un chat américain ! lui rappelle-t-il. Tu es bien entraîné, tu es rompu à toutes les techniques de combat, et tu représentes les corps d'élite de la meilleure armée du monde. Il n'est pas question que tu te fasses ainsi humilier par un merdeux de chat africain. Alors retourne là-bas et montre-lui qui est le maître." Ainsi dopé, le chat américain quitte le campement et s'en va à nouveau provoquer le chat somalien. Mais voilà qu'encore une fois le chat somalien a le dessus, et le chat américain reste étendu pour le compte. Un peu plus tard, alors qu'il reprend petit à petit ses esprits, il ouvre péniblement un œil et voit le chat somalien penché sur lui et l'observant avec dédain. "Je ne comprends pas ! dit-il à son vainqueur. Je suis un chat américain, j'appartiens à un corps d'élite, je suis bien nourri, survitaminé, superentraîné, et pourtant je me fais battre à plate couture par un chat somalien famélique et déglingué ! Je ne comprends pas !" Et là, le chat somalien le regarde avec des yeux ronds et s'indigne : "Un *chat* somalien ? Je suis un *lion* somalien, moi !" »

Après quoi on se tutoya et on vécut à l'heure de Beyrouth. En fin d'après-midi Simon Blaker s'en fut à Helston d'où il revint avec des saucisses pimentées (pur bœuf, annonça-t-il à l'adresse du Charif), et du riz basmati, du hommos en boîte et du pain pita qu'il avait réussi à dénicher dans un magasin de Meneage Street. Le Charif fit la cuisine, puis il entreprit d'apprendre à ses nouveaux amis comment remplacer les couverts par le pain. On rit beaucoup, ce soir-là, et on se raconta aussi beaucoup d'histoires. Même Sam Catlow était séduit, au point d'en oublier son régime draconien. Première manche au Charif. Boone, que l'idée du Frétilleur n'enchantait pourtant guère, se disait qu'il était grand temps que Dogget et Latimer fassent leur apparition, et jettent un froid dans cette ambiance chaleureuse.

18

Le surlendemain, le temps changea. Réfutant la théorie d'un microclimat chère au syndicat d'initiative local, le soleil déserta la place et la roche serpentine se souda à un ciel d'ophite. Vers midi un vent d'est amena des nuages et un break noirs. Les nuages déversèrent leur chargement de pluie, et le break déversa Dogget, Latimer et un gros attaché-case. Refusant poliment, mais fermement, le coup de main que leur proposaient Steel et Travers, Dogget et Latimer firent valser les meubles de manière à se bâtir un petit nid douillet où ils pourraient s'isoler avec le Charif tout en gardant les autres à distance. Latimer ouvrit ensuite délicatement l'attaché-case et, sous l'œil médusé des profanes, il entreprit de dérouler cérémonieusement une multitude de fils électriques, de tubes, de lanières et de ventouses reliés à des moniteurs qui sommeillaient dans l'attaché-case. Il y eut un moment de flottement quand la prise de courant anglaise refusa d'accueillir la fiche trahissant l'origine américaine de la machine, mais tout finit par rentrer dans l'ordre quand Travers s'en revint avec une interface transat. Peu après, dûment délesté de sa cigarette et de son gros chandail, le Charif se retrouvait branché à l'attaché-case.

Le système Boone

« Vous êtes ici à la demande de l'Appareil, demanda Dogget tandis que Latimer activait le cadran et les graphes contenus dans l'attaché-case.

— Non. » Le Charif fixait des yeux le battant de la mallette qui formait barrage entre lui et la machine contre laquelle il se battait. Ennemi invisible.

« Ce sont les islamistes qui vous envoient.

— Non.

— Vous êtes un membre dirigeant de l'Appareil.

— Oui.

— Vous êtes ici de votre plein gré.

— Oui.

— Votre femme s'appelle Fatima Dandache.

— Non.

— Votre femme s'appelle Fatima Kronfol.

— Oui.

— Vous avez participé à des opérations d'espionnage contre les Britanniques et leurs alliés.

— Oui.

— Vous avez pris part à des actions terroristes contre l'Occident.

— Non.

— Vous avez aidé à planifier des actions terroristes contre l'Occident.

— Non.

— Vous détenez des renseignements sur des opérations terroristes perpétrées contre l'Occident.

— Oui.

— Vous êtes croyant.

— ... Oui.

— Ne souriez pas, s'il vous plaît... Non, ne riez pas ! Il

ne faut pas rire... On recommence... Vous êtes musulman et croyant.

– Oui.

– L'Appareil sait que vous n'êtes pas mort.

– Non.

– L'Appareil sait que vous êtes en Angleterre.

– Non.

– Vous avez suivi un entraînement de deux ans en Afghanistan.

– Oui.

– Vous êtes né à Beyrouth.

– Non.

– Les renseignements que vous nous avez transmis l'ont été avec l'assentiment de vos supérieurs.

– Non.

– Votre fils s'appelle Ali.

– Non.

– Vous avez un assistant boiteux, dit Dogget en lui posant une question sur laquelle Boone avait insisté.

– Oui.

– Ce boiteux s'appelle Tarek Bizri.

– Oui.

– Vous me dites la vérité.

– Oui.

– Vous êtes né à Mastaba.

– Oui.

– Votre fils s'appelle Hassan.

– Non.

– Votre femme sait que vous êtes ici.

– Non.

– Votre fils sait que vous êtes ici.

— Non.
— Bien, dit Dogget en le libérant. Nous allons faire une petite pause.
— Je peux fumer ? demanda le relaxé.
— Je préférerais autant que vous attendiez qu'on en ait terminé.
— C'est comme vous voulez.
— A la question : votre fils s'appelle Ali, vous avez répondu non, intervint Latimer après avoir consulté ses papiers.
— Exact.
— Et à la question : votre fils s'appelle Hassan, vous avez aussi répondu non.
— Exact. »

Latimer tendit un graphe à Dogget. La réponse du Charif n'y avait laissé qu'une trace plate et rectiligne. Pas d'oscillation. Pas de perturbation.

« Pourtant votre fils s'appelle bien Hassan..., dit Dogget, perplexe.
— Je n'ai pas de fils.
— Vous n'avez pas de fils ?
— Ma femme et moi n'avons pas d'enfants. »

Erreur de programmation. Dogget et Latimer fusillèrent Catlow du regard, et ce dernier en fit à son tour de même avec Blaker.

« Mais..., balbutia ce dernier en farfouillant dans ses notes. On vous appelle Abou Hassan... Ce qui veut dire : le père de Hassan... Abou Hassan n'est pas votre nom de guerre, n'est-ce pas ? Votre nom de guerre c'est le Charif...
— C'est exact. On m'appelle Abou Hassan parce que mon père s'appelait Hassan, et non parce que j'ai un fils qui répond au nom de Hassan. »

Le système Boone

Erreur de programmation ou pas, Dogget et Latimer auraient mieux fait de se taire, se disait Boone. Ils avaient ouvert une brèche dans leur dispositif, et le Charif s'y était engouffré.

« C'est une coutume, chez nous. On donne à un jeune homme un surnom – comme Abou Hassan, ou Abou Ali – en se disant qu'il aura bientôt un fils à qui il donnera le nom de son père. Mais ça ne veut pas dire qu'il a *déjà* un fils... Je peux allumer une cigarette, maintenant ? »

Boone regardait Blaker qui semblait avoir perdu tout intérêt pour ses notes. Les limites de l'extrapolation savante et de la culture livresque venaient de le frapper de plein fouet. Son dépucelage commençait. Et ce n'étaient ni le Practice ni les Seniors du Club-House qui le déniaisaient, mais le Charif.

Après quoi, Dogget continua d'égrener ses questions d'une voix qui devenait d'autant plus terne que les réponses du Charif se faisaient enjouées, et Latimer poursuivit son interprétation diligente des données graphiques. Mais le cœur n'y était plus. L'épisode du fils inexistant les avait profondément perturbés. Leurs questions étaient désormais mal assurées. Le doute s'était installé en eux, et ils avaient fini par l'inculquer à leur machine. Bientôt l'équipe anglaise se scinda en deux groupes : Catlow et ses Gens d'un côté, et la trinité de Dogget, Latimer et le Frétilleur de l'autre. L'initiative passa au Charif.

Ce soir-là, alors que ce dernier faisait une partie de cartes avec ses anges gardiens, Catlow réunit tout le monde à l'étage pour une évaluation de la grand-messe de l'après-midi.

Le système Boone

« Le sujet a un niveau d'émotivité assez élevé, disait Dogget. C'est perceptible dans ses réponses aux questions anodines. Mais après tout, c'est un Oriental.

— Est-ce un gros fumeur ? demanda Latimer.

— Un fumeur à la chaîne, dit Catlow qui avait arrêté de fumer deux ans plus tôt et pris quinze kilos depuis.

— Or il a à peine fumé, dit Dogget. Cela a dû le rendre nerveux.

— Sans compter l'anglais, qui n'est pas sa langue maternelle, dit Latimer.

— A tout considérer, conclut Dogget, et en tenant compte de son caractère oriental, on peut dire que le sujet ne nous a pas menti sur l'essentiel et qu'il est sincère quand il nous dit qu'il entend dire la vérité.

— Eh bien, c'est parfait ! dit Catlow en se levant.

— Cela étant, l'arrêta Dogget, l'index en l'air, je vous rappelle que notre examen n'est probant que dans la mesure où les données dont nous disposons sont exactes. Or il apparaît que, sur un point au moins, les renseignements que vous nous aviez fournis étaient erronés. Et nous allons bien sûr devoir le mentionner dans notre rapport. S'il y a erreur, elle n'est pas du fait de la machine. Elle est humaine. Nous sommes bien d'accord ? »

Harry Boone voyait déjà le rapport que Dogget et Latimer soumettraient au Royal & Ancien. *Oui mais*, dirait ce rapport, Dogget et Latimer se cachant derrière leur machine ; et cachant leur machine derrière Catlow et sa mauvaise programmation. Comment s'engager sans s'impliquer – telle était la règle d'or de ce jeu-là. Mais Boone, lui, avait d'autres chats à fouetter. Il avait hâte de rentrer à Beyrouth pour tenter de sauver les meubles.

19

Il faisait un temps exécrable à Londres ce jour-là mais, aux yeux de Guy Fennell, confortablement installé sur la banquette arrière en cuir Connolly de la Jaguar qui le conduisait à Grosvenor Square, une jambe jetée sur l'autre et une bonne demi-semelle négligemment brandie derrière la vitre en guise de salut royal à l'attention des passants, la capitale n'avait jamais paru si belle. Pas depuis l'arrivée au pouvoir du Président russe, en tout cas. Pas depuis le fâcheux rapprochement entre Moscou et Washington, qui avait mis à mal son travail de fourmi sur la mafia russe et ses circuits occultes. A Piccadilly, même la foule qui le heurtait d'ordinaire lui paraissait attendrissante. Ce jour-là il lui pardonnait son insouciante légèreté, et il se sentait vaguement responsable de son bien-être. *Vaquez, vaquez, bonnes gens*, avait-il l'air de dire. *Vaquez tranquillement à vos occupations et dormez sur vos deux oreilles. Vous ne le savez pas, puisque je suis un guerrier de l'ombre, mais je veille sur vous.* Guy Fennell était aux anges. Un clochard l'aurait sollicité qu'il n'aurait pas hésité à lui refiler un beau billet de cinq livres. Dans Regent Street il se sentit l'âme d'un régent et, quand la voiture s'engagea dans le quartier opulent de Mayfair pour rejoindre l'ambassade américaine, il se dit qu'il contribuait à sa façon et par son travail à toute cette prospérité. Le fait est que Guy Fennell était tout à fait heureux. Son poulain venait en effet d'être blanchi par le Frétilleur, et armé de ce non-lieu décrété par un juge impartial et au-dessus de tout soupçon il s'apprêtait à le proposer aux Américains. En guise de bague de fiançailles. Ou plutôt en guise de bague de retrouvailles.

Arrivé devant l'ambassade, il vit non sans plaisir que Tom Van Dusen avait dépêché quelqu'un à sa rencontre pour l'aider à passer discrètement le point de contrôle. Il prit acte de ce traitement de faveur et se demanda si Van Dusen ne soupçonnait pas l'importance du sujet dont il était venu l'entretenir. Précédé de son guide coupe-file, il passa le barrage des Marines comme une lettre à la poste, tout en se disant que ce jour-là (une fois n'est pas coutume), il se serait volontiers plié aux consignes renforcées de sécurité qu'on aurait pu lui imposer. Il l'aurait même fait de bonne grâce car aujourd'hui il ne tirait pas tant sa force de l'idée qu'il se faisait d'ordinaire de sa propre importance que du secret qu'il détenait, et du trésor qu'il s'apprêtait, en bon corsaire (véritable laquais, Fennell avait plus une âme de corsaire que de pirate), à remettre aux nouveaux maîtres du monde. Et c'est d'un pas léger qu'il suivit son guide jusqu'à la salle insonorisée du sous-sol où Tom Van Dusen avait jugé bon de le recevoir.

« Je suis venu vous parler de Tiger Woods, dit-il une fois qu'ils furent seuls.

– Tiger Woods ? Votre nouvelle source dans l'Appareil ? demanda nonchalamment Van Dusen qui exsudait la Nouvelle-Angleterre et son chic discret au point de faire envie à Fennell.

— Ce même Tiger Woods ! Celui qui nous a donné l'opération de la place Dauphine à Paris !

— Un beau coup de filet. C'est vraiment dommage qu'il n'ait encore rien donné sur les opérations anti-américaines de la mouvance islamiste.

— C'est justement ce dont je suis venu vous entretenir, dit Fennell, pressé de conclure son triomphe afin d'effacer les carences dont sa source avait jusqu'ici souffert. A présent que l'affaire est faite et bien faite, je peux vous avouer, Tom, que Tiger Woods est ici chez nous. Je l'ai exfiltré, et je l'ai mis à l'abri.

— Exfiltré ? Exfiltré d'où ?

— De Beyrouth.

— Tiger Woods est donc libanais ?

— Il est libanais. Maintenant que je l'ai sous la main, et bien en main, on va pouvoir le presser à souhait. Vous allez voir. Bientôt il nous dira tout ce qu'il sait sur les opérations anti-américaines de ses amis, et je ne doute pas qu'il en sache des masses.

— Et on peut demander qui c'est ?

— C'est Ali El-Husseini ! C'est le Charif !

— Le Charif ? Celui qui dirigeait l'organisation libanaise de l'Appareil ?

— Celui-là même, Tom.

— Je croyais qu'il avait été tué dans un attentat à la voiture piégée, à Beyrouth, il y a une dizaine de jours.

— Un faux attentat. J'avais organisé un faux attentat pour le sortir discrètement de Beyrouth.

— C'était donc vous, cette voiture piégée ? Et dire que

c'est nous qu'on accuse. On ne prête qu'aux riches, n'est-ce pas ?

— C'était nous.

— Petits cachottiers !

— Pas cachottiers du tout, s'excusa Fennell qui avait pris cette remarque au premier degré et craignait qu'on ne lui reprochât sa tiédeur atlantiste. Tant qu'il ne nous donnait pas de renseignements qui pouvaient vous intéresser directement, ce n'était pas la peine de vous en parler, n'est-ce pas ?

— Je comprends, je comprends, le rassura Van Dusen.

— Mais à présent qu'il est ici, et libre de répondre à toutes nos questions, je suis venu vous voir pour vous en donner la primeur, et vous informer par la même occasion que Cecil et moi souhaitons que vous soyez entièrement associés au debriefing.

— C'est très généreux de votre part.

— C'est la moindre des choses. Ne sommes-nous pas alliés ? N'est-ce pas un combat commun que nous menons au nom de la démocratie contre les forces de l'obscurantisme et de la barbarie ? »

L'espace d'un instant, Fennell ne fut plus face au représentant à Londres de la Company. L'espace d'un instant, il se retrouva au Capitole, et c'était aux membres du Congrès qu'il s'adressait.

« Vraiment très généreux... Dites-moi, Guy, ce fameux Charif, vous l'avez enlevé ?

— Pourquoi enlevé ?

— C'est une prise de guerre ? Il est prisonnier chez vous ?

— Non, il n'est pas prisonnier. Il est ici de son plein gré. Il a fait défection.

— Je vois... Le debriefing auquel vous souhaitez nous associer n'est donc pas tant un interrogatoire qu'une sorte de conversation à bâtons rompus.

— Pas besoin de l'interroger. Pas besoin de mettre la pression sur lui. Il nous parle de tout. Librement.

— Librement, dites-vous ?

— Tout à fait librement.

— Nous pouvons donc supposer qu'avant d'être une opération conjointe entre vous et nous, cette affaire est déjà une opération conjointe entre vous et le Charif.

— Si l'on veut. »

Fennell était intrigué. Il ne voyait pas où Van Dusen voulait en venir.

« Et si nous nous y associons à présent, ce sera une opération à trois.

— Une opération à trois... si l'on veut.

— Mmm... », fit Van Dusen en se caressant la joue à rebrousse-poil, y cherchant des aspérités qui refléteraient l'état d'esprit dans lequel il se trouvait. Sans succès, d'ailleurs, puisque son barbier de Curzon Street le rasait chaque matin de très près.

« Si ce ménage à trois ne vous convient pas, Tom, on pourrait vous le refiler avec armes et bagages. »

Mentalement, Fennell pensait déjà à ce qu'il devrait faire pour convaincre Devereux de remettre le Charif aux Américains, et au prix qu'il pourrait en demander à Van Dusen.

« Non, non..., protesta le récipiendaire de ce beau cadeau. Vous vous méprenez, Guy. Nous ne tenons pas à le traiter seuls.

— Je ne vous suis pas, Tom.

— Voyez-vous, Guy, si vous aviez *enlevé* ce... Charif... si vous l'aviez en fait capturé comme nous avons nous-mêmes capturé tel et tel islamiste en Afghanistan et tel et tel Serbe dans les Balkans, il aurait été de ce fait un prisonnier de guerre et j'aurais eu toute latitude pour l'interroger à souhait.

— Je ne comprends toujours pas, s'inquiéta Fennell qui se disait que Van Dusen faisait peut-être la fine bouche pour faire baisser le prix.

— C'est une question de... comment dirais-je... c'est une question de *positionnement*. De positionnement par rapport à la source d'information : en l'occurrence par rapport au Charif. S'il avait été une prise de guerre, il y aurait nécessairement une barrière entre lui et nous, et de par ma position de l'autre côté de la barrière j'aurais pu l'interroger jusqu'à le casser. Mais si je vous suis bien il ne s'agit pas du tout de cela, n'est-ce pas ? Votre Charif est consentant. Il y a donc *complicité* entre vous et lui.

— Complicité ? Complicité dans quoi ?

— Je ne sais pas, moi. Complicité dans la voiture piégée qui a servi d'écran de fumée pour cacher sa disparition, par exemple. Complicité dans la mort d'innocents qu'elle a entraînée. »

Fennell comprenait de moins en moins. Et moins il comprenait, plus il s'angoissait.

« Il y a aussi une *intimité* entre vous et lui, Guy, et à vous dire franchement je ne peux pas risquer d'y être associé.

— Mais pourquoi donc ?

— Vous ne vous rendez peut-être pas compte qu'une bonne partie de ces islamistes poseurs de bombes que nous pourchassons actuellement ont été, à un moment ou à un autre, traités par nous. Par nous, Guy. Nous les avons formés, entraînés, armés, financés. Pour combattre les

Le système Boone

Rouges, bien sûr. Mais voilà que certains d'entre eux ont retourné leurs armes – *nos* armes, en fait – contre nous. Certains avec qui nous avions une *complicité*, une *intimité* aussi. Tout comme vous aujourd'hui avec votre Charif. Et ça, la Company ne peut simplement plus se le permettre. Les opérationnels que nous avons aujourd'hui sur le terrain ont entre autres pour mission d'éliminer leurs anciens agents. Ils s'acquittent d'ailleurs de cette tâche avec un véritable zèle vengeur, ne serait-ce que pour se faire pardonner leurs errements du passé. Vous comprenez ?

– Le Charif a brillamment passé l'épreuve du Frétilleur.

– Ce n'est pas le Frétilleur qui devra aller s'expliquer devant les sénateurs, Guy, c'est moi !

– Le Charif est une source inestimable de renseignements !

– Je m'en bats les couilles, des sources, lança Van Dusen, se départant brutalement de sa *persona* bostonienne. Nous avons nos satellites, nos Awacs, nos Predators et notre Echelon, et ça nous suffit. La Company est échaudée, Guy. La moitié de l'Administration et la moitié du Congrès nous reprochent nos anciens liens avec la mouvance islamiste. Si je devais voir le Charif et lui parler, la Company devrait en informer le Président et le Congrès, et la Company, croyez-moi, ne veut surtout pas que quelqu'un lui rappelle qu'elle a couché avec les islamistes.

– Vous ne voulez même pas lui parler ?

– A vous dire vrai, Guy, nous sommes en quelque sorte, et par la force des choses, devenus des policiers. A présent, nous nous intéressons moins aux conseils qu'on veut bien nous prodiguer qu'aux aveux que nous pouvons extirper.

– Vous ne voulez même pas le rencontrer ?

Le système Boone

— Je le *veux*, mais je ne le *peux* pas ! Je ne peux pas me permettre d'associer mon nom, ou celui de la Maison, à celui du Charif. Nous ne pouvons pas nous permettre d'être directement ou indirectement associés à ses turpitudes passées, à commencer par la voiture piégée qui lui a permis de quitter Beyrouth. »

Interloqué, Fennell regardait Van Dusen sans mot dire. Il ne s'attendait pas du tout à une telle réaction.

« En sus, votre Charif ne semble rien avoir qui nous intéresse directement. Pour l'instant le jeu, pour nous, n'en vaut pas la chandelle. »

Fennell ne disait toujours rien.

« Je serai bien entendu toujours preneur des informations que vous jugerez bon de me communiquer, et je les disséminerai en tant qu'informations de la source Tiger Woods. Mais il est hors de question que je le rencontre ou que j'informe qui de droit à Washington que, derrière Tiger Woods, se cache en réalité le Charif. »

Fennell, qui se voyait déjà témoignant devant la commission du renseignement du Sénat, était effondré. Ses rêves américains s'écroulaient.

« En ce qui me concerne, poursuivait Van Dusen, enfonçant le clou, cette conversation n'a d'ailleurs jamais eu lieu, et je n'ai jamais été informé par vous de l'identité réelle de la source Tiger Woods. »

D'où cette entrevue dans une salle insonorisée du sous-sol de l'ambassade, se disait Fennell. D'où, aussi, le coupe-file que Van Dusen lui avait gracieusement octroyé pour lui permettre de passer incognito le contrôle des Marines à l'entrée. Ainsi, contre toute attente, son poulain ne participerait pas au Kentucky Derby. Fennell se sentait dou-

Le système Boone

blement floué, et il repartit de chez Tom Van Dusen avec le sentiment d'être une vestale qui serait venue solennellement faire l'offrande de sa virginité, uniquement pour se rendre compte que l'élu de son cœur s'en contrefichait.

20

Débouté, meurtri, Guy Fennell ne s'attarda pas à Londres. Sans la Company qui avait décidé de l'ignorer, le Club-House et Whitehall avaient perdu tout attrait. Le lendemain de cette entrevue qui n'avait officiellement jamais eu lieu, il quitta donc la capitale et s'en fut en province panser ses blessures et cacher son dépit. Le debriefing du Charif devait commencer ce jour-là et, bloqué en amont par le rejet tout à fait inattendu des Américains à l'égard de son protégé, il téléphona à Catlow et fit reporter la cérémonie d'ouverture jusqu'à son arrivée.

« Lucky Strike », lui lança le Charif en guise d'ouverture des enchères, une fois qu'ils furent tous installés dans le salon, Simon Blaker son stylo fin prêt et les machines enregistreuses ronronnant à l'arrière-plan.

Lucky Strike mon œil, se dit Fennell, l'esprit encore à son entretien désastreux avec Tom Van Dusen. C'est tout sauf un coup de chance, se disait-il.

« Lucky Strike, répéta le Charif. Ça vous dit quelque chose ?

– Lucky Strike ? demanda Fennell, perplexe.

– Oui, Lucky Strike. »

Le Charif agitait son paquet de cigarettes, qui portait justement ce nom.

« Vos cigarettes...

— Mes cigarettes, oui, mais autre chose aussi. Des rumeurs que j'ai entendues juste avant mon départ de Beyrouth : des rumeurs concernant une opération en préparation contre une cible dite Lucky Strike. »

Fennell interrogea ses assistants du regard, mais de toute évidence ce nom-là ne leur évoquait absolument rien.

« Ça vous dit quelque chose, Lucky Strike ? insista le Charif en agitant à nouveau son paquet de cigarettes.

— Lucky Strike... Ça a une connotation américaine, non ? »

Fennell se remettait à espérer que son poulain pourrait encore concourir dans le Kentucky Derby. Il se voyait déjà dans le bureau de Tom Van Dusen, lui jetant rageusement à la figure les détails d'un attentat au moins aussi meurtrier que ceux du 11 septembre.

« C'est possible que ce soit américain. Je ne saurais pas dire.

— Et c'est tout ce que vous savez ?

— J'ai aussi le nom de l'opération... les Dômes des Quatre Califes.

— Les quatre califes ? »

Fennell s'était tourné vers Blaker.

« Les successeurs du Prophète étaient quatre, répondit ce dernier. Abou Bakr, Omar, Othman et Ali.

— Et ces dômes ?

— Je ne sais pas, avoua Blaker, contrit.

— Je n'en sais rien non plus, dit le Charif, minimisant du coup l'ignorance de l'arabisant. Je ne connais que le

Dôme du Roc à Jérusalem. Celui de la mosquée qu'on appelle parfois la Mosquée d'Omar.

— Une opération à Jérusalem ? »

Fennell se voyait déjà rétrogradé des Américains aux Israéliens.

« J'en doute. La référence aux dômes des califes doit être symbolique.

— Vous avez entendu quelque chose d'autre ?

— J'ai entendu parler d'une date : le vendredi 1er.

— Le 1er février ?

— Le 1er février.

— Mais c'est dans une semaine ! Vous auriez pu nous prévenir plus tôt !

— Je pensais que vous vouliez d'abord compléter toutes les formalités "administratives" à l'attention des bureaucrates.

— Et vous n'avez aucun autre détail à nous communiquer ? demanda Fennell en ignorant cette remarque au sujet du Frétilleur.

— Je n'ai que le nom de code de la cible, Lucky Strike, le nom de code de l'opération, les Dômes des Quatre Califes, et une date, le vendredi 1er février.

— Que diable peut signifier ce Lucky Strike ? s'angoissa Fennell qui, se levant, alla s'isoler dans un coin du salon pour appeler le Green-Keeper sur son portable sécurisé.

— Nico ? Guy... Dites-moi, Lucky Strike, ça vous dit quelque chose ?

— Lucky Strike, dites-vous ? Mmm... a priori, non. Donnez-moi une seconde et je vais voir si ce nom se trouve dans notre banque de données.

— C'est peut-être américain, l'aiguilla Fennell, plein d'espoir.

— Attendez... Lucky Strike... Lucky Strike... Allez, le moteur de recherche, allez... Lucky Strike... Exact, Guy, c'est américain. »

Jackpot, se dit Fennell.

« Lucky Strike est effectivement le nom d'une base américaine. »

C'est un vrai *lucky strike*, se disait Fennell. Tom Van Dusen n'avait plus qu'à aller se rhabiller. Bientôt, il lui mangerait dans la main.

« C'est le nom d'une base américaine située quelque part entre Le Havre et Dieppe.

— Entre Le Havre et Dieppe, dites-vous ? Une base américaine en France ?

— Une vieille base désaffectée.

— Désaffectée ? »

Fennell tombait de haut.

« Une base datant de 1944... du temps du débarquement allié en Normandie.

— Une base où il n'y a plus personne, quoi, dit Fennell d'un ton morne.

— Déserte, Guy.

— Comme cible d'une attaque terroriste, ça ne va donc pas chercher très loin.

— A moins que les terroristes ne visent des champs de betteraves, et ne cherchent à décimer les colonies locales de mouettes et de goélands.

— Y a-t-il des dômes quelconques sur cette base ? Des constructions sphériques...

— Attendez que je consulte un plan. Mmm... non, rien qui ressemble à un dôme ou à une sphère.

— Vous êtes sûr ?

— Rien sur la base même. Par contre, non loin de là je vois des dômes... quatre, pour être précis.

— Vous en voyez quatre ? Quatre dômes ?

— A Paluel, à proximité de l'ancienne base Lucky Strike... Paluel, c'est une centrale nucléaire.

— Une centrale nucléaire ? triompha Fennell, et il jeta un œil de parent attendri sur le Charif qui fumait en silence dans le canapé.

— Il y a là quatre réacteurs, et quatre beaux dômes pour les abriter.

— Fantastique !

— C'est si important ?

— Plus qu'important, plus qu'important... primordial ! La centrale est à combien de miles de Paris ?

— Une centaine, à vol d'oiseau.

— Une centaine de petits miles de la capitale française ? » Fennell se voyait déjà acclamé comme le sauveur de Paris : un second général Leclerc. « Et à combien de nos côtes ? demanda-t-il juste après, car il espérait bien faire d'une pierre deux coups.

— De nos côtes ? Je dirais qu'elle est à une soixantaine de miles d'Eastbourne.

— Génial ! hurla presque Fennell à l'idée de ce beau doublé.

— Dites-moi un peu ce qui se passe, Guy... Pourquoi toutes ces questions ?

— Pour rien. Je vous dirai cela plus tard. Je rentre immédiatement à Londres. Il faut que je voie Dupond-Aignan au plus vite. »

21

Fennell arborait l'air confiant de qui serait venu passer un week-end de chasse dans une grande demeure en apportant un cadeau royal. Le cadeau royal, c'était Lucky Strike. Et la grande demeure, c'était un manoir XVIIe situé en pleine forêt, à proximité de la centrale nucléaire de Paluel dans le pays de Caux, en Normandie.

« Cette centrale d'Electricité de France abrite quatre unités de 1 300mW chacune, disait son hôte le châtelain, un colonel de réserve de la Gendarmerie qui se trouvait par ailleurs être conseiller régional, cousin par alliance d'Henri Dupond-Aignan, et honorable correspondant de la Piscine : cooptation matrimoniale dans le Service.

– Tout le périmètre terre de la centrale est entouré d'une grille électrifiée, et des militaires le patrouillent en permanence. »

Dupond-Aignan attisait machinalement le feu de la grande cheminée surmontée d'un portrait de l'ancêtre qui avait fait jadis le commerce du bois d'ébène entre Saint-Louis-de-Juda et les Antilles.

« On peut donc exclure la possibilité d'une attaque frontale en force. »

Fennell était ravi de pouvoir discourir en français.

« A moins d'une opération avec chars d'assaut. Les patrouilles ont été renforcées, n'est-ce pas, Hubert ?

— Exact, confirma Hubert le châtelain en tapotant la nuque du golden retriever couché à ses pieds. Et sur la côte, une série de digues de protection contre la houle excluent que les assaillants arrivent aisément par la mer. On les verrait venir de loin. La Royale est d'ailleurs aux aguets. »

Sa famille ayant fourni à la France moult amiraux, Hubert Anne-François de Botreaux de Fauconberg parlait toujours de la Marine française comme si la Révolution n'avait jamais eu lieu.

« Ce qui nous laisse la voie des airs... »

Fennell s'était penché sur la carte qu'on avait étalée sur la table basse en bois de hêtre. Un côté de la table flirtait dangereusement avec le feu de la cheminée et, en chauffant, le hêtre dégageait une odeur de rose qui embaumait la pièce. Fennell se sentait comme un coq en pâte. Cette veillée était tout ce dont il rêvait, et tout ce qu'il imaginait des soirées campagnardes de Robert Walker et Cecil Devereux auxquelles il n'était jamais convié. D'abord une gigue de chevreuil et un pichon-lalande 1970 servis dans la salle à manger lambrissée, et maintenant ce porto vintage 1977 qu'ils dégustaient dans cette bibliothèque éclairée par un feu de cheminée, un chien bucolique couché sur le tapis moelleux.

« Et dans les airs nous avons un petit problème, dit de Botreaux en s'accroupissant à côté de la table dans une posture militaire de campagne. L'espace aérien au-dessus de la région est particulièrement encombré. C'est ce qu'on appelle le Rail aérien. L'essentiel du trafic entre Paris et Londres et entre Paris et Francfort passe au-dessus de nos têtes.

— Sans compter les vols transatlantiques, intervint Fennell qui n'arrivait toujours pas à oublier Tom Van Dusen.

— Sans compter les vols transatlantiques... Bien sûr, le survol de la centrale est d'ordinaire strictement interdit, et la chasse est alertée. Mais si, par malheur, un avion de ligne reliant, par exemple, Roissy à Gatwick, était dérouté sur la centrale, la chasse n'aurait pas vraiment le temps d'intervenir. Le laps de temps serait trop court. C'est pourquoi, dès réception de vos renseignements la Direction de l'aviation civile a modifié tous les couloirs aériens et en a attribué de nouveaux qui contournent largement la région sans la survoler.

— En outre, intervint Dupond-Aignan, les mesures de sécurité ont été accrues à l'embarquement, tant à Paris qu'à Londres, Francfort et dans les aéroports nord-américains sur tous les vols qui risqueraient de se trouver dans un périmètre de cent kilomètres au-dessus de la centrale. Une répétition du scénario du 11 septembre est donc difficilement envisageable.

— Dans tous les cas, dit Fennell, les terroristes devront nécessairement prendre le contrôle de l'avion. Je veux dire en prendre *physiquement* le contrôle.

— Exact, dit de Botreaux. Et si, à l'embarquement, les responsables de la sécurité font leur travail correctement, un tel risque est quasi nul. Sans compter que la chasse pourrait alors intervenir pour forcer l'avion à atterrir, sinon pour l'abattre en plein vol.

— Nous voudrions tous éviter cela, n'est-ce pas ? dit Fennell suavement, tout heureux de pouvoir jouer, devant ces Continentaux, l'Anglo-Saxon respectueux de la vie humaine.

— Si nous le pouvons, dit de Botreaux dont la famille avait généreusement sacrifié l'un de ses fils à chaque génération et chaque conflit armé depuis 1871, et pour qui la patrie était de toute évidence plus importante que la somme des innocents qui la constituaient.

— Des batteries de DCA sont d'ores et déjà en place autour de la centrale, dit Dupond-Aignan. Bien entendu, on ne peut pas trop en faire, de peur de semer la panique chez les habitants, que déjà la centrale ne rassure guère.

— J'imagine, dit Fennell, que les dômes de réacteurs sont *Cesna-proof* et capables de résister au choc d'un petit avion qui s'y écraserait. Mais je doute qu'au moment de leur conception on ait pu imaginer qu'un avion de ligne chercherait à s'y crasher...

— Vous avez raison, concéda Dupond-Aignan. Cela étant, les dômes n'offriront jamais une aussi belle cible que les tours. Les terroristes qui ont visé les tours à New York n'ont eu qu'à s'y encastrer à l'horizontale, ce qui est relativement un jeu d'enfant, alors qu'avec les dômes, qui sont des points au sol, ils devront mettre l'avion en vrille pour avoir une chance de les atteindre. Ce n'est pas du tout évident.

— Ce qui minimise les risques, mais ne les exclut pas totalement.

— Il existe en effet un risque lié aux nouvelles mesures anti-détournement qui viennent d'être mises en place aux Etats-Unis, dit de Botreaux qui lisait d'autant plus d'ouvrages techniques et militaires qu'il n'était plus d'active. Les

Le système Boone

Américains viennent de mettre au point un système de téléguidage d'un avion de ligne à partir du sol, qui entrerait en action aussitôt que des pirates de l'air se seraient rendus maîtres de l'appareil. Cela pour éviter une répétition des attentats du 11 septembre. Ce système permet aux autorités de reprendre en main un avion dérouté dans les airs et de le faire atterrir sur la première piste appropriée. Tout cela à partir d'un poste de commandement situé sur le territoire des Etats-Unis.

— Vous voulez dire, demanda Dupond-Aignan qui vouvoyait bien entendu son cousin, qu'un terroriste infiltré dans un poste de commandement terrestre pourrait dérouter un avion de ligne et le faire s'écraser sur la cible de son choix ?

— Théoriquement oui. Mais seulement théoriquement. Car les postes en question sont tous situés sur des bases de l'US Air Force, et seuls des militaires triés sur le volet y ont accès. La possibilité qu'un terroriste y pénètre et y œuvre à sa guise est nulle.

— Résumons-nous, dit Fennell. Nous sommes d'accord qu'une attaque terrestre en force n'aurait aucune chance d'aboutir.

— Nous sommes d'accord, acquiesça Dupond-Aignan.

— Et nous sommes d'accord qu'une attaque navale aurait encore moins de chances de réussir.

— Nous sommes d'accord, confirma de Botreaux qui misait aveuglément sur la Royale.

— Et nous sommes d'accord qu'une attaque aérienne, quoique théoriquement possible, demeure une éventualité très improbable, notamment du fait des mesures renforcées de sécurité qui ont été prises à la lumière des renseignements que nous vous avons apportés.

— Nous sommes d'accord », dit Hubert de Botreaux qui se sentait confusément redevable à l'Anglais de contribuer ainsi, par ses informations, à sauver sa demeure ancestrale, située à quelques kilomètres à peine de la cible terroriste. Confusément, car il hésitait encore à formuler cette gratitude clairement dans sa tête, de peur de trahir la mémoire de son père qui n'avait jamais pardonné aux Anglais d'avoir coulé la flotte française à Toulon pour l'empêcher de tomber aux mains des Allemands.

« Ce qui, par élimination, nous ramène à une seule possibilité, conclut Fennell en vrai Sherlock Holmes, à savoir des éléments terroristes qui seraient infiltrés dans la centrale. » Elémentaire, faillit-il d'ailleurs ajouter.

« La ST, la Sécurité du Territoire, passe déjà au crible tous les employés, dit Dupond-Aignan.

— Il faudrait néanmoins élargir la recherche. Je doute en effet qu'un suspect ait pu passer à travers les mailles du filet et se faire embaucher.

— Il faudrait effectivement élargir la recherche à tous les visiteurs occasionnels, et surtout aux sociétés de sous-traitance.

— Et ça prendra un temps énorme.

— Nous nous en occuperons nous-mêmes », proposa de Botreaux, ravi de faire jouer ses relations et de se mettre à la disposition de ses invités. Depuis la fin du conflit dans les Balkans, les occasions de servir son pays devenaient rares, et celle-ci n'était pas à rater.

« Parfait ! s'empressa de dire Fennell. Nous gagnerons ainsi un temps précieux. » En bon espiocrate, il savait comment exploiter à fond les hommes tels qu'Hubert de Botreaux : des hommes loyaux, ayant un sens inné du sacrifice et du service public, et fâcheusement enclins à confondre les grandes causes avec les hommes politiques et les bureaucrates qui les servent, et surtout qui s'en servent. Oui, Guy Fennell était passé maître dans l'art d'utiliser les Hubert de Botreaux de ce monde, et de les presser comme des citrons avant de les jeter.

« Nous sommes mieux placés que la ST pour ce faire ! s'emballait à présent le citron qu'on pressait. Nous connaissons mieux le terrain qu'eux. Je vais alerter la Gendarmerie et faire aussi appel à la Brigade territoriale. Nous ne serons pas de trop pour éplucher les fichiers du registre du commerce et ceux des chambres syndicales. »

Comme tous ceux qui gravitent autour des services de renseignements, Hubert de Botreaux vivait dans l'illusion romantique auréolant les espions, et il était donc ravi de l'aubaine. Cette chasse aux barbus en pays de Caux lui semblait à vrai dire autrement plus intéressante que la chasse au gibier à poil ou à plume dont il aurait dû en principe faire son quotidien jusqu'à la fermeture de la saison.

Armé, sinon de son fusil Holland & Holland sur mesure, du moins de son carnet substantiel d'adresses et de sa fiasque de lowe gin, il partit donc allègrement en campagne dès le lendemain matin en compagnie de ses nouveaux commanditaires. Hubert Anne-François de Botreaux de Fauconberg aimait se sentir utile et, ce jour-là, il se sentait vraiment, mais vraiment, utile.

Fennell n'était pas moins enchanté que lui, d'ailleurs. C'était là du travail de terrain comme il en raffolait : des

Le système Boone

4 × 4 filant à toute allure dans le bocage normand et le long des falaises blanches et des plages de galets, des haltes ponctuées par le salut d'hommes en uniforme et d'autres qui ne l'étaient pas, des messes basses dans les mairies, des briefings au PC de la Gendarmerie, des ordres qu'on exécutait sans rechigner, des regards intrigués qui suivaient en silence le mystérieux étranger qu'il était, du café noir servi dans des gobelets dépareillés, des petites tartines croustillantes avalées d'une bouchée, et des doigts gras qu'on essuyait ensuite virilement sur la couture de son pantalon.

Au troisième jour de la chasse, l'un des rabatteurs qu'Hubert de Botreaux avait dépêchés au Havre s'en revint finalement au PC avec un nom repêché dans le registre de commerce de la ville : l'EGS, l'Entreprise générale de services.

« C'est une entreprise familiale de tuyauterie et de chaudronnerie, expliqua-t-il en remettant une feuille de papier à de Botreaux. Elle a été fondée par le père du dirigeant actuel et, depuis de longues années, elle a la sous-traitance de certains travaux d'entretien à la centrale de Paluel... Ce qui a attiré mon attention, c'est qu'il y a un an, quarante-neuf pour cent des actions ont été vendues à un investisseur certes de nationalité française, mais qui est aussi très probablement d'origine maghrébine. »

Prenant la feuille, de Botreaux sortit consulter le sommier de la Gendarmerie.

« Ce qui m'a aussi intrigué, dit alors le rabatteur du Havre, c'est qu'au prix où ce monsieur a acquis une part minoritaire dans la société il aurait facilement pu en acheter la totalité... Il l'a surpayée ! »

Le système Boone

— Or, si les Arabes du Golfe sont notoires pour leur prodigalité, dit Dupond-Aignan, ceux d'Afrique du Nord sont plutôt connus pour être des hommes d'affaires avisés.

— Justement, dit le rabatteur. C'est bizarre !

— Bien sûr, en se contentant d'acquérir une part minoritaire il s'assurait que la cession demeurerait discrète.

— Les dirigeants sont effectivement restés les mêmes. Et ce qui est aussi intéressant, c'est qu'au cours des six derniers mois l'EGS a fait cinq nouvelles embauches, dont quatre qui ont des noms étrangers.

— On a trouvé ! les interrompit de Botreaux qui s'en revenait avec le résultat des courses. La Gendarmerie a trouvé ! » De Botreaux avait de toute évidence l'esprit de corps.

« Vous avez trouvé quoi ? demanda Fennell qui se souciait fort peu de *qui* avait trouvé, et qui s'intéressait surtout au *quoi*.

— Ce monsieur est effectivement français, mais seulement depuis une dizaine d'années. Il est né algérien, à Blida, il a fait fortune dans l'importation de médicaments, et — tenez-vous bien — il a financé la campagne électorale du FIS islamiste avant de tourner casaque plus tard et de se mettre au service des militaires aussitôt que le FIS a perdu la partie.

— Et les employés, les nouvelles recrues... ? Des Arabes ?

— Plus subtil que cela, cher ami. Deux Bosniaques, un Turc, et un Albanais... des « Européens », quoi, mais néanmoins des musulmans. Des musulmans, certes, mais pas des pestiférés arabes...

— Beau montage !

— Vous imaginez un peu ? Les techniciens de l'EGS ont

accès à toutes les installations de la centrale. Je dis bien *toutes* ! Et des tuyaux, il y en a partout.

— Effrayant !

— Pas un d'entre eux n'est fiché, bien sûr, mais ça ne va pas nous empêcher d'aller sur-le-champ perquisitionner chez eux et dans les locaux de l'EGS. »

Fennell était vraiment enchanté d'être en France. De l'autre côté de la Manche, et dans les mêmes circonstances, il leur aurait fallu une bonne semaine pour convaincre un magistrat de délivrer un mandat de perquisition. L'Europe a tout de même du bon, se disait-il.

Quand Hubert de Botreaux s'en revint en fin d'après-midi, il arborait le sourire embarrassé de l'amateur qui aurait abattu du premier coup le sanglier de trois cents livres qui le chargeait. Au domicile de l'un des suspects, un ingénieur bosniaque converti, sur le tard, dans la plomberie, avait trouvé un plan diaboliquement simple visant à saboter les pompes de la centrale afin de bloquer durablement l'arrivée d'eau de mer alimentant les réacteurs. Ces derniers sont en effet refroidis à l'eau de mer, compressés puis stabilisés par injection d'une substance neutrophage. Ainsi sevrés, la température des réacteurs s'élèverait, provoquant du coup un « syndrome chinois ».

« Banco ! s'écria Dupond-Aignan pour qui les casinos de Mayfair n'avaient plus de secrets.

— Toutes mes félicitations, Hubert ! jubila Fennell qui se voyait déjà chevalier de la Légion d'honneur.

— Un coup de bol », se contenta de dire ce dernier, car, comme tous les gens bien nés, il avait le triomphe modeste et l'attribuait volontiers, sinon aux gènes, du moins à la fatalité.

Le système Boone

Ce soir-là de leur victoire, les trois justiciers s'en revinrent au manoir accompagnés de toute la meute des rabatteurs et des renifleurs en civil ou en uniforme qu'Hubert de Botreaux avait embrigadés pour l'occasion. Dans la plus pure tradition féodale, ce dernier offrit un pot qu'ils prirent autour du feu dans la grande cuisine. Fennell était ravi. Ce succès compensait largement à ses yeux la déception dont il avait souffert aux mains de Van Dusen. Fennell l'atlantiste se découvrait soudain une âme d'Européen, et il prit solennellement l'engagement de voter en faveur de l'entrée de la Grande-Bretagne dans la zone euro au prochain référendum. Il envisagea aussi de vendre sa maison de campagne dans le Staffordshire et d'en acheter une autre dans le Kent ou dans le Hampshire d'où il pourrait plus aisément faire des virées en Normandie chez son bon ami Hubert de Botreaux de Fauconberg.

Après quoi Fennell remonta sur Paris où il fut reçu avec tous les honneurs, tant à la Piscine que place Beauvau et rue Saint-Dominique. Il en profita pour faire part à ses interlocuteurs reconnaissants de son projet de comité de coordination pour préparer la nouvelle communauté européenne du renseignement, et ces derniers, ravis de renouer de si belle manière avec l'Entente cordiale, s'y montrèrent particulièrement réceptifs. Fennell pouvait être satisfait. Il avait pleinement réussi à convertir les informations du Charif en capital politique, pour Whitehall et pour le Club-House, bien sûr, mais encore plus pour lui-même. Le succès aidant, le souvenir de son échec américain s'estompait rapidement de son esprit, et ses collègues n'auraient nullement été surpris d'apprendre qu'il avait acheté un paquet d'actions d'Eurotunnel.

22

Le moins qu'on puisse dire, c'est qu'outre son penchant récent pour l'Europe, Lucky Strike et son heureux dénouement donnèrent à Guy Fennell le goût des voyages. Une petite semaine après son grand triomphe français il prenait l'avion pour Moscou sur l'invitation de Vladimir Dimitrivitch Loukine qui s'apprêtait à fêter comme il se doit le premier anniversaire de sa nomination à la tête du Centre. Les renseignements du Charif sur les islamistes transcaucasiens, dûment relayés par Guy Fennell au nom de la sacro-sainte alliance des nations civilisées contre les forces obscures, avaient en effet permis à Loukine de démasquer un réseau terroriste dirigé par un Daguestanais, Gaïdar Azimov, qui s'était juré de mettre la capitale russe à feu et à sang. Notamment en ciblant les grands hôtels moscovites, passages obligés de tous les créditeurs de Moscou et traits d'union par excellence entre la Russie et ses nouveaux amis occidentaux. Loukine aurait certes pu agir, sans plus tarder, sur la base des informations que lui avaient fournies les Anglais, mais, en bon Nouveau Russe, il soignait son effet, et il souhaitait faire coïncider les arrestations avec la date anniversaire de sa nomination au poste de Grand Maître-Espion. Il s'était donc contenté de mettre le réseau en question sous surveillance étroite et, magnanime, avait insisté afin que Guy Fennell partage, le jour venu, son triomphe avec lui. Vladimir Dimitrivitch Loukine était tout sauf un ingrat.

C'était donc en quelque sorte à un anniversaire que Guy Fennell se rendait ce jour-là, à bord d'un avion de ligne qui faisait la liaison entre Londres et Moscou. Un avion de la compagnie British Airways, car la confiance que Fennell avait dans la Nouvelle Russie ne s'étendait pas, loin de là, à l'Aeroflot. Il voyageait léger, son cadeau (en l'occurrence du Charif Grand Cru) l'ayant déjà précédé dans la capitale russe. Il voyageait de même la tête légère ou, plutôt, la tête de plus en plus allégée au fil des coupes de pol roger 1988 cuvée Sir Winston Churchill que lui versait généreusement l'hôtesse de première, qui lui rappelait étrangement sa Joan du Club-House (surtout vue de dos). En outre, ayant finalement surmonté, et bien surmonté, le chagrin d'amour que Tom Van Dusen lui avait causé, il voyageait aussi le cœur léger. Tant et si bien qu'une fois dans l'espace aérien russe il se sentait l'âme d'un Churchill allant rendre visite au Petit Père des Peuples pour consolider avec lui l'alliance anglo-russe contre l'Antéchrist.

L'accueil à l'aéroport de Cheremetievo lui parut d'ailleurs digne de cette grande figure historique, et seule l'origine teutonne de la limousine noire qui le conduisit ensuite par le boulevard circulaire l'empêchait de penser que ce n'était pas là un remake de la rencontre mémorable entre les deux grands chefs de guerre.

A l'approche de Yasenevo et de la frêneraie qui lui avait donné son nom, il eut un pincement au cœur. Avant d'abriter le service allié qu'était à présent le Centre russe, Yasenevo avait en effet été, du temps de la guerre froide, le quartier général du Centre soviétique. Fennell, il est vrai, avait fait toute cette guerre-là au ministère du Commerce et de l'Industrie. Mais à la vue de cet interminable mur d'enceinte, du gratte-ciel de vingt-deux étages qui le dominait et des datchas qu'on devinait au loin, il eut comme une impression de déjà-vu. Comme s'il avait soudain, et par magie, assimilé sinon les gènes du moins les mêmes de tous les guerriers britanniques de l'ombre qui avaient passé leur vie – et l'avaient parfois sacrifiée – à combattre l'ennemi d'hier devenu l'ami d'aujourd'hui. Et quand la Mercedes, s'étant engouffrée dans une brèche gardée de l'enceinte, s'arrêta devant l'entrée de l'aile droite du complexe, Fennell s'était effectivement mué en guerrier.

Loukine le reçut dans son repaire du deuxième étage, d'où on avait vue sur le parc arboré et sur le lac ornemental. Le bureau était un mélange assez réussi de mobilier soviétique monumental années trente et d'équipement moderne sophistiqué, et l'occupant des lieux était à l'image de ce syncrétisme. Petit, trapu, les pommettes saillantes et les yeux légèrement bridés, il ressemblait à l'image que Fennell se faisait de l'apparatchik. Mais contrairement au haut fonctionnaire soviétique type, il était jeune – à peine quarante ans –, il était vêtu d'un costume gris rayé de toute évidence taillé sur mesure – du cachemire, décréta l'œil exercé de Fennell –, et il s'exprimait en américain.

« Je tenais à vous remercier en personne pour tous les renseignements que vous nous avez fournis, dit Loukine une fois qu'ils furent confortablement installés dans d'énormes fauteuils en cuir aux larges accoudoirs boisés.

— C'est la moindre des choses.
— L'affaire revêt une importance toute particulière à mes yeux. Comme vous le savez, avant d'être nommé à ce poste j'ai passé des années à m'occuper des terroristes islamistes.
— Oui, oui, je le sais. Vous êtes un vrai spécialiste, n'est-ce pas ?
— Un spécialiste qui ne rechigne nullement à apprendre. Et je dois avouer que vos renseignements m'ont beaucoup appris.
— C'est très aimable à vous de le dire.
— Ma nomination à la tête du Centre reflète évidemment l'importance que notre Président attache à ce sujet, qui est aujourd'hui pour nous prioritaire. Et vos informations ne font que nous renforcer dans notre détermination à combattre le terrorisme par tous les moyens légaux dont nous disposons, jusqu'à l'extirper définitivement.
— Nous faisons front commun face à l'ennemi commun.
— Et la tâche est ardue. Comme vous le savez, nous avons hérité de l'Empire soviétique un nombre non négligeable de musulmans du Caucase et d'ailleurs, qui vivent à présent parmi nous et ont tous des passeports russes.
— Tout comme l'Empire britannique nous a légué ses musulmans asiatiques ! »

Fennell était avide de dénominateurs communs.

« Vous avez raison. Nos expériences sont comparables.
— Et s'il est vrai que la richesse est dans la diversité, dit Fennell que la diversité laissait pourtant froid, encore faut-il qu'elle soit contrôlée, et qu'elle ne dégénère pas en cancer qui minerait le corps de notre société.
— C'est un véritable cancer comme vous dites si bien, et, malheureusement, nous sommes moins bien équipés que

les médecins pour le combattre. Eux peuvent à leur guise user de chimio ou de chirurgie, alors que nous sommes astreints à de considérables contraintes juridiques.

— Il ne faudrait effectivement pas tuer le malade en tentant de tuer la maladie.

— La difficulté est d'autant plus grande que nous nous battons sur deux fronts à la fois. D'un côté nous menons une lutte sans merci contre le terrorisme, et de l'autre nous nous efforçons de mettre en place un Etat de droit. »

Loukine avait pris l'air de quelqu'un qui s'apprêterait à défendre son Service devant une commission parlementaire, à l'américaine.

« Il ne faudrait pas que les terroristes nous obligent à utiliser les mêmes armes qu'eux, dit Fennell qui n'en pensait pas moins le contraire.

— Justement, mentit Loukine. S'ils nous forcent à mettre en place un Etat policier, ils auront gagné.

— Et un Etat policier est la dernière chose dont la Russie a besoin aujourd'hui : c'est mauvais pour le libre-échange.

— D'où l'importance que nous attachons à notre collaboration avec les services comme le vôtre. Outre les renseignements précieux que vous nous fournissez, ce sont aussi vos méthodes qui nous intéressent.

— Il faudrait effectivement, dit Fennell, ravi de voir les dénominateurs communs se multiplier de la sorte, que, dans leur lutte contre le terrorisme, les nations civilisées s'accordent pour utiliser les mêmes moyens, et qu'elles usent aussi des mêmes outils et du même langage.

— Je suis entièrement d'accord avec vous. La mission que le Président m'a fait l'honneur de me confier en me nommant à ce poste est d'ailleurs autant une mission d'éducation qu'une mission de renseignement. Le Centre que je dirige aujourd'hui n'a plus rien à voir avec le Centre d'hier... avec le Centre de la guerre froide.

— Je n'en doute aucunement, dit Fennell qui n'avait aucune expérience directe du Centre de la guerre froide.

— Vous serez peut-être surpris d'apprendre que si des histoires drôles circulent encore à Moscou sur le gouvernement, sur la Douma, et même parfois sur le Président lui-même, plus aucune ne circule sur les services de sécurité. C'est bien la preuve que quelque chose a changé, n'est-ce pas ?

— Assurément. »

Fennell n'aimait pas du tout les histoires drôles, encore moins celles visant le pouvoir, quel qu'il fût.

« Pour en revenir à nos moutons, ce Gaïdar Azimov, dont vous avez eu l'amabilité de nous communiquer le nom, a particulièrement attiré notre attention. Nous ne soupçonnions nullement ses penchants islamistes.

— Ah oui ? »

Fennell était ravi de ce scoop.

« Tout ce qu'on savait à son propos jusqu'à réception de vos informations, c'était qu'il était commerçant en gros, s'occupant d'approvisionner certains grands hôtels de Moscou en osciètre surgelé — en esturgeon, donc —, ainsi qu'en fruits divers du Daguestan.

— Un commerçant des halles ? »

Fennell était amusé.

« Nous nous sommes donc intéressés de près aux activités de "l'objet", dit Loukine, reprenant un mot courant dans les services russes, et, il y a deux jours, l'un de mes hommes a réussi à pénétrer dans l'entrepôt frigorifié et bien gardé de l'objet, non loin de la gare de Koursk, et à approcher un chargement de plus d'une tonne, destiné à l'hôtel Métropole. Et là, quelle ne fut pas sa surprise, en ouvrant la camionnette frigorifiée, de voir qu'elle ne contenait pas seulement de l'esturgeon mais aussi du semtex, monsieur Fennell ! Pas de la bonne marchandise russe, mais de la marchandise tchèque, voire bulgare !

— Incroyable ! »

Fennell était aux anges.

« La camionnette de l'objet se gare d'ordinaire dans le parking souterrain jouxtant l'hôtel pour décharger sa cargaison d'osciètre dans les cuisines. Nul doute que c'est ce qu'elle fera cette fois encore. Mais alors même que M. Azimov, aidé en cela par certains de ses collaborateurs, sera en train de décharger l'osciètre dans les cuisines du Métropole, d'autres parmi ses collaborateurs seront, je n'en doute pas une seconde, occupés à déballer le reste de la cargaison pour la placer contre des piliers stratégiques du sous-sol.

— Effrayant !

— Je ne sais pas si vous connaissez le quartier, dit Loukine, soucieux de jouer celui qui ne flique pas les étrangers dès qu'ils sont à Moscou, mais le nouveau parking souterrain jouxte la piscine, la salle de gym et la boîte de nuit de l'hôtel.

— C'est horrible ! »

Fennell ne se retenait plus de joie.

« Et ce n'est pas tout. Le fait est que, sous le quartier, court une série de galeries souterraines où les gens, avant la Révolution, entreposaient leur vin. Un vrai gruyère !

— L'explosion provoquerait une vraie catastrophe !

— A quelques mètres du Bolchoï et du Kremlin !

— L'impact médiatique serait énorme !

— Sans compter que le grand restaurant du Métropole accueille plusieurs fois par semaine des soirées spéciales organisées par divers ministères en l'honneur de leurs hôtes étrangers.
— Le retentissement dépasserait les frontières de la Russie !
— L'attentat aurait effectivement un retentissement international... Pour en revenir à l'objet – Gaïdar Azimov –, quand mon homme eut découvert cette étrange cargaison il se garda bien de donner l'alerte. Il referma consciencieusement la camionnette et se contenta de m'en informer.
— Fantastique ! »

Fennell aimait bien ce Loukine. La découverte d'une demi-tonne d'explosifs à proximité de la gare excentrée de Koursk n'aurait été en effet rien de plus que l'annonce de la découverte d'un complot mineur aux confins de la capitale. Autant dire sur une autre planète. Alors qu'en laissant les terroristes acheminer leur cargaison éminemment indigeste jusqu'au Métropole pour l'entreposer dans les sous-sols gruyérés de l'hôtel et sous les murs mêmes du Kremlin, l'affaire acquérait une tout autre dimension, politique et médiatique.

« Nous avons donc laissé faire. Nous attendons à présent l'objet, qui devrait arriver à l'hôtel sans encombre dans deux ou trois petites heures. Je m'en suis personnellement chargé.
— Bravo ! dit Fennell, en pensant moins à cette belle prise qu'à la manière dont elle s'effectuerait.
— C'est à vous qu'il faut dire bravo. C'est à vous que nous sommes redevables de ce beau coup de filet. Imaginez un peu tous les clients occidentaux du Métropole à qui, en guise d'osciètre, on aurait servi du semtex qui n'apparaît

même pas sur la carte. Imaginez l'impact désastreux sur nos bailleurs de fonds ! »

Fennell l'imaginait très bien, et il espérait qu'il y avait parmi eux beaucoup de Britanniques, et beaucoup d'Américains.

« Nous attendrons patiemment que l'objet ait déchargé sa marchandise et, au moment où il sera dans le bureau du directeur pour le paiement, nous interviendrons.

– Remarquable ! »

Loukine plaisait de plus en plus à Fennell.

« Je dis nous, reprit l'objet de son admiration, parce que je souhaiterais que vous soyez à mes côtés quand nous procéderons aux arrestations.

– Avec... Avec plaisir, balbutia Fennell, pris de court.

– L'affaire se fera en douceur, dit Loukine qui avait parfaitement lu dans les yeux de son invité. Il n'y aura pas de coups de feu... La fusillade – si fusillade il doit y avoir, ce dont je doute fort – se fera au loin et dans les sous-sols... Alors, qu'en dites-vous ?

– J'en serai très honoré. »

En réalité, Fennell était surtout rassuré.

« Parfait... Je vais vous laisser vous reposer un peu, et je passerai vous prendre pour aller au Métropole. Vous serez logé ici même, à Yasenevo, dans une datcha proche de la mienne. J'espère que vous la trouverez à votre goût.

– Je n'en doute pas un instant. »

Fennell était soulagé que le patron du Centre n'ait pas poussé la confiance en soi jusqu'à le loger à l'hôtel Métropole.

L'Anglais était de plus en plus enchanté. Après le manoir normand de la semaine précédente, cette datcha perdue au milieu des frênes dans la forêt enneigée de Yasenevo lui semblait tout à fait appropriée.

Ayant fait sa toilette et changé de chemise, il envisagea, histoire de passer le temps, de téléphoner à son bureau ou alors à Edwin Trench, son homme à Moscou. Mais cet intérieur russe lui rappelait trop les vieux films d'espionnage. Certes, Loukine lui avait assuré que le Centre avait énormément changé. Et certes, dans son désir de convergence avec son hôte il avait souscrit à cette affirmation. Mais, à présent qu'il était seul, il n'en était plus aussi certain. Ce beau miroir, se disait-il, était peut-être une glace sans tain, et les lieux étaient peut-être truffés de micros. Il se contenta donc de s'allonger sur le lit en fixant le plafond. Dans son for intérieur il avait décidé d'offrir à ceux qui auraient pu l'observer l'image zen d'un yogi en méditation. Ça ferait toujours bien dans son dossier.

Il en était là une heure plus tard lorsque Loukine l'appela. Ayant revêtu son lourd manteau et mis ses gants et sa chapka de circonstance, il sortit dans la neige et dans l'obscurité et trouva son hôte qui l'attendait au volant d'un coupé Mercedes gris pâle flanqué de deux voitures noires d'allure plus sinistre – et certainement plus en phase avec la tâche qui les appelait.

Il leur fallut une bonne heure pour parcourir le trajet séparant Yasenevo, au sud de la capitale, de l'hôtel Métropole, situé non loin de la place Rouge. Et quand, laissant le Bolchoï sur leur gauche, ils tournèrent à la statue de Karl Marx et s'immobilisèrent devant l'entrée principale du magnifique édifice Art nouveau tout en mosaïques de Vroubel et en ferronneries savamment travaillées, le cœur de Fennell battait la chamade. Pourtant, il n'y avait pas de quoi. Tout se déroulait de manière on ne peut plus civilisée : aucune arme apparente, aucune sirène, aucun coup de sifflet, aucun hurlement dans les talkies-walkies invisibles. A la surprise de Fennell, Loukine attendit même patiemment que le voiturier lui remette son ticket et, quand il précéda son invité dans le lobby gigantesque, on eût dit un homme d'affaires prospère plutôt que le redoutable patron du non moins redoutable Centre.

Un petit vieux d'une soixantaine d'années qui mesurait à peine cinq pieds de haut les attendait dans le hall et vint directement à leur rencontre. Ayant serré la main de Loukine et adressé un signe de la tête à Fennell et aux hommes d'escorte, il les conduisit à la queue leu leu, par-delà la réception, le long d'un couloir qui menait à une antichambre où trois secrétaires s'affairaient malgré l'heure tardive, entourées de cinq jeunes gens aux allures de videurs.

Au fond, une lourde porte recouverte de cuir capitonné rappela à Fennell celle qui donnait accès au bureau de Devereux. Le petit vieux l'ouvrit sans frapper, en poussa une autre de même mouture, traversa le sas qu'elles formaient, et les précéda dans une pièce où un colosse d'une cinquantaine d'années, installé derrière un énorme bureau, devisait avec un homme plus jeune et bien moins imposant, perdu dans un grand fauteuil en cuir. Ce dernier sursauta à leur entrée et finit par se lever. Gaïdar Azimov, se dit Fennell.

Loukine lui dit en russe quelque chose que Fennell ne comprit pas. Le patron du Centre parlait d'une voix très calme, très posée, mais les yeux de son interlocuteur ne s'en affolaient pas moins. Fennell le vit qui regardait les hommes de main de Loukine remplir à présent le bureau

Le système Boone

et le sas d'entrée, il le vit ensuite jeter un œil vers le colosse, toujours assis, qui détourna le regard, puis il le vit baisser la tête en signe de résignation. L'un des hommes de Loukine lui passa alors des menottes, un autre lui recouvrit les mains ainsi liées d'un foulard (histoire de ne pas choquer les clients de l'hôtel), un troisième lui posa son manteau sur les épaules, et ils l'escortèrent sans mot dire hors des lieux. Toute l'opération, depuis leur arrivée au Métropole, n'avait pas duré plus de trois minutes. Fennell n'en revenait pas. C'était aussi bête que cela, le terrain ?

Une fois le Daguestanais parti avec ses nouveaux compagnons on passa à l'anglais, et Loukine présenta à Fennell le colosse et le petit vieux qui leur avait servi de guide : il s'agissait respectivement du directeur de l'hôtel et de son responsable de la sécurité, que Loukine avait mis dans la confidence pour les besoins de l'opération.

« Les complices d'Azimov viennent d'être embarqués, dit le patron du Centre après avoir pris un appel sur son mobile Nokia. Le chargement aussi...

— Vous n'avez pas pris l'osciètre, j'espère, dit le directeur en allumant un cigare de trente bons centimètres.

— Bien sûr que si ! plaisanta Loukine. Pièce à conviction.

— C'est vraiment dommage pour Azimov, se lamenta le colosse fumeur de gros cigares. C'était un excellent fournisseur. Il me manquera.

— Tu nous aurais manqué si nous l'avions laissé effectuer cette dernière livraison », lui répondit Loukine en riant.

Et Fennell lui aussi rit, et de bon cœur. Il avait en effet le triomphe hilare, et ce jour-là tout le monde lui était extrêmement sympathique.

Le système Boone

Pour fêter cette grande victoire, la survie du Métropole, et le premier anniversaire de l'arrivée de Loukine aux commandes du Centre, le directeur les retint à dîner dans le restaurant de l'hôtel où il avait convié les vieux amis de Loukine, et tous ceux qu'il s'était achetés durant l'année écoulée. Loin d'être impromptue, cette soirée semblait avoir été préparée bien à l'avance, et Fennell ne put s'empêcher d'admirer le sang-froid de Loukine. A aucun moment le Russe n'avait douté de l'issue heureuse de l'opération.

Pour l'occasion, l'immense restaurant avait été fermé au public, et les tables disposées en rond autour de la fontaine centrale qui s'essoufflait à cracher son jet d'eau vers le plafond haut d'une vingtaine de mètres. Loukine, qui, on le disait, était tout sauf un ingrat, insista pour que Fennell soit placé à sa droite, et à la gauche d'un *consigliere* anglophone qui avait, assurait-on, l'oreille du Président.

On mangea beaucoup, cette nuit-là, y compris de l'osciètre fourni par Gaïdar Azimov, et on porta aussi beaucoup de toasts : à Vladimir Dimitrivitch, à sa famille, à ses amours, à ses succès, au passé, au présent, à l'avenir, au Président, à Fennell aussi, et bien entendu à la coopération anglo-russe. Fennell se garda pourtant bien de rivaliser avec ses hôtes sur ce terrain glissant. Car s'il est vrai qu'il avait le triomphe hilare, il avait aussi le vin triste, et pour rien au monde il n'aurait voulu que quoi que ce soit vienne jeter une ombre sur son bonheur. C'est qu'il voyait déjà l'aigle bicéphale ornant le revers de son veston.

23

« Tu as lu les journaux, Harry ? s'enquit Briggs en quittant le grand salon sous voûtes pour aller sur la terrasse.
– Tu veux parler de la guerre des chefs ? A Kaboul ?
– Je pensais plutôt à la réunion de Madrid, dit Briggs en admirant le paysage.
– Madrid ? »
Boone s'approcha à son tour de la balustrade. C'était une belle journée de fin d'hiver dans la montagne, et de là où ils se trouvaient, à une petite heure de route de Beyrouth, ils avaient un panorama splendide de toute la côte libanaise. Vu de ce belvédère, le littoral lourdement bétonné trompait son homme, et la mer pourtant si polluée semblait idyllique.
« La dernière réunion européenne des ministres des Affaires étrangères, Harry.
– On parle de mesures de rétorsion, n'est-ce pas ? On parle même de boycott du pétrole arabe pour tarir le financement des organisations terroristes.
– Et de divergences profondes entre l'Allemagne, la Belgique, et leurs partenaires de l'Union... J'aurais vraiment pensé que tu serais plus intéressé que cela, Harry.

Le système Boone

— Et pourquoi ?
— Le Charif, voilà pourquoi. C'est lui qui est derrière tout ce branle-bas de combat. Il a donné des noms. Les Allemands et les Belges sont dans leurs petits souliers, et les Français jubilent. Ils voient déjà Bruxelles déchue, et Strasbourg en nouvelle capitale européenne.
— Et les bombes volantes aux Etats-Unis ?
— Rien sur ça, malheureusement. Le Charif dit l'avoir appris à la radio comme tout le monde. A l'en croire, on ne l'aurait jamais mis à contribution pour du renseignement sur les Américains.
— Tu penses qu'il dit la vérité ?
— Je ne vois pas pourquoi il nous mentirait sur ce point alors qu'il dissèque devant nous toutes les opérations européennes des islamistes.
— Dommage pour les Américains. Mais on ne peut pas gagner sur tous les tableaux, n'est-ce pas ?
— C'est vrai. On ne peut pas gagner sur tous les tableaux. Mais grâce au Charif nous savons désormais tout de l'Appareil : sa structure, la personnalité de ses chefs, les luttes internes, les réseaux en Europe, les filières, les planques, le premier, le deuxième et le troisième cercles, les financiers, les comptes bancaires, tout. De mémoire de Service on n'avait jamais vu ça. Toutes les portes de Whitehall nous sont ouvertes, et toutes les bourses du Trésor se délient pour nous. Le Premier ministre ne jure plus que par nous, nos amis européens se pâment à nos pieds et effeuillent leurs archives pour nos beaux yeux de voyeurs, et les Bunkers sont blêmes de jalousie.
— A t'entendre, cette opération est un vrai Birdie.
— Oui, un Birdie, comme tu dis. Et ça continue. Chaque

jour apporte sa pêche miraculeuse. Le tandem Guy-Charif fait des merveilles. »

C'est donc cela, se dit Boone. C'est pour me parler de Fennell que Briggs a fait le déplacement jusqu'ici. Affamé par le Chancelier de l'Echiquier (apparemment moins généreux avec le Foreign Office qu'avec le Club-House), le secrétaire aux Affaires étrangères avait, semble-t-il, décidé de renflouer ses caisses en mettant en vente la résidence d'été de l'ambassadeur au Liban, et Briggs en avait profité pour venir à Beyrouth sous couverture du service diplomatique, officiellement pour faire un inventaire de la belle demeure XVIIIe, arpenter ses neuf mille mètres carrés de terrain, et compter ses chênes et ses noyers centenaires.

« Guy et le Charif ! disait le vieil espion promu agent immobilier. Le couple de l'année ! Guy ne peut apparemment plus se passer du petit Libanais. Lui qui était pris du mal du pays pour peu qu'il s'éloignât de Whitehall campe littéralement en Cornouailles. Et son étoile monte. Il s'est arrimé au Charif, et le Charif l'entraîne très haut.

— Où veux-tu en venir ? »

Boone était excédé.

« Quelque chose me chiffonne, dit Briggs une fois qu'ils furent dans le jardin, au milieu des roses et des cyclamens. Les Américains... les amis de Guy... Au départ, quand les informations de la source Tiger Woods ont commencé à tomber, Tom Van Dusen était tout excité. Langley le relançait sans relâche. Et puis plus rien ! Il s'est refroidi. Subitement. Il a disparu sans crier gare. Je me demande pourquoi... En quelque sorte, c'est dommage pour Guy. Son bonheur n'est pas complet sans les Américains.

— Tu disais à l'instant que le Charif n'a rien à leur offrir.

Le système Boone

— Je sais, je sais », concéda Briggs distraitement. Son regard venait de tomber sur un arbuste aux feuilles vernies ornées de petites fleurs jaunes : un *azara microphylla*. Il nota avec satisfaction qu'on l'avait planté à l'ouest, et non au sud. Très sage, se dit-il. On lui épargnait ainsi le choc du passage brutal au soleil matinal après le froid et le gel de la nuit. Très sage, se répéta-t-il. De toute évidence le jardinier de l'ambassadeur avait été à bonne école.

Comme Briggs ne disait toujours rien, Boone s'approcha à son tour de l'arbuste qui semblait fasciner son patron et fut accueilli par une forte fragrance de vanille.

« Quand même, finit par dire Briggs en s'éloignant à contrecœur de l'*azara microphylla*. Pas une seule demande sérieuse d'information des Américains depuis que le Charif est chez nous. Ça ne leur ressemble guère. D'habitude ils font feu de tout bois. Vraiment, ça ne leur ressemble pas. Aussitôt que le Charif est arrivé chez nous, ils se sont désintéressés de lui. Pourquoi, Harry ? Qu'est-ce que Van Dusen a entendu dire à Langley ? Qu'est-ce qui pousse les Américains à bouder le Charif ? Tu vois ce que je veux dire ?

— Ce que je vois surtout, c'est que tu as perçu une faille dans le dispositif de Fennell et que tu veux l'exploiter. Tu veux profiter de la tiédeur de Langley pour plomber Fennell.

— Il y a anguille sous roche. Je le sens. C'est mon instinct qui me le dit.

— Ton instinct, ton instinct... Tu n'as pas cessé de me rabattre les oreilles avec le Charif. Charif par-ci, Charif par-là. Tu es le premier à concéder qu'il donne du renseignement quatre étoiles. Qu'est-ce que tu veux, Archie ? Tu veux saborder l'opération juste pour emmerder Fennell ? Juste pour l'empêcher de prendre l'avantage sur toi ?

– Et sur toi ! Si Guy prend l'ascendant sur moi, tu peux être sûr que tu ne resteras pas très longtemps en place à Beyrouth ! »

Il a raison, se dit Boone. Fennell ne me ratera pas.

Ils étaient arrivés devant le lieu où reposait, depuis plus d'un siècle, lady Hester Stanhope, et tous deux regardaient la tombe dans le silence le plus total. Harry Boone se demandait ce que le richissime Libanais qui se porterait éventuellement acquéreur de cette belle propriété pour un million de dollars penserait et ferait de cette sépulture. Un Druze la respecterait certainement, se disait-il. Les Anglais et les Druzes avaient toujours eu des atomes crochus. On racontait même que le Foreign Office préparait chaque année un rapport sur l'état de la communauté druze : une tradition qui remontait au XIXe siècle. Mais Boone doutait fort que la résidence d'été de l'ambassadeur tombât dans l'escarcelle d'un Druze. Les Druzes n'avaient plus ce genre de moyens. Au Liban, l'argent était désormais entre les mains des sunnites et des chiites, et eux ne devaient absolument rien à l'Angleterre, et si peu à lady Hester.

« Que veux-tu de moi ? finit-il par demander, une fois écoulée la minute de silence en mémoire de la noble aventurière qui avait jadis tourné le dos à son oncle Premier ministre, et à la vie au 10 Downing Street, pour l'amour des étalons arabes, fussent-ils quadri- ou bipèdes.

– Va fouiner. Fouille dans le passé du Charif. Apprends à mieux le connaître. Donne-moi des munitions. Empêche Fennell de lui mettre la main dessus. Empêche-le de mettre la main sur le service.

Le système Boone

Harry Boone se disait qu'il serait fou d'accepter de faire le jeu de Briggs, de mettre le système Boone en danger à présent que la tempête semblait passée. Maria ne lui pardonnerait jamais de prendre un tel risque. D'un autre côté, il ne pouvait pas rester éternellement les bras croisés à attendre que Fennell lui trouve un remplaçant.

« D'accord, dit-il. Je m'en occupe. »

De retour chez lui, il se dit qu'il n'aurait jamais dû accepter. Il devait appartenir à cette race qui finit toujours par mener la guerre des autres. Celle des Aussies, des Kiwis, et des Paddies de l'Empire. Celle des tirailleurs coloniaux. La race des premières vagues d'assaut. Mais après tout, se dit-il juste après, fataliste, Paddy, il l'était !

24

Quand Boone sortit de la voiture, la portière claqua impérieusement derrière lui, occupant un bref instant tout l'espace sonore, qu'aucun autre bruit ne cherchait à lui disputer. Même pas un cri d'enfant, dans le quartier jésuite. A croire qu'à l'instar de l'ordre religieux qui lui avait donné son nom, tout le voisinage avait fait vœu de chasteté. L'ancienne ligne de front qui avait longtemps divisé la capitale libanaise avait fini par s'imposer à tout le quartier, tuant le petit commerce et chassant la population active. Seuls restaient les vieux, les vieux trop vieux pour se refaire une vie ailleurs. Cloîtrés derrière leurs volets fermés, ils accompagnaient les lieux dans leur douce et lente agonie.

Boone longeait à présent la grille d'une église désaffectée que la compagnie de Jésus avait cédée à un promoteur immobilier quelques mois avant que les Libanais ne commencent à s'entre-tuer. Les jésuites, on le sait, sont gens avisés. Quant au promoteur, il devait être plus pigeon que requin.

Poursuivant son chemin, il tomba sur un vieux conteneur vérolé, souvenir de guerre que personne n'avait jugé bon de déranger. Un peu plus loin, une petite porte en chêne surmontée d'un arc gothique commandait ce qui semblait à première vue une annexe de la Bibliothèque orientale toute proche, mais qui aurait aussi bien pu être une annexe du conteneur attenant. Question de point de vue. La porte s'ornait d'une clochette monastique, et une plaque de cuivre fraîchement gravée annonçait au visiteur qu'il se trouvait à l'entrée du CODE.

Boone tira la chaîne toute neuve de la clochette. Protégé par son grillage, un judas finit par s'entrouvrir afin de permettre aux occupants d'analyser la situation. L'analyse terminée, le judas se rabattit et la porte en chêne s'ouvrit sur Théo Damiano en costume anthracite sur col cheminée noir, une petite croix argentée ornant sa boutonnière. Damiano le caméléon sur son trente et un ecclésiastique.

« Harry ! Content de te revoir. Entre, entre. »

Ayant franchi la porte, Boone se retrouva dans un vestibule où régnait une activité intense. Une douzaine de louveteaux et de jeannettes asexués, différenciés uniquement par leurs shorts et leurs jupettes, triaient, pesaient et empilaient des colis sous l'œil attentif d'une femme entre deux âges en habit strict d'assistante sociale. Leur lançant un mot d'encouragement, Damiano le précéda dans une pièce dominée par une immense armoire forte, une véritable antiquité qui n'impressionnait sans doute plus personne, hormis la femme de ménage qui devait éviter de l'épousseter et la traiter avec les égards et la distance respectueuse que les gens de peu d'éducation réservent aux symboles de l'autorité. Le reste de la pièce était occupé par une loupe de noyer flanquée de deux vénérables smokers-chairs qui auraient fait honneur à Brooks's. De toute évidence l'Abouna était en fonds. Le Charif lui avait, semble-t-il, porté chance.

« Ainsi, tu as déménagé, dit Boone en prenant un fauteuil.

— On est plus à l'aise ici, tu ne trouves pas ? Et puis, c'est plus central, dit Damiano modestement en sortant de l'armoire une bouteille et deux verres à whisky bien lestés (du Dalwhinnie, nota l'œil exercé de Boone, à la vue de la bouteille trapue).

— L'argent du Club-House est bien dépensé, à ce que je vois, dit-il en admirant le boukhara et les tentures en soie damassée.

— On ne prête qu'aux riches, Harry. » Damiano se glissa dans l'autre fauteuil. « Je pouvais difficilement recevoir mes donateurs dans le bouge où j'étais jusqu'alors.

— Tu as reçu le solde ? »

Boone huma l'arôme de bruyère qui se dégageait du malt que Damiano venait de lui verser.

« Pour l'opération de la Cité sportive, tu veux dire ? Oui, je l'ai reçu. Et je t'avoue que je ne m'attendais pas à le recevoir de sitôt. Je m'attendais en fait à te voir rappliquer avant l'argent.

— Et pourquoi donc ? »

Boone avala une gorgée douce et fruitée.

« Sincèrement, je pensais que vu le... Je pensais que, vu le "bilan", Londres ferait montre de sa mauvaise humeur en retardant le paiement. C'est la raison pour laquelle tu es venu aujourd'hui, n'est-ce pas ? Me faire la morale. Londres a mauvaise conscience, c'est ça ?

— Théo, l'arrêta Boone, soulagé que l'Abouna ne se doute de rien.

Le système Boone

— L'attentat bien propre qu'on leur avait promis ne s'est pas révélé aussi propre que prévu, c'est ça ? Une commission d'enquête a dû être formée, j'imagine. Pour "déterminer les responsabilités", comme ils disent.
— Théo...
— Une cinquantaine de morts, c'est un peu trop pour la comptabilité, j'imagine. Dis-moi, Harry, un attentat "propre", ça va chercher combien de morts dans les barèmes londoniens, aujourd'hui ? Les doigts de la main ? Des deux mains ? Et un vieil homme tué, Harry, ça fait combien ? Une demi-femme ? Et un gosse tué, combien d'adultes ? Dix ? Plus que ça ?
— Je ne suis pas venu te faire la morale, Théo. Seulement voilà, d'aucuns à Londres voudraient exploiter cette affaire pour me remplacer à Beyrouth.
— Je vois...
— Maria n'acceptera jamais de me suivre en Angleterre, dit Boone en se versant une autre ration de malt. Et moi je n'ai aucune envie de quitter Maria, ni de quitter le Liban. Je suis bien ici. On envisageait même d'acheter une petite maison... du côté de Dhour Choueïr. Je dois faire quelque chose pour me sortir de ce mauvais pas. Le couperet peut tomber à n'importe quel moment.
— Ecoute-moi, Harry. Cette opération a été conçue – et bien conçue, je te l'assure – de manière à ce qu'elle ne fasse pas plus d'une dizaine de victimes. A ma demande expresse on n'avait utilisé que deux cents kilos d'explosifs. Sous la banquette arrière il n'y avait pas plus de six obus de mortier de douze millimètres, et seulement dix mines antichars dans le coffre. Dix petites mines ! Et le véhicule piégé avait été posté à plus de cinquante mètres de l'entrée du stade.

Le système Boone

Plus de cinquante mètres ! Que veux-tu, j'ai un cœur... Et puis, j'ai parlé à mon homme. Il se trouvait là-bas, sur place. »

Et voilà mille dollars d'économisés, se dit Boone. Les mille dollars qui auraient dû être versés au guetteur. Damiano avait chipoté sur le guetteur, et il s'était acheté des tentures.

« Et cet homme, Harry, disait l'économe, cet homme en qui j'ai une confiance aveugle – ce professionnel – m'assure qu'à moins d'une densité de dix habitants au mètre carré – au *mètre carré*, Harry –, la charge qu'il a utilisée n'aurait pas pu faire autant de victimes.

— Ton homme a mal calculé son coup. Il en a trop fait.

— Il a *vu* la voiture et ses occupants. Il n'en restait rien. Que des bouts de chair et de métal épars. Une Mercedes *blindée*. Volatilisée ! Tout comme le tacot que nous avons utilisé. »

Tacot ? Damiano avait parlé d'une voiture en bon état de marche à deux mille dollars. Et voilà quinze cents autres dollars d'économisés. De quoi payer le tapis boukhara.

« A croire qu'outre notre bombe, il y en avait une autre ce jour-là !

— Tu dis n'importe quoi ! lança Boone, qui commençait tout juste à entrevoir les implications de cette double explosion, si elle devait se confirmer.

— Peut-être, Harry, peut-être... Seulement, vois-tu, il y a aussi eu le cheikh Hammoud. Parce que, quelques minutes à peine après que nous avons expédié le Charif *ad patres* – si tant est qu'un tel homme puisse un jour se retrouver devant Dieu le Père –, quelqu'un s'est chargé d'envoyer le cheikh Hammoud le rejoindre... Simple coïncidence ?

Le système Boone

— Simple coïncidence.
— Je ne le crois pas. Tu sais ce que je pense, Harry ? Je pense que mon homme a raison de dire qu'il y avait une autre bombe ce jour-là : une bombe probablement placée à l'intérieur même de la Mercedes du Charif. Et tu sais ce que je pense encore ? Je pense – et cela m'attriste énormément – je pense que la petite opération minable que tu m'as confiée n'a été montée que pour donner le change. Félicitations, Harry ! Je n'aurais jamais cru que Londres aurait les couilles nécessaires pour un tel montage.
— Tu racontes n'importe quoi. Pourquoi diable aurions-nous fait cela ?
— Pourquoi ? Mais pour votre source, voilà pourquoi.
— Notre source ? Quelle source ?
— Si je me rappelle bien, quand tu es venu me voir rue Arax tu m'as parlé d'une source de première main qui vous avait assuré que le Charif avait trempé dans l'assassinat de Cholmondeley.
— Et alors ?
— Et si je me rappelle bien – corrige-moi, s'il te plaît, si ma mémoire de vieillard flanche –, c'est *vous* qui avez décidé du *où*, du *quand* et du *comment*. Au détail près. »
Nos mensonges nous suivent, se dit Boone.
« Ce qui me fait penser que l'opération que tu m'as confiée était uniquement destinée à couvrir votre source. Un écran de fumée, si j'ose dire. Pour brouiller les pistes et détourner les soupçons. Pour faire croire tant aux amis du Charif qu'à la Sûreté libanaise que les assassins étaient étrangers à l'Appareil. Et vous avez fait tuer le cheikh Hammoud pour semer encore plus la confusion dans les esprits. Chapeau, Harry !

— Théo...

— Je comprends mieux à présent ton marchandage quant au coût de l'opération. Londres voulait son écran de fumée, mais pas trop cher. Le vrai investissement était ailleurs, n'est-ce pas ? Et c'est bien sûr la taupe qui a tiré le gros lot. Et comme c'est souvent le cas, l'heureux gagnant tient à garder l'anonymat. Alors on rameute le vieux Théo pour jouer les seconds couteaux. J'imagine que je dois m'estimer heureux de ne pas avoir été purement et simplement sacrifié pour protéger votre source. Ou est-ce toujours une éventualité ?

— Théo...

— Théo, Théo, quoi Théo ? Les humanistes à Londres ont cru bon de sacrifier une cinquantaine de pauvres innocents et de mutiler cent cinquante autres pour protéger la source qui leur a vendu le Charif et leur a permis de l'éliminer. Alors, dis-moi, pourquoi hésiteraient-ils à sacrifier Théo Damiano ?

— C'est du délire !

— Du délire ? Tu ne vas pas me faire croire que, par le plus pur des hasards, deux services différents auraient décidé d'éliminer le Charif le même jour, à la même heure, au même endroit et de la même manière ! Hein, Harry ? A moins que nous n'ayons affaire non à un assassinat politique, mais à un crime passionnel !

— Parlons sérieusement, veux-tu ?

— Mais je *suis* sérieux, Harry. On ne peut plus sérieux. Tout descendant du Prophète qu'il eût été, le Charif avait une femme dans sa vie.

— Une femme ? *Sa* femme ! Fatima Kronfol ! »

Boone était soulagé de voir que Damiano parlait toujours du Charif au passé, comme s'il était mort.

« Qui te parle de *sa* femme, Harry ? Je te parle d'une femme, d'une vraie. D'une femme cachée. Tout descendant du Prophète qu'il eût été, ton Charif se payait une maîtresse !

– D'où tiens-tu cette information ?

– De la charité, répondit Damiano d'un ton humble. De la charité... Donnez et Dieu vous le rendra au centuple, c'est ça ? Eh bien, j'ai donné, et le bon Dieu me l'a rendu. Peut-être pas en espèces sonnantes et trébuchantes, mais en renseignements. Ce qui, dans notre métier, est du pareil au même, n'est-ce pas ?

– Mais encore ?

– Figure-toi qu'une petite semaine après la disparition ô combien tragique du Charif, un barbu s'est pointé chez la directrice du Collège baptiste de Beyrouth. Une amie, Harry. Une amie très chère. Il se présente à elle : Aboul Abbas, pas moins. Ce nom te dit quelque chose ?

– Le successeur du Charif ?

– Ce même Aboul Abbas, Harry. Aussitôt installé, notre homme se lance dans une mélopée sur – je le cite – les mains assassines qui, en s'attaquant au Charif, s'en sont également pris à l'esprit de tolérance qu'il représentait. Fin de citation. Inutile de te dire que ce discours plongea ma directrice dans une profonde perplexité. Elle ne voyait vraiment pas où ce visiteur inattendu voulait en venir. Elle se garda cependant de lui demander d'être plus explicite. Son thé terminé, notre ami Aboul Abbas se lève pour prendre congé et, à la porte, il assure la directrice que la protection dont son établissement a bénéficié du vivant du Charif sera bien entendu maintenue. La directrice comprenait de moins en moins. Une fois Aboul Abbas parti, elle se rappela pourtant que, par le passé, une enseignante du nom de Randa Bsat s'était occupée de résoudre les problèmes que tout établissement chrétien peut rencontrer en terre d'islam : une fois lorsque des miliciens islamistes avaient cru bon investir la chapelle du collège, une autre lorsqu'un enseignant chrétien avait été kidnappé... L'idée qu'une de ses collaboratrices ait pu être liée, de près ou de loin, à un personnage aussi dangereux et puissant pour mériter de se faire pulvériser dans un attentat à la voiture piégée perturba profondément ma directrice qui accourut donc chez moi pour demander conseil.

— Intéressante, ton histoire... Mais qu'est-ce qui te fait dire que cette Randa Bsat était sa maîtresse ? C'était peut-être une source.

— Une source ? Tu veux rire. Je vois mal le Charif traitant personnellement une source périphérique. Et je le vois encore moins brûlant une source en lui rendant de petits services. Ce n'est pas du colonel Kamel qu'on parle, Harry, mais du Charif. De quelqu'un qui ne mélangeait pas les genres. Non, j'ai bien réfléchi. Il n'y a qu'une explication à cette relation suivie entre lui et une jeune et belle femme, célibataire de surcroît : ils devaient être amants.

— Si elle l'intéressait vraiment, pourquoi ne l'avait-il pas épousée ?

— Etudes de psycho à l'Université américaine, appartement avec terrasse et vue sur la mer, toilettes parisiennes, je la vois mal épousant le Charif Ali El-Husseini et allant s'enterrer avec Fatima dans un harem beyrouthin d'où elle ne serait sortie que voilée pour hurler "Mort au Satan américain" à l'occasion de manifestations féminines spontanées ! Non, je pense que le cinq-à-sept lui convenait autant qu'à lui ! »

Ainsi, se disait Boone, il y a une femme dans sa vie. Il s'expliquait mieux à présent le ton évasif du Charif, et son agacement quand Fennell lui avait proposé d'exfiltrer son épouse Fatima. Fatima était la dernière personne qu'il aurait aimé avoir à ses côtés dans son exil occidental.

« Qu'en penses-tu ? »

Je pense, se disait Harry Boone, que tout cela fera l'affaire d'Archie Briggs.

25

« Ainsi, Archie, c'est ce concierge de Boone qui vous a fait part de ces "informations" sur le Charif... Il est encore à Beyrouth, celui-là ? »

Guy Fennell était de méchante humeur. Le matin même, Devereux l'avait rappelé de Cornouailles et, une fois arrivé au Club-House, il avait été surpris de voir que Briggs était déjà dans le bureau du directeur, une tasse de thé vide attestant qu'il s'y trouvait depuis un bon moment. Fennell était passé maître dans l'interprétation des signes bureaucratiques, et il n'avait pas du tout apprécié ce signe-là. Le courtisan qui sommeillait en lui regrettait amèrement d'avoir quitté la cour pour aller s'enterrer en province, laissant Devereux sous l'influence de ses rivaux. Fennell s'était senti exclu, et ce que Briggs lui avait appris par la suite n'avait rien fait pour lui faire retrouver sa bonne humeur.

« Selon ce même Boone, on murmurerait à Beyrouth que le Charif aurait une "maîtresse" ?

– Correct.

– Et toujours selon Boone, des rumeurs persistantes circuleraient quant à une soi-disant "double explosion" qui aurait été à l'origine de la "mort" du Charif ?

Le système Boone

— C'est exact, exagéra Briggs.
— N'empêche qu'il ne s'agit là que de rumeurs, n'est-ce pas ?
— Je n'ai pas voulu pousser plus loin avant que nous n'en ayons discuté, dit Briggs, conciliant.
— Des rumeurs, insista Fennell. De simples rumeurs.
— C'est vrai, concéda Briggs.
— Et vous voudriez mettre les renseignements que le Charif nous livre en balance avec ces cancans colportés par quelque officine de renseignements raclant ses fonds de tiroirs pour boucler sa fin de mois et recueillis en troisième ou quatrième main par Boone à la marina de Jounié ?
— Les informations de Boone valent ce qu'elles valent, mais elles méritent d'être vérifiées.
— Il est hors de question de soumettre le Charif à un interrogatoire hostile. Il coopère pleinement, et je ne veux pas le perturber. »

Fennell avait deviné que Briggs tentait de lui disputer la charge du debriefing, et il était déterminé à ne pas se laisser faire.

« N'empêche que si le Charif a une maîtresse, dit Briggs en cherchant à attirer Devereux dans le débat, il a pu lui faire part de ses plans.
— Suppositions ! Rien qui justifierait un interrogatoire. On a déjà assez de mal à lui faire oublier l'épisode du Frétilleur. »

Briggs s'émerveilla de la faculté qu'avait Fennell de se distancer rapidement d'une mauvaise idée dont il avait pourtant été à l'origine.

« N'empêche, reprit-il, toujours à l'attention de Devereux, n'empêche que si cette affaire de double explosion

Le système Boone

devait se confirmer, si le Charif a vraiment piégé sa propre voiture pour s'assurer que les corps seraient méconnaissables – une petite police d'assurance, en quelque sorte, au cas où nous ferions mal le travail –, cela voudrait dire qu'il a des complices : au moins un complice... Je le vois mal, en effet, réussissant tout seul à bourrer sa propre voiture d'explosifs et à la faire sauter au moment voulu, tout en piégeant aussi la mallette qui a tué Hammoud et Chartouni. Et si le Charif a un complice, nous devons supposer que quelqu'un, à Beyrouth ou ailleurs, sait qu'il n'est pas mort dans l'attentat, et que ce quelqu'un sait aussi qu'il est ici. Chez nous.

— Archie a raison, intervint Devereux. Si les renseignements de Boone se révélaient exacts, si le Charif a une maîtresse et s'il y a vraiment eu une double explosion, il est possible que deux personnes au moins soient au courant. C'est ennuyeux, ce doute...

— Il faudrait lui demander des explications, dit Briggs en poussant son avantage. Boone pourrait venir lui parler. Ils semblaient s'entendre assez bien tous les deux.

— Pas question de bouleverser la routine ! protesta Fennell. Le Charif s'est habitué à Catlow et à l'équipe. C'est une machine bien rodée, à présent. L'intrusion de Boone perturberait son rythme, et sa production en souffrirait. »

Briggs ne s'attendait pas à moins de sa part. Mais, en tacticien averti, il avait lancé son attaque justement là où il ne comptait pas marquer des points. Histoire de déstabiliser son adversaire.

« Alors il ne nous reste plus qu'à aller sur le terrain, soupira-t-il.

Le système Boone

— Ça va faire des vagues, dit Fennell qui ne désarmait toujours pas.
— Des vagues, il y en a déjà. Si ces rumeurs concernant le Charif sont arrivées jusqu'à nous, elles ont dû aussi atterrir ailleurs. C'est là le propre des rumeurs, n'est-ce pas ? Et si *nous* savons, les *autres* savent aussi. Nous devons faire comme les autres, c'est-à-dire fouiner.
— Une diversion ? demanda Devereux.
— En quelque sorte. » Briggs sentait qu'il avait presque gagné la partie. « Notre inaction attirerait indûment l'attention sur nous. Les gens ne comprendraient pas que nous nous désintéressions totalement du chef libanais de l'Appareil qui vient de se faire assassiner. Et il nous faut aussi savoir ce que les *autres* savent. Nous ne pouvons pas adopter la politique de l'autruche. Nous devons savoir où en sont les autres : l'Appareil, la Sûreté libanaise, les Israéliens, les Saoudiens, les Pakistanais... Nous ne devons pas être distancés. C'est vital si nous voulons protéger notre capital. Protéger le Charif. »

Ce dernier argument sembla porter. Devereux se tourna vers Fennell qui continuait de se taire, l'air de dire qu'il n'était pas tout à fait insensible à ce raisonnement. Briggs se félicita d'avoir vu juste, d'avoir bien jugé ses semblables, d'avoir deviné — nul doute, par simple extrapolation — le cheminement tortueux de leur logique bureaucratique. Peu leur importait, finalement, de savoir si oui ou non le Charif avait une maîtresse ou un complice. La vérité, ils n'en avaient que faire. Ce qui leur importait vraiment, c'est ce que les *autres* savaient ou pouvaient savoir, vrai ou faux. La vérité absolue ne les intéressait aucunement. Seule la vérité relative, comparative, concurrentielle, les touchait.

C'est de là que pouvait venir une éventuelle menace, et non d'un quelconque mensonge ou d'une quelconque omission du Charif qui leur débitait par ailleurs ses œufs d'or avec la régularité d'un coucou suisse étonnamment fécond.

« Pas de remous inutiles, hein, Archie ? finit par dire Devereux en guise d'aval.

— Ne vous en faites pas », dit Briggs en se levant pour prendre congé avant qu'ils n'aient changé d'avis.

De retour dans son bureau, il s'octroya un satisfecit. Le feu vert de Devereux lui donnait la couverture dont il avait besoin pour continuer à s'intéresser au Charif. N'en déplaise à Guy Fennell, il était à nouveau en selle. Libre à Guy de se retrancher derrière son comité de debriefing. Il pouvait même s'y barricader si ça lui chantait. Briggs, lui, occuperait le terrain, et il s'en servirait pour semer le doute dans les esprits. Il s'en servirait aussi, le cas échéant, pour les rassurer quand ils seraient trop secoués. Il soufflerait le chaud et le froid, et ils seraient à l'affût de n'importe quelle bribe d'information qu'il daignerait leur communiquer. Il ne lui restait plus qu'à rappeler Harry Boone à Londres et à le briefer avant de le relâcher à Beyrouth au bout d'une laisse. Pas trop courte, la laisse, afin qu'il puisse accomplir convenablement le boulot qu'on attendait de lui, pas trop longue non plus, afin qu'il n'en fasse pas à sa tête comme d'habitude. Un bon dosage et un bon minutage, voilà le secret d'une manipulation réussie, se disait-il.

26

En quittant le Club-House, Archie Briggs avait traversé Russell Square jusqu'à la bouche de métro. A cette heure de la journée le monte-charge de la station était plein à craquer, et la rame où il réussit à s'embarquer encore plus bondée. Briggs n'avait pas un physique imposant, et à soixante ans passés il n'était ni assez jeune pour jouer des coudes ni assez vieux pour qu'on le traitât avec déférence. Il était par ailleurs d'un tempérament plutôt discret, et le métier qu'il avait toujours exercé, d'abord au Service de Sécurité, ensuite au Club-House, l'incitait à raser les murs. Ce n'était assurément pas là le meilleur profil, ni la meilleure recette, pour survivre dans le métro londonien aux heures de pointe.

Il résista pourtant dix bonnes minutes jusqu'à Leicester Square, quand la foule finit par prendre le dessus et il décida alors de céder la place pour parcourir le reste du chemin à pied. Mais les trottoirs du West End étaient aussi embouteillés et chaotiques que le monde souterrain qu'il venait de quitter. Travailleurs anxieux d'être au rendez-vous de leur hypothétique train de banlieue, jeunes loups branchés se pressant aux portes des pubs pour y sacrifier au rituel de la *happy hour*, touristes asiatiques se mouvant en essaims verts frappés à l'emblème de Harrods, tout ce monde se croisait et se percutait de part et d'autre d'un flot quasi statique de véhicules, leurs pots d'échappement fumants attestant que, par-delà sa valeur écologique toujours incertaine, l'essence sans plomb servait au moins à donner bonne conscience aux automobilistes. Briggs regrettait déjà d'avoir déserté le métro. En plus, il s'était mis à pleuvoir. Pas cette pluie fine et régulière sous laquelle lui et tous ceux de sa génération avaient grandi, mais une pluie dense et tiède à travers laquelle même le plus élusif des Anglais n'aurait su se faufiler.

A Piccadilly Circus il chercha à s'abriter de l'ondée en s'engouffrant dans l'une de ces nouvelles galeries marchandes que les promoteurs creusent inlassablement dans les vieux édifices impériaux. A l'intérieur, dans une échoppe-champignon, de celles qui éclosent puis meurent le temps d'un caprice, un jeune couple (des Italiens, décida Briggs arbitrairement) se faisait photographier en costume victorien. La fille faisait de son mieux pour prendre un air grave, mais elle souriait aussi timidement, histoire de montrer (mais à qui ? se dit Briggs, à moi ?) qu'elle ne prenait pas vraiment cette affaire au sérieux. Quand le regard de Briggs accrocha le sien, elle rougit légèrement, comme un bourgeon avant d'éclore, puis elle baissa les yeux. Gêné, Briggs détourna à son tour le regard et le porta vers la rue.

La pluie n'avait pas diminué d'intensité, et Briggs se dit que son réflexe de vieux Londonien ne lui avait servi à rien. Il avait voulu s'abriter de l'averse, mais cette pluie-ci n'avait rien d'une averse. Une pluie de mousson, plutôt. Une pluie coloniale. Les anciennes possessions d'outre-mer de la Couronne se rappelaient climatiquement au bon souvenir de la métropole.

Sur le trottoir d'en face, accroupi devant la boîte aux lettres rouge sang qu'il venait d'éventrer, un facteur surmené ramassait à la hâte le courrier qu'il avait malencontreusement laissé choir dans une flaque d'eau. Briggs imagina les adresses désormais illisibles, et il eut une pensée pour tous les fidèles du Royal Mail qui, comme lui, ne s'étaient pas habitués à l'idée que la Poste royale avait été privatisée.

La belle Italienne sortit de chez le photographe d'époque, tenant à la main un cliché artificiellement jauni dans son cadre en aggloméré tout aussi artificiellement vieilli. Son ami la rejoignit peu après, plus léger d'une cinquantaine de livres, et ils s'en furent tous deux gaiement à la recherche d'autres trouvailles londoniennes.

Dehors, la pluie continuait de tomber. Et Briggs qui n'avait pas de parapluie ! Briggs n'avait jamais de parapluie. C'était là sa seule coquetterie. Il avait toujours refusé d'en acquérir un. Pour ne pas avoir à prêter le flanc aux jeux de mots. « Briggs et son Brigg », aurait-on dit. « Briggs a égaré son Brigg », aurait-on dit aussi. « C'est un Brigg que vous avez là, Briggs ? » lui aurait-on demandé. « Non, aurait-il été tenté de répondre, c'est un Smith ! » Ce qui n'aurait rien arrangé.

Parapluie ou pas, il n'allait pas s'éterniser dans cette galerie aseptisée où le néon régnait en maître. Relevant le col de son pardessus, il se fit tout petit sous son Anthony Eden et s'aventura dans la rue pour y être accueilli par l'ignoble sirène transatlantique des nouvelles voitures de police, qui lui rappela qu'en Angleterre l'influence américaine ne s'arrêtait désormais plus à Guy Fennell, ni à ses amis de Whitehall.

Il pleuvait encore quand il poussa la porte de son club de Pall Mall, où Talleyrand vieillissant avait jadis triché au whist tout en contant à ses malheureux partenaires de jeu ses innombrables coups fourrés diplomatiques. Apercevant un couple en tenue de soirée qui se dirigeait vers la sortie, il retint poliment la porte de la main, ce qui obligea le monsieur et la dame, confus par tant de sollicitude, à se hâter inélégamment sur leurs escarpins vernis, rompant ainsi la solennité de leur tenue d'apparat.
« Votre invité vous attend dans la salle de lecture, monsieur, lui dit le portier.
— Merci Albert », répondit-il, et il s'en fut accrocher son pardessus trempé et déposer son chapeau mouillé au vestiaire avant de rejoindre Boone et de le mener jusqu'au fumoir.
« Tu peux dormir tranquille, Harry, dit-il une fois qu'on leur eut servi le thé. Tes deux scoops sur le Charif t'ont acheté un répit. Ce n'est pas demain que Fennell pourra te remplacer.
— Merci pour le répit », dit Boone en tiquant à sa première gorgée de thé. Il n'avait jamais aimé l'Earl Grey que Briggs affectionnait. « Mais ne t'attends surtout pas à des merveilles. Pour l'instant, nous n'avons que des rumeurs. Rien que des rumeurs.
— Des rumeurs, dis-tu ? » Briggs croqua dans un biscuit garanti sans matière grasse. « Ne sous-estime pas les rumeurs. Les rumeurs font et défont des fortunes. Elles renversent des gouvernements. Ces rumeurs, comme tu

Le système Boone

dis, ont inquiété Devereux et ébranlé Fennell. Tu as donc carte blanche pour les vérifier.

— Au sujet de la double explosion...

— Oublie ça, l'interrompit Briggs en balayant de la main les miettes qui étaient tombées sur son veston. Oublie la double explosion. Concentre-toi sur le Charif. Sur lui, et sur cette fille.

— Mais si l'Abouna a raison ! S'il y a vraiment eu une deuxième explosion...

— Ton Abouna ment ! Il ment comme un arracheur de dents ! Il dirait n'importe quoi pour se justifier. Pour excuser tous ces morts. Oublie ça, Harry. Concentre-toi sur le Charif et sur sa maîtresse.

— Mais à supposer qu'il dise vrai !

— Cette affaire de double explosion a déjà servi, et bien servi, dit Briggs, plus Talleyrand que jamais. Elle a semé le doute dans l'esprit de Devereux. Nous n'en avons *plus* besoin ! Nous l'avons *déjà* exploitée ! A fond ! Ils sont *déjà* inquiets ! Tu veux les faire paniquer, c'est ça ? Tu veux qu'ils prennent tellement peur qu'ils en lâcheront le Charif et fermeront le poste de Beyrouth, c'est ça ? Continue de fouiner dans cette affaire de soi-disant double explosion et de supposés complices, et c'est exactement ce qu'ils feront. Ils prendront peur, ils mettront ton Charif dans le premier avion en partance pour Beyrouth, et ils le livreront à ton ami Kamel. Puis ils s'empresseront de te rappeler à Londres et de faire comme si de rien n'était. C'est ça que tu veux ? Non. Bien sûr que non. Tout ce que je te demande, c'est de me donner assez d'informations pour entretenir leur anxiété, mais aussi pour les rassurer de temps à autre. Laisse-moi décider du dosage. Contente-toi de m'envoyer des bribes d'informations sur la fille, sur le passé du Charif, sur ce que les autres services savent et disent de cette affaire, et laisse-moi m'occuper du reste. A toi de récolter les renseignements, et à moi de les interpréter pour eux... Alors ? Qu'en dis-tu ? »

Harry Boone n'en disait rien pour l'instant. Il était trop occupé à accommoder : à réduire le strabisme divergent que lui imposait l'esprit retors de son patron. Le discours de Briggs lui semblait aussi amer que son thé. Ce dernier dut d'ailleurs se rendre compte de son dilemme car il n'attendit pas sa réponse pour enchaîner :

« Crois-moi, ce n'est pas en leur assénant des vérités qu'on arrivera à quelque chose avec eux. Je les connais mieux que toi. »

Et pour cause, se dit Boone.

« Si demain tu t'amènes avec des renseignements précis sur un soi-disant complice du Charif qui saurait qu'il n'est pas mort et se trouve chez nous, ce sera la fin des haricots. Tu peux être sûr que Devereux et Fennell s'en laveront les mains, et te feront porter le chapeau ! Après tout, c'est toi qui le leur as amené. Par contre, si tu te mets à collecter des informations par la bande, si tu te contentes de donner à cette affaire un éclairage indirect – je dis bien *indirect* –, toi et moi nous aurons le temps de renforcer nos atouts. L'usure, Harry, l'usure... Nous avancerons au même rythme que la vérité. Alors que si nous faisons comme tu le suggères, la vérité aura vite fait de nous devancer et nous resterons en plan. C'est ça que tu veux ? Crois-moi, la recherche par la bande est encore le meilleur moyen pour avancer. Tout en faisant avancer la vérité, bien sûr. La stratégie du crabe...

— Très bien, finit par dire Boone, vaincu mais nullement convaincu.

— Voilà qui est parlé ! » Briggs s'offrit un biscuit au chocolat pour fêter sa victoire. « Donne-moi les munitions dont j'ai besoin, et laisse-moi décider de la cadence de tir. Qui penses-tu mettre sur l'affaire ? Damiano ?

— Et qui d'autre ? Il en sait déjà beaucoup, et il est mouillé jusqu'au cou.

— Va pour Damiano, alors. Mais ne le mets surtout pas dans la confidence. En ce qui le concerne, le Charif est mort et enterré, et il le restera, n'est-ce pas ? »

27

« Repasse-moi le savon, veux-tu, Harry ? disait Damiano en reniflant ses doigts pour la énième fois. Ces petits rougets frits sont succulents, mais pour bien les apprécier il est impératif d'y plonger. »

Les deux hommes venaient de terminer un déjeuner copieux arrosé d'arak dans un petit restaurant de poisson à Barbara, à une quarantaine de kilomètres au nord de Beyrouth, et ils se lavaient à présent les mains – dans le cas de Damiano les avant-bras aussi – à grande eau pour en extirper l'odeur de friture.

« Voilà ! dit finalement Damiano en malaxant énergiquement la serviette à carreaux mise à leur disposition par le maître de céans. Et si on allait faire un tour sur la plage ? Je pense qu'après ce festin une bonne marche s'impose. Il faut penser à la ligne. »

Damiano avait toujours été coquet. Ce doit être, se disait Boone, la compagnie de toutes ces bourgeoises charitables qu'il lui fallait gérer à moindres frais.

« Ainsi, mes informations ont levé un vent de panique à Londres », dit fièrement l'Abouna une fois qu'ils furent sur la plage. Il semblait très satisfait de lui-même et marchait le dos bien droit en respirant profondément et régulièrement, comme pour signifier qu'il s'agissait là d'un exercice.

« Je n'irai pas jusque-là. Mais ils aimeraient néanmoins rester à l'écoute.

— L'histoire de la double explosion les a perturbés, hein ?

— Pas tant que ça.

— Pas tant que ça, dis-tu ? Ce qui prouve que j'avais raison !

— Raison ! Raison à propos de quoi ?

— A propos de la deuxième explosion. C'était vous, cette deuxième explosion !

— C'est toi qui le dis, Théo. En réalité, à Londres, ils sont convaincus que sur ce point au moins tu leur racontes des salades. Pour couvrir ta bourde... Ce qui les intéresse surtout c'est de savoir ce qui se dit autour de cette affaire.

— La taupe, hein ? Londres veut protéger sa source chérie. Londres veut savoir si la source qu'elle a toujours dans l'Appareil est menacée. »

Boone ne répondit rien. Mieux valait que Damiano croie que le Club-House avait une source de pénétration dans l'Appareil, plutôt qu'il ne commence à se demander pourquoi diable les Anglais tenaient tant à cerner un homme qu'ils avaient déjà éliminé.

Tout en se manipulant mutuellement, les deux hommes avaient rejoint une petite crique où quelques barques de pêche se balançaient nonchalamment après l'effort du matin. L'accès à la crique était commandé par une bâtisse hétéroclite mêlant allégrement terre cuite, bois, tôle et ciment. Une échelle menait à une terrasse que se partageaient une vigne famélique et une sorte de cage à usage indéterminé. Capitainerie dérisoire d'un port oublié.

« Georges ! » cria Damiano en apercevant un homme qui rafistolait une embarcation.

Abandonnant sa tâche, l'homme vint à leur rencontre en s'essuyant les mains sur son pantalon retroussé. S'éloignant de quelques mètres, Boone les laissa deviser ensemble une minute ou deux et nota que le ton et la posture du pêcheur étaient déférents, voire obséquieux. De toute évidence Damiano exerçait sur lui une certaine autorité. Ou alors la pêche ne nourrissait pas son homme, et l'Abouna s'en chargeait.

« Georges a un dada, dit ce dernier quand il eut finalement congédié le pêcheur. Georges est colombophile, ajouta-t-il en montrant la terrasse du doigt. Ce que tu vois là, Harry, c'est un pigeonnier. Georges élève des pigeons voyageurs. Ce pigeonnier ne paie peut-être pas de mine mais, durant toute la guerre libanaise, il était au cœur de notre système de communication.

— Tu plaisantes ! Tu ne vas pas me faire croire que tu communiquais par pigeons voyageurs ?

— Et pourquoi pas, Harry ? Pourquoi pas ? Tu connais un moyen plus sûr ? Tu crois peut-être que j'avais des valises diplomatiques à ma disposition ? Des fax codés ? Des systèmes radio cryptés émettant à très haute fréquence ? Durant les années de guerre, quand les télécommunications nous faisaient défaut et que les courriers ne pouvaient pas passer d'une région à l'autre sans se faire trucider, j'ai communiqué avec tout le Liban par pigeons voyageurs. Avec Chypre aussi... D'ailleurs, j'envisage de réintroduire le système, parce qu'avec le téléphone, le fax et le courrier électronique, tout ce qu'il y a comme Américains, Anglais, Russes, Allemands, Français et Israéliens savent ce que tout un chacun fait.

— Mais des pigeons, Théo !

— Des pigeons. Oui, des pigeons. Un bon pigeon voyageur, un journalier cryptographique et un message chiffré, c'est encore ce qu'il y a de mieux. De plus sûr, et de moins cher aussi... Tu sais, ce système je ne l'ai pas inventé. Il existait déjà dans la région au VIIIe siècle. A chaque fois que l'insécurité régnait sur les terres du calife, la poste aux chevaux en souffrait, mais pas la poste aux pigeons. La poste aux pigeons, elle, continuait de fonctionner comme si de rien n'était. Justement parce qu'elle n'était pas sujette aux vicissitudes que traversait le territoire. Le sultan Baïbars l'avait compris, lui. C'était un grand homme, ce sultan Baïbars. Et tu sais de qui elle dépendait, la poste aux pigeons ? Du chef du service de renseignements. Je te disais bien que c'était un grand homme, Baïbars. Les missives étaient rédigées sur du papier très fin, dit papier d'oiseau, en tout petit – en "écriture de poussière", comme on l'appelait –, et elles étaient ensuite fixées aux rémiges de l'aile. Certains pigeons voyageurs de l'époque avaient une vitesse de croisière de cent kilomètres à l'heure et pouvaient faire cinq à six cents kilomètres d'une traite. Mes courriers ailés faisaient Beyrouth-Larnaka en moins de deux heures. Par mer calme, bien entendu. Pas mal, non ? On prend un bout de papier, on y écrit un petit mot anodin, et entre les lignes on rédige un message codé à l'encre sympathique pour plus de précaution. Aussi simple que ça.

— Simple, oui, mais quand même aléatoire. Je t'avoue

que je trouve ton système "animal" de transmission assez peu sécurisant.

— Tu as tort, Harry, tu as tort... Mais pour ne pas heurter tes sensibilités "technologiques", je te promets de ne pas introduire de pigeons dans notre circuit.

— Tu me rassures.

— Tu as tort d'ironiser... Pour en revenir à nos moutons, si la double explosion n'intéresse pas vraiment Londres, la fille — cette Randa Bsat — est encore notre meilleure piste.

— Ton amie la directrice pourrait peut-être la cuisiner pour nous.

— Ça prendrait des mois, Harry. Et il n'est même pas sûr qu'elle craque... Non, il faudrait plutôt l'extraire de son environnement habituel pour la fragiliser. La rendre plus réceptive... Une mise en condition, en quelque sorte.

— Une *mise en condition* ? Tu veux dire une séquestration ?

— Arrête de dramatiser. Qui te parle de séquestration ?

— Explique-toi, alors.

— Voilà ce que je te propose. Dans quelques semaines — à Pâques, plus exactement — le Conseil des Eglises d'Orient organise un colloque sur le thème de l'enseignement public dans les pays du Bassin méditerranéen. Entreprise louable, tu en conviendras. Ce colloque doit se tenir au monastère d'Ayia Napa, à Chypre. Nous pourrions, n'est-ce pas, nous arranger pour que Mlle Bsat y soit invitée. Et une fois qu'elle sera sur l'île...

— C'est trop gros, Théo. Trop risqué.

— Tu veux lui parler, oui ou non ? »

Harry Boone voulait lui parler. Harry Boone voulait tout

ce qui l'aiderait à contrer Fennell. Tout ce qui contribuerait à maintenir le système Boone à flot.

« Si tu veux lui parler, on va faire comme je te dis.
— Non, Théo...
— Tu veux rester à Beyrouth, oui ou non ?
— Mais... un enlèvement !
— Pourquoi parles-tu d'enlèvement ? dit Damiano en secouant le sable de ses mocassins italiens tout neufs. On invite Mlle Bsat au colloque, elle débarque à Chypre de son plein gré, on envoie une voiture la prendre à l'aéroport, et plutôt qu'elle ne s'ennuie à mourir à écouter des pédagogues ânonner des inepties savantes à longueur de journée, on s'arrange pour qu'elle passe quelques heures agréables en ta compagnie.
— Elle pourrait porter plainte, argua Boone qui ne demandait en réalité qu'à être rassuré.
— Tu plaisantes, Harry. Si cette fille est bien ce que je pense qu'elle est — et elle l'est —, elle quittera l'île sans demander son reste... Alors qu'en dis-tu ? »

Harry Boone n'en disait rien. Harry Boone aurait voulu être ailleurs. Loin de cet opérateur débridé. Loin de cet électron libre qui faisait fi de tous les garde-fous. L'audace du vieil homme le glaçait. Théo Damiano croupissait depuis trop longtemps. Il avait fini par croire qu'il était lessivé. Et voilà qu'en l'espace de quelques mois il lui donnait par deux fois l'occasion de se revaloriser. A ses propres yeux, et à ceux de ses hommes. D'abord un attentat à la voiture piégée, et maintenant cet enlèvement. Cette *mise en condition*, comme il disait si bien. C'était assez pour qu'il renoue avec le passé : caisse noire, tiroirs secrets, adrénaline et messages cryptés. Et pourquoi pas des pigeons voyageurs, tant qu'il y était ! Théo Damiano était à nouveau l'Abouna, et c'est bien ce qui faisait trembler Boone. L'Abouna finirait par causer sa perte. Un seul faux pas, et ce serait la fin de tout : plus de Maria, plus de Liban, plus de maison à la montagne, et plus de retraite au soleil. D'un autre côté, il y avait Fennell. S'il restait les bras croisés, Fennell finirait par avoir raison de lui. Il lui ferait la peau. Et plutôt tôt que tard. Boone était pris entre deux feux. Entre l'homme de terrain et l'homme de couloir. Il hésita encore. Pas très longtemps.

« Combien, Théo ? demanda-t-il.

— Combien ? sourit Damiano. Quarante mille dollars devraient suffire.

— Vingt mille. Mon patron ne paiera pas plus de vingt mille.

— Vingt mille malheureux dollars ? C'est fâcheux... Mais j'imagine qu'il me faudra faire avec.

— Tu as un plan ?

— J'aurai besoin de quatre ou cinq personnes... » Pour l'Abouna, toute opération était prétexte à faire travailler la tribu. Ses réseaux se reconstituaient toujours sur un mode ad hoc. « J'irai voir un ami qui est au comité d'organisation du colloque, et je m'arrangerai pour que Randa Bsat y soit conviée. J'en parlerai aussi à la directrice de son collège, qui l'encouragera à y assister. Ensuite, à quelques jours de l'ouverture du colloque, l'un de mes hommes fera le déplacement jusqu'à Chypre pour y louer une voiture et une villa. Puis il disparaîtra... La veille de l'arrivée de Mlle Bsat, deux autres iront prendre possession des lieux et de la voiture. Joseph et Carlos. Je te les présenterai, Harry... Joseph te plaira certainement. Je l'ai trouvé au séminaire d'Antoura. Il s'était mis en tête de consacrer sa vie à l'étude de la liturgie des Eglises uniates d'Orient. J'ai eu un mal fou à le convaincre que ses dons seraient mieux employés ailleurs. Il aurait fait un excellent père confesseur. Il attire les confidences comme le miel les mouches. Je suis sûr que vous vous entendrez très bien tous les deux. Pour en revenir à notre plan, un autre de mes hommes ira par la suite louer une deuxième voiture : une limousine, quelque chose de sobre, d'ecclésiastique. Tu vois un peu le genre... Le jour venu, c'est lui qui ira prendre la fille à l'aéroport. Il aura une pancarte pour permettre à Randa Bsat de l'identifier. Important, ça, tu ne trouves pas ? Il est impératif que ce soit *elle* qui l'aborde. Il ne faut pas qu'elle se sente épiée, racolée, entraînée malgré elle. C'est à *elle* de faire le premier pas... Tu en conviens, Harry ? »

Harry Boone en convenait.

« Une fois qu'elle aura vu la pancarte affichant son nom, elle s'approchera de lui, et il l'embarquera. En chemin il lui annoncera que, vu la grande affluence, le monastère n'était pas en mesure d'accueillir tous les participants au colloque, et qu'elle sera donc logée à proximité. D'où la villa... Une fois qu'il aura confié la fille à Joseph et Carlos, il rendra la limousine et quittera l'île sur-le-champ. Cloisonnement parfait. Qu'en penses-tu, Harry ?

— C'est un bon plan... Je crains cependant que Mlle Bsat ne soit sur ses gardes, seule dans cette auto avec un inconnu. Elle risque même de se rebiffer quand il lui annoncera qu'il ne la conduit pas directement au monastère. Après tout, elle ne le connaît ni d'Eve ni d'Adam, et quoi qu'il puisse être tout à fait charmant, poussant la courtoisie jusqu'à lui porter sa valise et lui ouvrir la portière, ce n'est pas là une raison suffisante pour le suivre docilement jusqu'à une maison isolée.

— Mmm... » Damiano s'était arrêté de marcher et se malaxait le menton. « Tu as probablement raison. Il nous faudrait quelque chose pour la mettre en confiance d'emblée. Quelque chose, ou alors quelqu'un... Une tierce personne. Une autre femme, peut-être. Oui, une femme. Et pourquoi pas Maria, Harry ?

— Laisse Maria en dehors de ça, Théo.

— Mmm... Et pourquoi pas une religieuse ? Je la vois d'ici. Une vieille fille. Pas en habit – ça ferait un peu trop, je pense –, mais le crucifix bien en évidence, et aux pieds ces souliers noirs à talons épais qu'affectionnent les bonnes sœurs... Qu'en dis-tu ?

— Ça devrait faire l'affaire.

— C'est donc entendu. Je m'arrangerai pour que l'une de mes collaboratrices prenne le même vol que Randa Bsat, et à l'arrivée à Larnaka la pancarte qu'arborera notre homme ne portera pas un seul nom, mais deux. Mlle Bsat n'y verra que du feu.

— C'est un bon plan.

— Bien sûr, l'adjonction de ce nouvel élément – je parle de notre "bonne sœur" – entraînera quelques frais supplémentaires. Mais ne t'en fais pas, je m'en tiendrai au devis. »

L'image pieuse en prime, se dit Boone.

28

Perché sur son siège pivotant, le policier cypriote examinait le passeport blasonné avec le dédain que les officiels du tiers monde réservent d'habitude aux ressortissants de leurs anciens maîtres coloniaux. Petit pays, petites revanches. Prenant tout son temps, il consulta sans trop y croire son fichier, et finit de mauvaise grâce par accorder à Harry Boone le droit de dépenser son argent sur l'île trois mois durant. Aussitôt relaxé, ce dernier l'obligea en allant changer des devises au guichet tout proche. Signe de bonne foi. Puis il récupéra son bagage sur le carrousel grinçant et sortit dans le hall en ignorant les douaniers.

Au souk des loueurs, un petit jeune qui faisait apparemment ses premières armes tenta d'abord de lui fourguer une grosse Mercedes et une assurance vie, et finit par lui remettre les clés d'une Vauxhall bas de gamme. Sortant du terminal, Boone trouva la voiture dans un terrain vague qui faisait, semble-t-il, office de parking. Comme on pouvait s'y attendre, le réservoir était à moitié vide. Petit pays, petits profits.

En quittant l'aéroport, Boone tourna à droite et suivit pendant quelques kilomètres une route sinueuse qui traversait un décor salin. Aux abords de Larnaka il changea d'allure à plusieurs reprises, fit deux fois le tour d'un rond-point, hésita un peu en bon touriste, puis repartit vers l'est. Personne ne l'avait suivi.

Quinze kilomètres plus loin, la nationale remontait vers le nord, mais Boone et le flot de voitures qu'il avait rejoint lui tournèrent résolument le dos, lui préférant une route secondaire qui menait à Dekhélia, et de là à Ayia Napa. La nationale, que tout le monde snobait ainsi, rejoignait en effet Famagouste et la partie turque de l'île, et depuis l'invasion de Chypre par les troupes d'Ankara elle était tombée en désuétude. Les Cypriotes avaient perdu le nord. Ils ne calculaient plus leurs coordonnées qu'en longitude.

A l'entrée de Dekhélia il ralentit, le temps de se laisser jauger par les soldats britanniques de faction. Dekhélia n'avait en effet rien d'un village cypriote. C'était une base royaliste en terre républicaine. Accélérant, il vit défiler à travers son pare-brise des bungalows proprets bordant des rues aux noms familiers. Espace anglo-saxon, sémiologie anglo-saxonne.

Il aperçut finalement la villa au détour d'un virage. Théo Damiano avait bien choisi. Construite à même l'eau, à proximité d'un débarcadère, elle datait apparemment d'avant la période de réglementation des constructions de bord de mer, et était de ce fait assez isolée, les voisins les plus proches se trouvant à une centaine de mètres en retrait.

Laissant la villa derrière lui, il continua sa route vers Ayia Napa et, tout en roulant, il se dit que là aussi Théo Damiano avait bien choisi. La villa sur laquelle son choix était tombé se trouvait dans cette zone ambiguë comprise entre l'aire de juridiction cypriote et l'aire de juridiction britannique. Une zone que, tout naturellement, les deux parties évitaient consciencieusement. Une sorte de no man's land tacite où le seuil d'impunité était relativement élevé, et qui convenait donc parfaitement aux besoins de l'opération.

Vingt minutes plus tard, la Vauxhall Viva faisait une entrée chaotique à Ayia Napa en se faufilant entre les squelettes gris des palaces bétonnés en construction qui refermaient impitoyablement leur étau sur le vieux port de pêche, vampirisé mais néanmoins consentant. Obliquant à gauche, la Vauxhall s'engagea dans un dédale de rues à sens unique et se retrouva bientôt nez à nez avec une estafette qui ne semblait nullement gênée d'être ainsi prise en faute. De toute évidence, le code de la route ne s'appliquait pas en ce tout début de saison. Rendue prudente par cette rencontre inopinée, la Vauxhall serra encore plus à gauche, remonta des ruelles en colimaçon bordées de terrasses aux parasols encore en berne, et s'immobilisa devant le monastère, le temps de permettre à Boone d'examiner de plus près le repaire pascal de l'Abouna. Cela fait, la Vauxhall dévala la pente et alla se garer un kilomètre plus bas devant l'entrée de l'hôtel Grecian Bay.

Au bar, il régnait une atmosphère de gaieté forcée entretenue par deux poufiasses oubliées des placeurs athéniens, qui faisaient le pied de grue en contemplant le barman secouer énergiquement des cocktails pour des clients inexistants : répétition générale dans l'attente des arrivages touristiques du week-end.

La musique y était assez forte pour qu'on ne risque pas d'être entendu et, ayant pris place dans un coin, Harry Boone en profita pour téléphoner.

Le système Boone

« Monsieur Damiano, s'il vous plaît », dit-il en anglais à la voix qui le parakalait en grec.

Sa requête déclencha une succession de bruits de tube digestif de central téléphonique vétuste et, après divers gargouillis et maintes éructations mécaniques, la voix de l'Abouna le parakala à son tour.

« Théo... C'est moi...
— D'où téléphones-tu ?
— Du Grecian Bay. Je suis au bar.
— Donne-moi dix minutes. »

Boone venait de se commander un whisky – non, pas « un Black Label bien sûr », juste un Ballantine's – quand l'Abouna fit son entrée, pantalon anthracite sur polo noir et barbe blanche immaculée.

« Théo, le héla-t-il.
— Ah, te voilà ! » Damiano s'approcha de lui, les bras tendus hésitant entre la franche étreinte et un simple serrement de main. Boone, qui se serait bien passé et de l'un et de l'autre, finit par lui tendre la main et Damiano parut d'abord s'en contenter, puis il se ravisa et attira Boone à lui en lui donnant de petites tapes dans le bas du dos. Boone nota le polo en coton Sea Island : un Smedley à cent vingt-cinq dollars, supputa-t-il.

« Tu loges ici ? lui demanda Damiano une fois qu'il se fut commandé à boire.
— Non... Au Palm Beach de Larnaka.
— C'est plus sage. Plus anonyme.
— Pas de contretemps de dernière minute ?
— Aucun, Harry. Joseph et Carlos sont à la villa depuis ce matin, et Mlle Bsat devrait arriver par l'avion de demain.
— Avec la "bonne sœur" ?

– Avec la "bonne sœur". Je me suis même arrangé pour qu'elles soient placées l'une à côté de l'autre dans l'avion.
– C'est parfait. Mieux elles se connaîtront avant de monter dans la voiture à Larnaka, mieux ce sera.
– Le diable est dans les détails, comme vous dites, vous. Et tu reconnaîtras, je l'espère, que j'ai bien fignolé tous les détails. Ce n'est pas une opération à la colonel Kamel, ça !
– Alors trinquons à cette opération », dit Boone, et il s'empressa de vider son verre et de se lever avant que l'Abouna ne se lance dans une nouvelle diatribe contre la Sûreté libanaise et ne s'embarque dans une autre offensive de culpabilisation du Club-House.

29

Installé sur son balcon, Boone, que la cuisine cypriote hybride ne tentait guère, savourait en guise de petit déjeuner tardif son premier cigare de la journée. En ce début de vacances de Pâques, l'hôtel commençait à se remplir de sa cargaison saisonnière d'anatomies laiteuses qui débarquaient sur l'île dans l'espoir d'un cuivrage et la quitteraient couleur écrevisse. L'arrivage féminin du jour avait attiré sur les lieux une nuée de guides, moniteurs et autres gigolos locaux qui avaient investi les abords de la piscine, y occupant diverses positions stratégiques et y couvant, des heures durant, le même drink interminable dans l'attente d'une proie. Boone épiait tout ce monde à travers les arabesques de la balustrade quand la sonnerie de son mobile l'obligea à interrompre son plaisir de voyeur professionnel.

« Harry ? lui dit la voix de Damiano une fois qu'il eut décroché. L'oiseau a atterri et intégré sa cage sans encombre. »

Oiseau ? Cage ? Boone imaginait Randa Bsat en pigeon voyageur de l'Abouna.

Ayant raccroché, il enfila sa veste, sortit de l'hôtel et alla jusqu'à la nationale. Un passage pour piétons y avait été peint pour les besoins des dépliants touristiques, mais personne n'avait, semble-t-il, jugé bon d'en informer les automobilistes cypriotes. A un certain moment il se risqua à y poser un pied indécis. En Angleterre, cela aurait largement suffi à contraindre le plus agressif des conducteurs à appuyer sur sa pédale de frein. Mais les Cypriotes avaient apparemment décidé d'en faire une affaire de souveraineté, et ils s'étaient de toute évidence débarrassés du code de la route britannique en même temps que du joug anglais. Boone attendit deux bonnes minutes une trouée salutaire, puis, perdant patience et prenant son courage à deux mains, il fonça entre deux avertisseurs colériques et réussit à atteindre l'autre côté de la route.

Là, quelqu'un avait eu l'idée de construire un centre commercial qui évoquait la vision qu'un Mexicain aurait d'un mall nord-américain. Un Sport's Shop et un Fashion Boutique où l'on vendait des Lacoste, des Reebok et des Nike de contrefaçon y disputaient la vedette à un Island Burger et un Larnaka Fried Chicken où des estomacs occidentaux victimes de la tourista venaient de temps à autre dans le fol espoir de se refaire une santé. S'installant à l'ombre d'un parasol à la terrasse de l'Island Burger, Boone commanda un Nescafé et se vit offrir une tasse d'eau chaude accompagnée d'un sachet famélique de chicorée, d'un autre, un peu mieux portant, de sucre en poudre, et d'un petit récipient en plastique contenant du lait garanti non laitier. Il en était à se demander quoi en faire quand il vit une Toyota 4x4 blanche s'engager dans l'aire de stationnement mise gracieusement à la disposition des clients du centre commercial. Le conducteur hésita quelques instants, le temps de se faire remarquer par qui de droit, puis il alla se garer derrière un autobus vide. Abandonnant le Nescafé et un peu de sa monnaie, Boone le rejoignit.

« Tout s'est passé *exactement* comme prévu », dit Joseph en démarrant en trombe. Le respect que les hommes comme lui avaient pour leurs patrons était toujours proportionnel à la conformité de leurs plans théoriques avec leur mise en application pratique. Harry Boone se disait qu'aujourd'hui Joseph devait se sentir fier de travailler pour l'Abouna.

« Elle est déjà à la villa ? demanda-t-il.

— Elles y sont toutes les deux. Je les ai laissées avec Carlos.

— Dès qu'on y sera, tu me l'amèneras, et tu diras à Carlos de raccompagner l'autre.

— Elle est dans sa chambre, qui donne sur la mer. Elle ne verra pas la "bonne sœur" partir.

— Elle se doute de quelque chose ?

— Pour l'instant, non. La présence d'une autre femme doit la rassurer. Mais c'est limite. Et Carlos ne parle pas un traître mot d'anglais. Encore moins de grec. »

Ayant déjà fait connaissance – manière de dire – avec le Carlos en question, Boone se disait que même son vocabulaire arabe devait être très limité.

« Je lui ai d'ailleurs demandé de se faire rare, poursuivait Joseph, et d'éviter de parler. Mais elle pourrait le coincer. »

Peu après il immobilisait le 4 × 4 devant le porche de la villa, et la porte d'entrée s'ouvrit aussitôt sur un Carlos apparemment soulagé de les voir arriver. De toute évidence, ce dernier prenait les ordres de Joseph très au sérieux. Lorsque Boone lui adressa la parole, il resta en effet muet et prit un air perplexe, comme s'il ne savait pas trop s'il était enfin autorisé à rompre ses vœux de trappiste. Ensuite, histoire de se donner une contenance, il porta machinalement la main à un renflement qui lui déformait la veste à hauteur de la taille, et qui rappela à Boone – au cas où il aurait été tenté de l'oublier – que, n'en déplaise à Théo Damiano, il s'agissait bien là d'une séquestration.

Laissant Carlos s'arranger avec Joseph, Boone pénétra dans la villa et alla droit à la salle à manger où il avait décidé d'interroger Randa Bsat. Joseph ayant consciencieusement fermé les volets et tiré les rideaux, il dut faire jouer l'interrupteur, et un plafonnier en osier éclaira un mobilier hétéroclite, mélange de rusticité froide et de surfaces lavables. Quelqu'un avait placé un cendrier à l'autre bout de la table rectangulaire qui coupait la pièce dans le sens de la longueur. Joseph, se dit Boone. Joseph faisait preuve d'attention à son égard, et lui suggérait la place qu'il devrait occuper : au fond pour l'aura, et face à la porte pour prendre la fille en sandwich. Boone apprécia l'attention sans pour autant apprécier la suggestion. Il sortit néanmoins un cigare et l'alluma sans y penser. Quelques minutes plus tard il entendit le 4x4 démarrer, puis s'éloigner. Carlos et la "bonne sœur" s'en vont, se dit-il en se dirigeant machinalement vers le cendrier, et vers la place que Joseph lui avait assignée. Il y était quand elle entra.

« Oh ! Excusez-moi... Sœur Marie-Thérèse n'est pas là ? »

Elle s'était exprimée en anglais. Un anglais très correct et fortement teinté d'américain, tous Etats de l'Union confondus.

Ainsi, c'était ça, la maîtresse du Charif. C'est probablement auprès d'elle, se dit Boone, qu'il avait dû apprendre l'anglais. Anglais d'oreiller. Tout comme l'arabe qu'il avait lui-même appris auprès de Maria. Elle portait un tailleur Prince de Galles gris clair, et ses cheveux noirs et drus coupés à la garçonne lui donnaient un petit air sévère. Mais sa bouche et ses grands yeux sombres annonçaient autre chose qu'une simple enseignante. Elle était vraiment belle.

« On m'a pourtant dit..., reprit-elle en fixant Joseph qui lui bloquait à présent le passage, l'empêchant de ressortir.

— Sœur Marie-Thérèse ne va pas tarder », mentit ce dernier en anglais.

Nullement décontenancée, elle se pencha par-dessus la table, sourire aux lèvres et main tendue vers Boone. Ce dernier reçut son parfum en pleine figure. *Shalimar*. Un parfum occidental au nom oriental. Tout comme elle.

« Randa Bsat », annonça-t-elle fièrement. Nouvel indice américain. Une femme habituée à frayer avec le monde. Une femme sûre d'elle et de son charme.

« Prenez place, s'il vous plaît, lui dit-il en arabe, histoire de remettre entre eux la distance que sa beauté et sa fragrance venaient d'abolir. Prenez place », répéta-t-il, sans lui lâcher la main.

Ces quelques mots d'arabe, qui plus est émis avec un accent évidemment étranger, eurent l'effet escompté. Elle se crispa et s'empressa de retirer sa main.

« Prenez place, s'il vous plaît, insista Boone, alors que Joseph s'adossait contre la porte qu'il venait de refermer.

— Où est sœur Marie-Thérèse ? »

Elle était visiblement inquiète.

« J'aurais quelques questions à vous poser, dit Boone dans un arabe diligemment répété.

— Qui êtes-vous ? Où est sœur Marie-Thérèse ?

— Je suis un ami du Charif.

Le système Boone

— Je ne sais pas de qui vous voulez parler ! J'aimerais partir maintenant, s'il vous plaît ! dit-elle en faisant mine d'écarter Joseph.

— Pas avant d'avoir répondu à mes questions.

— Mais *quelles* questions ? Qu'est-ce que vous me voulez ? Je ne comprends pas. J'exige que vous me laissiez partir. Immédiatement ! »

Elle s'accrochait encore à l'anglais, comme à une planche de salut. Boone, lui, s'en tenait à l'arabe. Et ça lui en coûtait.

« Vous pourrez partir dès que vous aurez répondu à mes questions, dit-il.

— Mais qui êtes-vous ?

— Je vous l'ai déjà dit. Je suis un ami du Charif.

— Je... Je ne connais pas de Charif !

— Inutile de jouer à ce jeu-là avec nous. Nous savons tout de vous.

— Vous êtes des Israéliens ! »

Boone secoua la tête en souriant tristement. Pourquoi fallait-il qu'à chaque fois qu'on parlait à un Arabe d'omniscience, il ne pouvait s'empêcher de penser aux Israéliens ?

« Nous ne vous voulons aucun mal », dit-il en passant à l'anglais, dans l'espoir qu'elle y reconnaîtrait autre chose qu'un accent israélien grasseyant. Il l'avait assez secouée. Il devait à présent la rassurer.

« Au contraire, même, ajouta-t-il en contournant la table pour se rapprocher d'elle. Mais il vous faudra coopérer.

— Coopérer ? Coopérer à quoi ? Laissez-moi partir !

— Alors que nous parlons, une mademoiselle Randa Bsat est arrivée au monastère d'Ayia Napa où on lui a donné une chambre avec vue sur la coupole de l'église. Cette mademoiselle Bsat prendra part au colloque et y fera une intervention remarquée, et dimanche elle prendra l'avion d'Athènes pour quelques jours de repos bien mérités. Elle sera, bien sûr, munie de votre passeport, retouché pour l'occasion. Cette mademoiselle Bsat n'a certes pas votre beauté, mais j'ai dû faire avec. Tout ça pour vous dire que j'ai *tout* mon temps, et que vous ne sortirez pas d'ici avant d'avoir répondu à mes questions. Alors, s'il vous plaît, asseyez-vous. Plus vite on en finira, plus vite vous vous en irez. »

Saisissant le dossier de la chaise des deux mains, elle promena son regard sur les rideaux tirés puis sur la porte que Joseph lui barrait, et finit par se faire une raison. Elle s'assit. Mais de biais, un coude sur la table et le menton dans la paume de la main. Boudeuse.

« Vous vous appelez Randa Bsat, dit Boone en s'asseyant à son tour et en s'adressant à son profil gauche. Vous êtes née à Sidon, et vous avez vingt-cinq ans. Vous avez une licence de psychologie et de pédagogie de l'Université américaine de Beyrouth, et vous êtes rattachée au Collège baptiste en qualité de conseillère d'éducation. Vous donnez par ailleurs des cours à la faculté de psychologie de l'Université libanaise. Vous êtes célibataire, et vous habitez rue d'Australie. Votre loyer mensuel se monte à neuf cents dollars, vous avez une voiture, vous sortez, vous voyagez. Or, la monnaie libanaise étant ce qu'elle est, les émoluments que vous touchez ne dépassent pas les mille huit cents dollars. On ne vous connaît cependant pas d'autre source visible de revenus, et vous n'avez pas de fortune personnelle. Il est clair que vous vivez au-dessus de vos moyens.

– Vous êtes un agent du fisc ?

— Je disais que vous êtes célibataire. Et on ne vous connaît pas de... fiancé. Il y a pourtant un homme dans votre vie.

— Ah ! Je vois ! » Elle s'était tournée vers lui et le fixait d'un regard ironique. « Vous êtes de la mondaine !

— Un homme qui paie le loyer, la voiture, les voyages, les robes...

— Et alors ? En quoi cela vous concerne-t-il ? Seriez-vous mon tuteur, par hasard ? »

Elle répondait à la provocation. Elle rentrait dans son jeu. Boone, qui avait craint qu'elle ne se murât dans le silence, se dit qu'en dépit de ses airs hautains elle serait relativement aisée à briser.

« Votre vie privée ne m'intéresse aucunement. Ce qui m'intéresse énormément, par contre, c'est l'homme qui payait vos factures : le Charif.

— J'ignore de qui vous parlez.

— Le Charif... Abou Hassan El-Husseini. Ali El-Husseini, si vous préférez. Voilà de qui je parle. Vous niez le connaître ? »

Elle ne dit rien. Elle cherchait à déterminer ce qu'il savait au juste. Boone décida de ne pas l'aider. Il se tut.

« Il... C'est celui qui s'est fait tuer il y a deux ou trois mois de cela, n'est-ce pas ?

— Allons, allons, mademoiselle ! dit Boone en ranimant son cigare. Vous le connaissez mieux que cela ! Il payait vos factures, il réglait les problèmes auxquels étaient confrontés vos collègues, vous le connaissez depuis des années, vous filiez le parfait amour avec lui jusqu'à... Jusqu'à son accident... Jusqu'à sa mort dans un attentat à la voiture piégée à la Cité sportive.

Le système Boone

— Je l'ai lu dans les journaux. En quoi tout cela me concerne-t-il ?

— Il y a eu beaucoup de victimes, ce jour-là. Plus de cinquante morts, en fait.

— Et vous pensez peut-être que c'est *moi* la responsable ? »

Elle *sait*, se dit Boone. Elle sait qu'il n'est pas mort. C'est de là que lui vient sa morgue. Il décida de jouer sa botte secrète.

« Ce que vous ne savez peut-être pas, mademoiselle, c'est que ceux qui avaient planifié l'attentat ont eu une petite surprise. »

Elle ne bougea pas. Elle ne cilla même pas.

« Voyez-vous, ce jour-là il y a eu une deuxième explosion à la Cité sportive. Quelques instants après la première. Une deuxième explosion qui a fait plus de victimes que prévu. Vous me suivez ? »

Elle ne dit rien, mais elle se raidit. Il lança une nouvelle attaque.

« Cette deuxième explosion a – comment dire –, elle a fait déraper le plan initial. »

Elle était visiblement inquiète, à présent. Il avait réussi à semer le doute dans son esprit. Elle n'avait pas été mise au courant de la deuxième explosion et, maintenant, elle craignait qu'il n'ait vraiment été tué. Boone ne lui laissa aucun répit.

« Je sais que vous étiez très liée au Charif. Je sais qu'il vous aimait. »

L'usage brutal de l'imparfait la frappa de plein fouet. Soudain, le fait d'entendre cet inconnu lui parler de son amant au passé avec tant d'évidence lui fut insupportable. Se levant brusquement, elle aspira profondément, jeta un regard désespéré vers la fenêtre close, puis elle se rassit. Ça y est, se dit Boone. J'ai trouvé la faille. Je sais qu'elle sait que le Charif n'était pas censé mourir ce jour-là, et elle croit maintenant qu'il a peut-être été tué. Elle a vécu ces derniers mois dans la certitude que son amant était vivant et à l'abri, et elle se rend à présent compte qu'il a pu être pulvérisé dans l'explosion. Boone l'avait à portée de main. Il aurait pu pousser son avantage. L'acculer. Il n'en fit cependant rien. Il l'avait ébranlée, il devait la laisser mijoter. Assez pour aujourd'hui, se dit-il.

Le soir venu, Boone retrouva Théo Damiano dans un bar d'Ayia Napa. La salle était surchauffée, le décor flibustier, et la musique reggae. A la table d'à côté, un couple d'Anglais qui semblaient regretter l'hôtel Red et Madère faisaient contre mauvaise fortune bon cœur en trempant poliment leurs lèvres dans du porto bon marché.

« Encore quelques petites heures et elle acceptera de prendre l'avion de Londres avec moi. Mais je ne dois pas la lâcher un instant. » Il jeta machinalement un œil à sa montre. « Il va falloir que je passe la nuit à la villa.

– Ce n'est pas recommandé, dit Damiano, qui se tenait à bonne distance des lieux depuis le début de l'opération. Rentre plutôt à ton hôtel. Joseph t'y prendra demain matin.

– Non... L'envie pourrait lui venir de parler cette nuit.

– Comme tu voudras, Harry, comme tu voudras. L'un de mes hommes vient de débarquer ici. Grégoire. Je ne crois pas que tu le connaisses. Il arrive d'Athènes. Je ne l'attendais pas du tout, mais il semblerait que la source qu'il était allé voir en Grèce ne soit pas venue au rendez-vous. Je vais donc l'envoyer à la villa. Ils ne seront pas de trop, à trois, pour vous garder, mademoiselle Bsat et toi.

— C'est toi le patron, dit Boone, nullement intéressé par ce détail.

— Il ne t'en coûtera rien, bien sûr.

— C'est vraiment très généreux de ta part, dit Boone en ramassant l'addition.

— Il faut bien s'en tenir au devis, n'est-ce pas, Harry ? »

D'autant, se dit Boone, qu'un Grégoire à la villa, c'était toujours une note d'hôtel en moins pour Théo. Il n'y a pas de petites économies.

30

Le lendemain elle ne quitta pas sa chambre à l'étage. Entre les émissions de Radio Liban et celles, plus spontanées, d'un Carlos bien résolu à se refaire du mutisme dans lequel on l'avait enfermé la veille, les lieux résonnaient de musique orientale et de papotage libanais. Vers midi, Grégoire, le nouveau venu, alla en ville voir Damiano et revint avec les journaux, et Boone passa l'après-midi à lire la presse et à compter les heures. Il avait décidé qu'il lui donnerait jusqu'au soir, quand, le jour tombant, elle se rendrait compte qu'une nouvelle nuit avec ses ravisseurs l'attendait. Un peu avant dix-huit heures, ce fut elle qui demanda finalement à le voir.

« Vous vouliez me parler ? » lui dit-il une fois que Joseph l'eut accompagnée jusqu'à lui.

L'anglais de Boone trancha avec l'atmosphère arabe dans laquelle elle avait baigné toute la journée. Elle se détendit.

« Que me voulez-vous au juste ? demanda-t-elle en s'asseyant.

– Que vous me parliez de lui, répondit Boone en allumant un cigare.

– Hier, vous m'avez pourtant dit que vous étiez l'un de ses amis...
– Il vous avait parlé de moi ?
– Hier, vous m'avez aussi dit que le plan avait dérapé...
– Il vous en avait parlé ?
– ...
– Il vous avait parlé de son plan ?
– ...
– Qui d'autre était au courant ?
– Qu'est-ce qui a dérapé ? Qu'est-ce qui s'est passé, au juste ?
– Ecoutez... Nous n'arriverons à rien, comme ça. Nous allons conclure un marché. J'accepte de répondre à vos questions, à condition toutefois que vous répondiez aux miennes. Il vous avait parlé de son plan ?
– Je veux savoir ce qui s'est passé !
– Il vous avait parlé de son plan ?
– Je veux savoir ! hurla-t-elle en se levant brutalement.
– Il vous en avait parlé ?
– Il... » Elle se rassit. « Il m'avait dit que j'entendrais dire qu'il était mort... Que je ne devais pas y croire... Qu'il avait besoin de... de disparaître... »

Ainsi, le Charif avait menti.

« Quand vous a-t-il raconté cela ?
– Je ne sais plus... L'été dernier.
– Quand, exactement ?
– Je ne sais plus. Vers la mi-septembre. Après les attentats de New York... »

Avant son séjour à Quetta. Avant le début des hostilités en Afghanistan. Avant sa première rencontre avec Chartouni. Et bien avant qu'il n'ait établi le contact avec nous. Ainsi, il avait tout planifié dès le départ.

« Il vous en a reparlé ensuite ?

– Une fois... Juste avant l'attentat de la Cité sportive. Il m'a laissé de l'argent, ce jour-là. Beaucoup d'argent... »

L'argent du Club-House, se dit Boone.

« Il m'a répété qu'on me dirait qu'il était mort... Que ce n'était pas vrai... Qu'il devait partir... Qu'éventuellement quelqu'un me contacterait de sa part...

– Qui ça ?

– ...

– Qui ça ?

– Tarek Ghazzaoui. »

Encore un Tarek ! Le Charif lui avait déjà parlé d'un Tarek. Tarek Bizri. Le boiteux. Le boiteux que Chartouni voyait lorsqu'il rendait visite à Hammoud.

« Tarek, c'est bien le boiteux, n'est-ce pas ? hasarda-t-il sous le coup d'une inspiration soudaine.

– Oui... Il a eu la polio quand il était enfant. »

Ainsi, le Charif avait encore menti.

« Il... Il est mort ? »

Oubliés, Joseph, Carlos, Grégoire et Radio Liban. Ils étaient seuls, désormais. Seuls avec le Charif. Boone ralluma son cigare. Lentement. Très lentement. Il savait qu'il longeait cette frontière diffuse qui sépare toute bonne manipulation de la cruauté gratuite.

« Non, dit-il enfin. Non, il n'est pas mort. »

Fermant les yeux et inclinant la tête, elle se passa la main dans les cheveux.

« Il compte donc autant que cela pour vous ? demanda Boone.

– Ce... Ce n'est pas ce que vous pensez. »

Et qu'est-ce que je pense au juste ? se dit Boone. Que tu es une femme entretenue ? Et qu'est-ce que tu essaies de me dire ? Que tu l'aimes vraiment ? Que tu n'es pas avec lui pour son pouvoir ? Pour son fric ? Pour le penthouse de la rue d'Australie ? Que tu ne couches pas avec lui histoire de t'encanailler ? C'est ça que tu essaies de me dire ?

« Où est-il ? demanda-t-elle en se reprenant.

– Il est en sécurité.

– Mais vous m'avez dit que le plan avait mal tourné.

– Il y a bien eu une deuxième bombe, mais il n'est pas mort.

– Vous en êtes sûr ?

– C'est moi qui l'ai aidé à partir. Vous pouvez me faire confiance.

– Pourquoi vous ferais-je confiance ? C'est Tarek qui devait me contacter, pas vous !

– Ce n'est pas très important puisque je suis en mesure de vous mener jusqu'à lui.

– Il est ici ? » Son visage s'éclaira. « Il est à Chypre ?

– Non... Il n'est pas ici.

– Je veux lui parler !

– Impossible. Mais je peux vous conduire jusqu'à lui.

– Quand ?

– Il faudra prendre l'avion.

– L'avion... L'avion pour où ? »

Boone se voyait déjà arrivant en Angleterre avec elle. Ils seraient forcés de le prendre au sérieux. Ils ne pourraient plus l'écarter du debriefing. Ils seraient contraints de le confronter au Charif. Guy Fennell n'aurait plus qu'à s'écraser. Le système Boone triomphait.

31

Boone jeta un œil endormi au cadran lumineux de sa montre. Quatre heures vingt. Quatre heures vingt du matin. Quelque chose l'avait réveillé. Un bruit, peut-être. Non, pas un bruit, mais l'absence de bruit. L'absence de bruits de télé au rez-de-chaussée, l'absence de bruits de pas de Carlos dehors sur le gravier. S'extirpant du lit, il alla jusqu'à la fenêtre et souleva le rideau. Tout semblait à sa place sous le clair de lune. Tout, sauf un dinghy amarré au débarcadère, et qui n'y était pas la veille. Enfilant son pantalon, Boone sortit sur le palier. Pas un bruit. Toute la maisonnée semblait endormie. Il se précipitait déjà vers la chambre de Randa Bsat, à l'autre bout du couloir, quand il vit que la porte d'entrée était ouverte. Une masse sombre, comme un gros chien couché, la bloquait. Rebroussant chemin, il descendit l'escalier en rasant le mur. Une fois en bas, il se colla au crépi et tendit l'oreille. Rien. Il fit quelques pas sur le dallage nu. Toujours rien. Il n'était plus qu'à quelques mètres de l'entrée, maintenant, et le gros chien couché qui bloquait la porte, c'était Carlos. Ligoté, bâillonné, endormi : enfin silencieux. Quelqu'un avait apparemment décidé de s'en servir comme d'un coin. Boone s'approcha prudemment. Quelqu'un l'avait délesté du renflement qu'il portait fièrement à la ceinture et lui en avait donné un autre en échange, à la base du crâne. Le laissant là, Boone alla jusqu'à la cuisine et y tâtonna quelques instants avant d'en ressortir avec un couteau à manche de bois. Ainsi équipé, il s'apprêtait à remonter à l'étage lorsqu'un bruit le rabattit dans l'encoignure de la porte. De là où il se tenait, il vit des ombres se glisser furtivement le long du palier. Un homme, que Boone prit d'abord pour un enfant, ouvrait la marche et s'avançait en s'aidant de la balustrade. A deux pas derrière lui, Randa. Et derrière elle, deux hommes armés. Boone retint son souffle. Il lui fallait agir. Vite. Crier ? Donner l'alarme ? Ameuter Joseph et Grégoire qui dormaient dans l'autre aile, sur l'arrière ? Non, pas tant qu'elle serait avec eux. Ils descendaient l'escalier, à présent, et l'homme de tête leur imposait un rythme d'une lenteur insupportable. Une main qui frôle la rampe, un pied qui cherche une prise, un frottement, un bruit sourd. L'homme posait un pied puis l'autre sur chaque marche avant d'attaquer la suivante. Il finit par atteindre le bas de l'escalier. Il était tout près, maintenant, et toujours ce même pas irrégulier. Il passa à quelques centimètres de Boone, traînant derrière lui une jambe atrophiée. Polio, se dit Boone. Un boiteux. *Le* boiteux ! Le Tarek Ghazzaoui de Randa ! Le Tarek Bizri du Charif ! Quand Boone aperçut finalement Randa se profiler devant lui il bondit, l'attrapa par le bras et l'attira violemment vers lui avant de se mettre à l'abri derrière la porte de la cuisine. Tenant sa prise apeurée d'une main et son couteau de l'autre, il appela ensuite à l'aide. De l'autre côté quelqu'un s'acharnait contre la serrure à coups de pistolet muni d'un silencieux. Elle ne résista pas longtemps et

Le système Boone

Boone regretta amèrement son manque d'exercice et son penchant prononcé pour le tabac, l'alcool et la bonne chère. Il se mit à hurler de plus belle, et ses hurlements semblèrent provoquer un remue-ménage dans le vestibule, car il entendit quelqu'un dire quelque chose à voix basse. Puis il entendit un bruit de pas rapides. Une ombre apparut ensuite devant lui, et il s'apprêta à vendre chèrement sa peau.

« C'est moi, chuchota l'ombre. C'est moi, Grégoire... »

Grégoire ! Ainsi, Joseph et Grégoire étaient arrivés à la rescousse et les assaillants avaient battu en retraite. Soulagé, Boone relâcha son emprise et Randa lui faussa aussitôt compagnie pour se jeter dans les bras de Grégoire. Boone ne comprenait pas. Puis il vit le revolver que Grégoire tenait à la main. Un Magnum 357 à canon long. Ce Magnum, il lui semblait bien l'avoir vu quelque part. Oui, c'était celui de Carlos. Soudain, tout devint clair. Il comprit comment Carlos avait été neutralisé, et pourquoi l'alerte n'avait jamais été donnée.

L'instant d'après il se jetait sur Grégoire. Mais comme il hésitait à se servir de son couteau de peur de blesser Randa, son adversaire en profita pour lui asséner un coup de crosse sur la tempe. Boone chancela, mais il réussit à s'agripper d'une main à Randa qui se raccrochait toujours à Grégoire. Péniblement, ce dernier entreprit de traîner son lourd fardeau hors de la cuisine jusqu'au vestibule. Un complice vint alors à la rescousse et tendit la main à Randa qui y puisa une nouvelle énergie. Elle poussait des han hargneux à présent, et elle se débattait comme une forcenée en enfonçant ses talons dans le ventre de Boone. Ce dernier avait presque lâché prise quand il entendit une détonation et vit le complice de Grégoire lâcher Randa et tomber d'un bloc. De toute évidence il avait dû prêter le flanc à Joseph, embusqué à l'étage. Randa se rabattit sur Grégoire en hurlant comme une forcenée. Le visage enfoui entre ses cuisses chaudes, le torse collé aux dalles glacées, Boone l'agrippait d'une main, et de l'autre il planta de toutes ses forces son couteau dans la jambe de Grégoire qui poussa un cri de douleur. L'œil fou, le rictus rageur, ce dernier le mit en joue. C'est alors que quelqu'un cria quelque chose en arabe. Grégoire hésita, se retourna, et Boone suivit son regard. C'était le boiteux qui venait de crier. C'était lui qui avait arrêté l'exécution. Le boiteux fixait à présent Boone des yeux, et Boone – Boone qui lâchait prise, Boone qui lâchait la femme du Charif –, Boone se raccrochait à ce regard. Une nouvelle détonation vint rompre le charme. Encore Joseph. Boone vit Grégoire se raidir, comme électrifié, et l'instant d'après il le vit tituber tel un automate débranché, baisser le canon de son arme, et appuyer sur la détente dans un réflexe d'outre-tombe. Le Magnum aboya une fois, au moment même où Grégoire s'écroulait.

Ils restèrent à terre tous les quatre, Grégoire affalé sur son complice, Randa rivée à Grégoire, et Boone collé à elle. Peu après Boone perçut des pas irréguliers sur le gravier. Le boiteux partait en courant vers la mer, aussi vite que le lui permettait sa patte folle. Quelques instants plus tard Boone entendit un moteur deux-temps qui s'éloignait. Le dinghy. Le silence retomba.

Boone avait la nausée. Il avait chaud. Il se sentait poisseux. Portant sa main à son cou, il la retira pleine de sang. Grégoire avait dû le toucher. Il se tâta. Rien. Il ne comprenait pas. Tout ce sang ? Puis il comprit. Randa. Elle ne se débattait plus. Elle ne hurlait plus. Ce sang, c'était le sien !

Se relevant péniblement, il la secoua et l'entendit gémir. Une tache sombre, qui prenait sa source dans son dos, galopait sur le devant de sa blouse blanche. Une balle lui avait traversé le corps de part en part. Une balle tirée par le moribond auquel elle s'était cramponnée jusqu'à la fin. Une odeur fétide saisit Boone aux poumons. Prostré devant elle, il lui prit la tête à deux mains et la posa délicatement sur ses genoux. Ne t'en va pas ! l'implorait-il. Ne me lâche pas ! Et elle, elle le fixait éperdument. Elle s'accrochait désespérément à lui comme elle s'était accrochée à Grégoire. Mais son regard se faisait de plus en plus vague. Boone savait qu'il la perdait. Il savait que c'était le Charif qu'il perdait. Il savait que c'était Maria qu'il perdait. Il la tenait encore des deux mains quand elle tressaillit, poussa un râle étouffé, cracha du sang, encore du sang, et expira entre ses bras impuissants.

32

« Alors, monsieur Boone, ironisait Fennell. On joue au baroudeur ? Enlèvement, séquestration, et pour terminer un véritable jeu de massacre ! Vous avez passé un peu trop de temps avec vos amis libanais, je crois. Vous avez fini par leur ressembler. »

Harry Boone lui faisait face stoïquement. Les autres laissaient faire. Cinq minutes plus tôt, on l'avait introduit dans la salle de réunion attenante au bureau du directeur, une pièce tout en bois et en cuirs savamment travaillés et vieillis pour donner au Royal & Ancien pourtant tout jeune un petit air centenaire d'Amirauté. Boone y avait trouvé ses supérieurs siégeant, dans un silence quasi religieux, autour d'une table en merisier. Après qu'on eut pieusement refermé la porte capitonnée derrière lui, il s'était avancé à pas feutrés sur le parquet lustré, et il avait naturellement pris place à côté de Briggs. Mais ce dernier aurait aussi bien pu se tenir à des lieues, tant il était évident qu'il tenait à se démarquer de son subordonné. Pour satisfaire à un désir formaliste de collégialité, la table était ronde. A Boone, ce jour-là, elle apparaissait démesurément rectangulaire : lui d'un côté, les autres en face. Il nota qu'ils avaient tous le même dossier rouge devant eux. Lui n'y avait pas eu droit. Autant de signes annonciateurs de la tempête, que Fennell se chargea aussitôt de souffler.

« Dites-moi un peu, vous travaillez peut-être pour l'autre bord ? Vous le feriez que vous n'auriez pas mieux réussi à foutre le bordel dans ce service ! Qu'est-ce qui vous a pris ? »

Il m'a pris, se disait Boone, il m'a pris, Guy, que tu voulais ma peau et que je n'entendais pas me laisser faire.

« Franchement, Boone, je vous préférais dans votre rôle traditionnel du loir méditerranéen ! »

Boone haussa les épaules. Il avait horriblement mal à la tête, et il s'en voulait. Randa était morte, et c'était lui qui avait causé sa perte.

« Qu'est-ce qui vous a poussé à agir ainsi ? intervint Devereux.

— L'occasion s'est présentée à moi de parler à Randa Bsat...

— Vous vous foutez de nous, ou quoi ? » lança Fennell en se levant. La passivité de Boone ne faisait apparemment que l'encourager. « L'occasion s'est présentée à vous de lui parler ! De l'enlever, oui ! » Il s'appuyait lourdement des deux mains sur la table, comme pour donner plus de poids à son accusation.

« Il n'y a pas eu enlèvement, dit Boone d'un ton neutre, moitié pour se défendre et moitié pour tenter de se déculpabiliser de la mort de la jeune femme.

— Vous voulez dire que ce Damiano ne vous avait pas mis au courant de ses plans ? Ou alors que vous n'avez rien voulu en savoir ? »

Boone ne répondit rien. Après tout, il avait bien le droit

de faire avec Damiano ce que Briggs et tout le Royal &
Ancien faisaient sans cesse avec lui : en l'occurrence, prétendre ne rien savoir de ce que font les hommes du terrain.

« Et non content de vous rendre complice d'un enlèvement, vous participez activement à une séquestration !

— Il n'y a pas eu séquestration.

— Parce qu'elle était peut-être à la villa de son plein gré ? » Passant l'index de sa main droite sous le dossier rouge, Fennell le soupesa, puis il le fit tressauter : un procureur appelant un témoin à la barre. « D'après le rapport que j'ai ici, la fenêtre de l'une des chambres au premier était barricadée.

— Je n'étais pas au courant, mentit à nouveau Boone.

— Pas au courant, pas au courant... Qu'est-ce qu'il ne faut pas entendre !

— Ce que je sais, par contre, l'interrompit Boone qui cherchait à accrocher le regard de Briggs, c'est qu'elle avait accepté de me suivre en Angleterre.

— Ah oui ? C'est vrai ça, Archie ? »

C'est donc cela, se dit Boone. Ce n'est pas à moi que Fennell en veut. Je ne suis que la cible secondaire qu'il attaque pour mieux couler la cible principale : son vieux rival Archie Briggs. Fennell avait effectivement saisi la balle au vol. Il avait suivi le regard de Boone, et il tentait de mouiller Briggs. Ce dernier éluda la question en marmonnant quelques mots inaudibles, tout en faisant un geste vague du menton en direction de Devereux, comme pour dire — mais sans vraiment le dire — que le directeur avait été mis au courant. La manœuvre eut l'effet escompté : craignant de trop se rapprocher du directeur, Fennell lâcha Briggs et réorienta son attaque sur Boone.

Le système Boone

« Elle avait accepté de venir en Angleterre, dites-vous, Boone ? Malheureusement pour vous, elle n'est plus là pour corroborer vos dires, n'est-ce pas ? Elle est morte, Boone. Morte. »

Boone ne dit rien. La mort de Randa lui restait en travers de la gorge.

« Sans compter les problèmes que cela nous cause avec les Cypriotes », ajouta Rose d'un ton offusqué.

Les Cypriotes ? Depuis quand faisait-on cas des Cypriotes ? Boone ne comprenait pas pourquoi le Caddy-Master avait tant à cœur de ménager les sensibilités cypriotes. Peut-être lui et Mme Rose projetaient-ils des vacances sur l'île.

« Trois morts ! » disait Fennell.

Boone ne se défendait plus. Leurs simagrées ne le touchaient pas. Il avait l'esprit ailleurs. Il pensait à Randa.

« Dont la femme qu'il aime ! assénait Fennell. Je me demande d'ailleurs comment il réagira à cette nouvelle. Pas question de la lui annoncer maintenant, bien sûr. Mais plus tard, comment la lui cacher ?

— Ça va effectivement nous poser quelques problèmes de réinsertion, reconnut le directeur.

— N'empêche qu'il nous a menti, hasarda Nico Mowbray-Smyth en arrangeant le foulard indien imprimé qu'il portait autour du cou.

— Menti ? demanda Fennell. En quoi nous a-t-il menti ?

— Eh bien, il nous a caché cette Randa Bsat...

— Pourquoi nous en aurait-il parlé ?

— Il nous a aussi caché qu'il a des complices qui l'ont aidé à piéger sa propre voiture et à éliminer Hammoud et Chartouni, insista Mowbray-Smyth en se passant les doigts dans les cheveux qu'il portait longs et coiffés en arrière à la manière d'un pianiste.

— Ça, c'est ce fou de Damiano qui l'affirme ! »

Sortant de sa léthargie, Boone se demanda pourquoi Nico montait ainsi au créneau. Volait-il au secours d'un collègue oxonien ? Sans doute pas. Parce qu'avant même d'être oxonien Nico Mowbray-Smyth était de Magdalen College, alors que tout oxonien qu'il fût, Boone, lui, n'était que « brique rouge ». Non, se disait-il. Nico agissait uniquement par esprit de contradiction. Il se plaisait à aller contre le courant. Il avait toujours eu un penchant pour la provocation. A l'école déjà, disait-on, il soutenait mordicus des thèses franchement insoutenables et arborait fièrement ses bum-freezers quand tous ses pairs ne rêvaient que de queues-de-pie.

« Et il nous a caché, intervint Boone, encouragé par l'intervention de son "camarade d'université", qu'il avait tout planifié, y compris sa mort feinte et sa défection, *bien avant* d'entrer en contact avec nous.

— Ça, Boone, c'est vous qui le dites.

— Mais Randa...

— Elle est morte ! l'interrompit Fennell. Morte !

— Et le boiteux ? demanda Mowbray-Smyth.

— Quel boiteux ?

— Celui de la villa. Celui qui a réussi à s'enfuir. Il nous l'avait caché. Il me semble bien que c'est le même boiteux qui faisait la navette entre le Charif et le cheikh Hammoud. L'homme qui prenait et rapportait la mallette contenant les documents.

— Non seulement il nous l'a caché, renchérit Boone, mais il nous a menti sur son nom.

— Comment cela ? demanda Fennell avec une mauvaise foi évidente.

— Il nous a raconté que le boiteux s'appelait Tarek Bizri, mais Randa Bsat m'a dit que celui qui devait la contacter de sa part le moment venu s'appelait Tarek Ghazzaoui.

— Et qui vous dit qu'il s'agit de la même personne ? Après tout, des Tarek, il doit y en avoir des masses. Vous n'avez jamais vu ce Tarek Bizri, dont nous n'avons d'ailleurs que la description lapidaire qu'en avait donnée le courrier. Ce Chartouni... Ce n'est pas parce que vous avez *cru* voir un boiteux à la villa qu'il faudrait en conclure qu'il s'agit du même homme.

— Vraiment, Guy, protesta Mowbray-Smyth. Quelle coïncidence ! On sait qu'il y a un boiteux dans l'entourage direct du Charif, et on retrouve un boiteux venant à la rescousse de sa maîtresse !

— Savez-vous combien de boiteux il y a au Moyen-Orient, Nico ? Savez-vous combien il y a de victimes de la polio ? De pieds-bots ? D'estropiés ? D'invalides de guerre ? De gens qui se promènent avec qui une balle dans le mollet et qui un éclat d'obus dans la cuisse ?

— On sait aussi qu'il y avait un Tarek dans l'entourage du Charif, intervint à nouveau Boone, et on retrouve soudain un Tarek volant au secours de sa maîtresse. Le Charif nous a menti sur son nom !

— Pourquoi nous aurait-il menti ? A supposer même qu'il s'agisse du même homme, pourquoi ne serait-il pas connu sous plus d'un nom ? Le Charif a bien plusieurs noms, lui. Peut-être que son vrai nom est Tarek Bizri, et Tarek Ghazzaoui son nom de guerre. Ou peut-être est-ce l'inverse. Il n'y a vraiment pas de quoi fouetter un chat.

Le système Boone

— Tout de même, il y a là une étrange coïncidence, dit Mowbray-Smyth en lissant du plat de la main son jean délavé. L'affaire, je vous le concède, a plutôt mal tourné, mais je pense que Harry a raison : le Charif, la fille et le boiteux sont liés plus étroitement que nous ne le pensions. Le Charif a certainement dit à cette Randa Bsat que sa mort n'était qu'une mise en scène, et il s'est sans doute servi de ce boiteux pour piéger sa propre voiture et pour éliminer Hammoud et Chartouni. Je ne vois pas d'autre explication.

— Il est clair, me semble-t-il, que Randa suivait le boiteux de son plein gré, dit Boone. Ces deux-là se connaissaient.

— Ils se connaissaient ! » Fennell se tourna vers Devereux. « Et à supposer même qu'il s'agisse du même Tarek et du même boiteux... Ça prouve quoi ? Les anciens amis du Charif le croyaient mort. L'Appareil avait même fini par l'oublier. Un martyr de plus ! Et voilà que Boone le rappelle à leur bon souvenir en enlevant sa maîtresse ! Comment voulez-vous qu'ils réagissent ? Boone a éveillé leurs soupçons. Ils se doutent certainement de quelque chose, maintenant. »

Harry Boone n'écoutait plus. Il pensait à ce cri qui avait fusé alors que Grégoire le mettait en joue. Ce « non » hurlé en arabe et qui l'avait épargné. Pourquoi le boiteux avait-il crié ? Pourquoi avait-il empêché Grégoire d'appuyer sur la détente ? De peur que la détonation ne s'entende ? Qu'elle n'attire du monde ? Certainement pas. Il y avait déjà un boucan terrible dans la villa, et les voisins étaient déjà alertés. Alors pourquoi ?

« Il y a eu une grosse bévue, disait à présent Fennell. Chacun n'en a fait qu'à sa tête, dans cette affaire. Rien de tout cela ne serait arrivé si on avait adopté le plan de réorganisation que j'avais préparé. »

Génial, Fennell, se dit Boone. Guy Fennell ne perdait jamais de vue les objectifs stratégiques.

« Je ne vois vraiment pas l'utilité de se lisser les plumes dans le feu de l'action, dit Briggs qui se voyait soudain assailli sur son propre terrain. Il vaudrait mieux, ajouta-t-il, s'efforcer de tirer cette affaire au clair. Il va falloir interroger le Charif.

– Pas question ! objecta Fennell. Je refuse catégoriquement de le soumettre à un interrogatoire hostile. »

L'interrogatoire ! se dit Boone. C'est la raison pour laquelle le boiteux m'a épargné. La raison pour laquelle il a empêché Grégoire de tirer. Ma mort aurait causé trop de remous à Londres. Briggs aurait insisté pour interroger le Charif. Alors qu'en me laissant en vie, pour répondre à leurs questions et porter le chapeau, il pouvait éviter qu'on ne s'approchât trop de son Charif.

« Je pense savoir comment les choses se sont passées, dit Boone.

– Et comment donc ? s'enquit Fennell, l'air de dire qu'en démocratie tout le monde avait le droit de se défendre.

– Le Charif avait demandé au boiteux de veiller sur Randa et de l'aider à quitter Beyrouth le moment voulu. Quand Randa, invitée par le Conseil des Eglises d'Orient, entreprend son voyage à Chypre, le boiteux – ou un homme à lui – la suit de près : une sorte de baby-sitter, d'ange gardien. Arrivé à Larnaka, il reconnaît l'un des membres de l'équipe de Théo Damiano et s'inquiète. Et quand il voit que Randa n'est pas conduite au monastère d'Ayia Napa mais jusqu'à une villa isolée, il se dit qu'elle vient d'être enlevée. Il sait que ce sont les hommes de Damiano qui la tiennent. Il se souvient alors qu'il a un homme dans l'entourage de Damiano, une taupe en quelque sorte : Grégoire. Il le contacte, et Grégoire rapplique à Chypre dare-dare en prétextant que sa source n'était pas au rendez-vous à Athènes. Le boiteux a désormais un homme dans la place. Le lendemain, le vendredi saint, quand Grégoire va au rapport chez Damiano, il en profite pour voir le boiteux et lui fait part des renseignements qu'il a pu glaner : le topo des lieux, la chambre de Randa au premier, le débarcadère, l'armement, et peut-être une description détaillée de ma personne. Le boiteux sait désormais à qui il a affaire. Il donne ses instructions à Grégoire et, cette nuit-là, ce dernier s'arrange pour neutraliser l'homme de garde – Carlos – alors que le boiteux et un complice arrivent à la villa par la mer afin d'éviter le point de contrôle de Dekhélia. Ils montent dans la chambre de Randa, mais le plan capote quand je me réveille...

– Pourquoi ne vous ont-ils pas tué ? demanda Fennell, l'air de regretter qu'ils ne l'aient pas fait.

– J'y ai réfléchi. Je pense que le boiteux devait savoir qui j'étais. Et il devait aussi savoir que Damiano travaillait pour moi. Il le savait probablement depuis le jour du faux attentat contre le Charif. Et il doit donc aussi savoir que le Charif est chez nous. C'est pourquoi il a tout fait, dès le départ, pour sortir Randa en douceur. Il ne s'est pas comporté avec nous comme si nous étions des ennemis. Tout ce qui l'intéressait c'était de nous soutirer Randa au plus vite, sans faire de vagues. Et même quand l'affaire a dégénéré en tuerie, il a continué à me ménager. C'est lui qui a empêché Grégoire de me tirer dessus.

Le système Boone

— Et pourquoi ne vous ont-ils pas simplement ligoté sur votre lit alors que vous dormiez ?

— S'ils ne l'ont pas fait, c'est justement pour que je puisse libérer les autres à mon réveil. Si tout s'était bien passé pour eux, le matin, en me réveillant, j'aurais trouvé Joseph, Carlos et Grégoire ligotés et bâillonnés, et Randa envolée. Je me serais alors empressé de libérer les trois Libanais de leurs liens, et nous aurions décampé la queue entre les jambes sans demander notre reste. Pertes et profits.

— Malheureusement pour la fille, dit Mowbray-Smyth, et pour nous aussi, d'ailleurs, ce Joseph doit avoir la tête dure, et Harry le sommeil léger. Harry s'est donc réveillé avant l'heure, Joseph a réussi à se débarrasser de ses liens, et l'affaire a tourné au massacre. La vie tient à si peu, parfois.

— Tête dure ! Sommeil léger ! s'esclaffa Fennell. Une tête dure et un sommeil léger qui se soldent par trois morts, dont la maîtresse du Charif. Sans compter les Bunkers qui se gaussent de nous à l'heure qu'il est. Et tout cela pourquoi, je vous le demande ? Tout cela parce que monsieur Boone ici présent a décidé qu'il était vital pour lui de "parler", comme il dit, à la fille. On se demande pourquoi... »

Il lança un regard assassin à Briggs.

« N'empêche, dit ce dernier, que le Charif nous a menti. Il va falloir lui demander des comptes. Il faudrait que Harry puisse le voir pour...

— Il n'en est pas question ! le coupa Fennell.

— Il faudrait tout de même que l'on sache. Le Charif nous a affirmé qu'il ne savait même pas si le boiteux avait péri avec Hammoud et Chartouni. Si j'ai bien compris il semblait ne lui attacher aucune importance. Et voilà qu'on le retrouve à la tête d'un commando de l'Appareil venu enlever sa maîtresse. Venu la libérer, si vous préférez, Guy. Ce n'est pas net, tout ça ! Nous ne pouvons tout de même pas continuer à disséminer ce produit comme si de rien n'était, en sachant que le Charif est peut-être en train de nous mentir.

— Il n'est pas question que Boone le voie !

— A mon avis, dit Boone, si le boiteux a voulu agir en douceur, s'il ne m'a fait aucun mal, c'est parce qu'il *sait* que son patron est chez nous. Il voulait justement éviter un interrogatoire hostile... Tout comme vous, Guy, ne put-il s'empêcher d'ajouter.

— Qu'est-ce que vous insinuez là ? aboya Fennell.

— Je pense, dit Mowbray-Smyth, qu'il est temps de confronter le Charif à Harry.

— Pas question ! objecta Fennell. Vous savez ce qu'il nous a donné, le Charif, pendant que Boone était occupé à faire assassiner sa maîtresse ? Il nous a donné un réseau qui s'apprêtait à reléguer le Déluge au rang d'accident mineur ! Oh, bien sûr, lui s'est contenté de nous donner un nom, un seul nom, juste un nom, comme à son habitude. Le nom d'une société offshore des îles Caïmans, l'International Services, contrôlée par un homme d'affaires égyptien qui se trouve par ailleurs être le bailleur de fonds d'une bonne douzaine d'organisations islamistes plus ou moins terroristes. Or, il y a un an, ladite société a – en toute légalité – acquis une société italienne de gardiennage, la Segura. Et de quoi s'occupe la Segura, messieurs ? Je vous le donne en mille ! La Segura s'occupe de la sécurité du barrage de Santa

Le système Boone

Giustina... Santa Giustina, c'est bien dans le Trentin, n'est-ce pas, Alec ? C'est bien du côté de l'Autriche ? »

Le Caddy-Master, dont le père avait anglicisé son nom de Rosetti en Rose, se délestant de ses racines latines en même temps que d'une syllabe, n'eut pas l'heur d'apprécier l'allusion. Il se contenta de faire une moue dubitative, l'air de dire qu'il ne voyait vraiment pas pourquoi Fennell lui posait une telle question : après tout, il était Caddy-Master, et non guide touristique.

« Vous imaginez un peu ça ! enchaîna Fennell, nullement gêné par l'embarras de son allié. Ce barrage retient pas moins de cent quatre-vingt-deux millions de mètres cubes d'eau. Cent quatre-vingt-deux millions, messieurs ! Et le bassin de récolte d'eau fait mille kilomètres carrés. Je dis bien : mille ! Un sixième de la superficie de la province du Trentin. Le personnel de la Segura s'est d'ailleurs considérablement accru depuis son rachat par l'International Services. Vous imaginez un peu ce que cent quatre-vingt-deux millions de mètres cubes d'eau déversés auraient pu faire des vallées riantes du nord de l'Italie ? » Il fit une nouvelle pause. « Voilà ce qu'il vient de nous donner, le Charif. Et c'est cet homme-là que vous voudriez soumettre à un interrogatoire hostile, Nico ? »

Nico ! Boone se dit qu'il fallait être John Nicholas Jocelyn Mowbray-Smyth, et avoir son pedigree, pour se permettre de se pointer à une réunion du Royal & Ancien habillé à la baba cool et se faire appeler Nico par tout un chacun, y compris par le vieux Syd. Inversement, Alessandro Rosetti, lui, était devenu Alec Rose et arborait jour après jour les mêmes costumes sombres : des costumes sombres virant au noir qu'il aurait tant voulu anglais mais qui ne réussissaient qu'à faire ressortir son ascendance napolitaine. Paradoxes de l'Angleterre : désir d'assimilation de ses immigrés, et désir d'émancipation de ses classes dirigeantes.

« Guy a raison, opina Devereux. Un interrogatoire risquerait de braquer notre source et de la tarir. Ça peut attendre. Oui, ça peut attendre. Le Premier ministre est extrêmement satisfait de cette opération. Ce n'est vraiment pas la peine de se saborder.

— Boone a déjà essayé, lança Fennell, dopé par l'intervention du directeur. Boone et ses fameux opérateurs locaux. Quant à moi, je n'ai jamais aimé ces Pros. Des mercenaires sans foi si loi. S'il ne tenait qu'à moi...

— Théo Damiano a toujours été correct avec nous, l'interrompit Boone.

— Correct ! Correct, mon œil ! Aujourd'hui, on s'aperçoit que l'un de ses hommes – ce Grégoire – était à la solde de l'Appareil. Un traître, oui !

— Personne n'est à l'abri de ce genre de mésaventure, et nous ne sommes pas particulièrement bien placés pour faire la leçon. S'agissant de traîtres et d'agents infiltrés, je crois bien que la palme revient à l'Angleterre.

— Ne soyez pas si insolent, Boone ! s'offusqua Rose, qui poussait le patriotisme jusqu'à envoyer chaque année une carte de vœux à la reine mère pour son anniversaire.

— Je pense que vous avez besoin d'un peu de repos, Boone, dit Devereux. Prenez donc des vacances.

— Vous avez entendu, Boone ? triompha Fennell. Vous allez prendre des vacances. De *longues* vacances. Ici même. Chez vous. A Wandsworth. Au sud de la rivière. Vous n'irez même pas à Beyrouth faire vos valises. On les fera pour vous. Interdiction absolue pour vous de traverser la Tamise pour vous approcher du Club-House. Interdiction absolue de fouiner dans cette affaire, de vous y intéresser de près ou de loin, de faire usage des facilités du Service ou de vos fameux réseaux personnels, fussent-ils levantins ou européens, religieux ou laïcs, noirs ou blancs ! Vous laissez tomber, Boone ! Compris ? »

Harry Boone se tourna vers Briggs. Mais Briggs regardait Fennell et continuait de se taire. Boone en conclut que son patron avait eu ce qu'il voulait. Sans mot dire, en parlant juste avec les yeux, comme un vieux couple, Briggs et Fennell venaient de passer un marché : je lâche Boone, et toi en échange tu renvoies aux calendes grecques ton fameux projet de réorganisation du Service. Mais attention, avait-il l'air de lui dire : à la moindre tentative de ta part de remettre cela, je te relance Boone dans les pattes. Il saura bien foutre le bordel dans ton comité de debriefing et semer le doute dans les esprits.

Ainsi, la cause était entendue. Boone ne reverrait pas le Liban, ni Maria, de si tôt. Pour lui ce serait désormais le Practice, ou alors quelque boulot de gratte-papier à Russell Square. Echec sur toute la ligne. Le système Boone avait bel et bien vécu.

33

Une fois le Khorassan tombé aux mains des hommes de Gengis Khân, les Khwarezmiens se replièrent vers le nord, à l'abri du désert. Mais tout comme les murs de Samarkand et de Boukhara, le grand désert de Perse ne sut résister aux Mongols. Grossies par les désertions de contingents turcs, les armées de Gengis Khân s'avançaient sans état d'âme vers le Khwarezm, poussant devant elles, à bout de lances, des dizaines de milliers de captifs dont elles se servaient comme d'un bouclier humain. Les grands espaces n'ayant pas réussi à freiner l'avance de l'envahisseur, Jalaleddine Mangoberti, commandant des armées et fils du dernier chah khwarezmien, opta pour le relief et les espaces exigus. Il se glissa donc avec ses derniers fidèles dans les défilés du nord, là où les bêtes s'enfoncent dans la neige jusqu'à mi-pattes, où les barbes gèlent à la sortie du bain et où les citernes, même recouvertes de pelisses, finissent par éclater sous le froid. Car il espérait que les cimes glacées et les vallées encaissées, le froid brûlant et la rareté de l'air finiraient par calmer l'ardeur meurtrière des Mongols, qui soufflait dans son dos comme un vent dévastateur. Ce prince ne le savait pas encore, mais il venait d'entamer une nouvelle existence d'aventurier, existence nomade faite de fuite *perpétuelle et de coups de main répétés, qui le mènerait d'abord du Caucase jusqu'en Inde, puis à nouveau jusqu'en Géorgie, et enfin en Irak où il finirait, lui qui avait passé quatorze années de sa vie à combattre la plus formidable armée du monde, par succomber aux coups d'un petit brigand kurde de rien du tout.*

Posant son crayon, Boone alluma un cigare et relut entre les ratures. Il avait promis à Maria de mettre à profit son séjour forcé à Londres pour l'aider dans ses recherches sur le dernier des Khwarezmiens et corriger la thèse qu'elle rédigeait en anglais. Depuis deux semaines il était donc plongé dans Mangoberti, un autre perdant, tout comme lui, et il s'en servait pour oublier sa rage et pour résister à l'envie d'appeler Archie ou Nico dans l'espoir d'apprendre quelques bribes sur l'opération dont il était désormais exclu.

Il était pris par ses corrections grammaticales et lexicographiques quand il entendit sonner. Il fit d'abord comme s'il n'avait rien entendu, mais l'importun insistait. Il venait de sonner pour la troisième fois. De guerre lasse, Boone lâcha sa copie, se leva et alla jusqu'à la porte, bien décidé à ne rien acheter à qui que ce soit. L'ouvrant, il se retrouva nez à nez avec Théo Damiano, la petite croix en argent à la boutonnière, et à la main une sacoche Gladstone au cuir bien patiné, de celles qui inspirent confiance et que tout arnaqueur peut se procurer pour quelques livres dans n'importe quel marché aux puces.

« Bonjour, monsieur, lui dit Damiano en soulevant poliment son homburg. Vous vous souvenez peut-être de moi ? » Il avait apparemment préparé son petit numéro de couverture. « Je passais dans le coin, poursuivit-il, et je me suis rappelé cette conversation particulièrement stimulante que nous avions eue un jour au sujet de saint Augustin. Je me demandais si vous aviez quelques instants à me consacrer. » La rue était déserte mais, public ou pas, Théo Damiano semblait vouloir aller au bout de sa représentation.

« Alors, dit Boone une fois la porte refermée.

– Alors », soupira Damiano en se laissant choir dans le premier fauteuil.

Il semblait fatigué. Boone remarqua qu'il avait sorti son accoutrement insulaire de flanelle grise, et troqué ses mocassins italiens pour des richelieus à bout fleuri. Allant jusqu'à la fenêtre, Boone jeta à nouveau un œil dans Bennerley Road.

« Je n'ai pas été suivi, Harry. Les *moukhabarate* de Sa Gracieuse Majesté ne sont pas à mes trousses, et j'ai fait quinze maisons différentes avant de venir sonner à ta porte. Sans succès, je dois dire. Il y a bien deux églises et un cimetière dans le coin, mais les gens d'ici ne semblent pas très portés sur la religion. Et ces bibles... Je dois bien en avoir huit ou dix dans ce sac. Quand je pense à ton grand-oncle, quand je pense à la quantité astronomique d'évangiles, de missels et de livres de catéchisme qu'il a transportés par toute l'Egypte et le Soudan. Infatigable, il était. Un nouveau Gordon ! Un Gordon œcuménique ! C'est ça, la foi, Harry ! Je le vois encore dans sa grosse Humber noire d'avant-guerre... Rien n'arrêtait ton grand-oncle : ni l'hostilité, ni l'ironie, ni l'incompréhension... » Il se tut et parcourut la pièce du regard, en quête de quelque relique, mais rien ne l'interpella. « C'est tout de même drôle qu'il n'ait jamais voulu rentrer en Irlande. Quand je pense qu'il repose maintenant dans un cimetière égyptien du côté d'Assiout... Vous êtes vraiment bizarres, vous. Tout le monde rêve de rentrer à la maison, les Juifs ont attendu deux mille ans pour ce faire, les Palestiniens n'ont que ce mot de "Retour" à la bouche, et vous, non contents de vous expatrier, vous vous faites aussi inhumer en terre étrangère !

– Comment m'as-tu retrouvé ? demanda Boone en ouvrant une bouteille de whisky.

– Maria...

– Maria... Comment va Maria ?

– Maria va bien. Maria s'ennuie. Maria te demande de ne pas trop tarder.

– Si ça ne dépendait que de moi. Quand as-tu débarqué ?

– Il y a quelques jours de cela. »

Boone ne lui demanda pas comment il était arrivé jusqu'en Angleterre. Probablement via Dublin, se dit-il, puis par le ferry. Et probablement en voyageant avec un passeport maltais.

« Tu loges à Londres ?

– Oxford, Harry, Oxford. J'ai trouvé une petite chambre du côté de Saint Antony's College. »

Saint Antony's ! Pourquoi Saint Antony's ? se demanda Boone. Pourquoi pas Campion Hall ? Après la Bibliothèque orientale de Beyrouth, c'eût été plus approprié : la même mouvance jésuite.

« Et la casse, de ton côté ?

– Oh, rien de bien méchant. Tu vois, j'ai eu raison d'utiliser deux équipes différentes. Alors que la police enquêtait sur ceux qui avaient loué la villa et les voitures, nous avons tous pu quitter l'île sans être ennuyés.

— Je ne peux pas en dire autant.

— Encore heureux que Joseph ait pu se débarrasser de ses liens pour venir te prêter main forte.

— Je ne sais pas, Théo. Il aurait peut-être mieux fait de rester sagement ligoté sur son lit. On aurait évité tous ces morts.

— Harry, Harry... » Damiano avait pris son air le plus contrit. « Joseph regrette très sincèrement de t'avoir laissé en plan. Mais tu avais perdu connaissance et, après les coups de feu, il avait très peu de temps pour délier Carlos et filer avec lui. Ils ont dû partir à pied, tu sais. Pas question, bien sûr, de prendre la voiture. Joseph ne pouvait vraiment pas traîner. Pas avec trois cadavres sur les bras... Tu comprends ça, n'est-ce pas ?

— Ce que je comprends surtout, c'est que ton Joseph a jugé bon de laisser un vivant parmi tous ces morts, histoire de retarder la police. Très bien, vu, Théo. »

Damiano fit mine de vouloir protester.

« Si, si... Très bien vu. Si la police était arrivée sur les lieux pour y trouver trois macchabées et personne à qui poser des questions... Alors qu'avec un témoin sur place — en l'occurrence moi —, il n'y avait aucune raison de se précipiter dans une chasse à l'homme à l'aveuglette. Chapeau ! Ton Joseph est un vrai professionnel.

— Que veux-tu... Joseph s'est dit qu'avec ton passeport tu ne risquais pas grand-chose : en tout cas pas autant que lui ou que Carlos, avec leurs pauvres passeports libanais qui, même au Liban, sont suspects. Alors que toi, avec ton passeport britannique... Après tout, la république de Chypre...

Le système Boone

— Et puis, en me laissant sur place, vous vous arrangiez pour mouiller le Club-House, n'est-ce pas ? Vous vous couvriez pour ce triste épisode, et par la même occasion pour la voiture piégée de la Cité sportive au cas où il serait venu à l'idée de quelqu'un de faire le lien... Bravo, Théo !
— Harry...
— Laisse tomber... J'imagine que tu es venu me parler de Grégoire.
— Oui, Grégoire, dit Damiano en prenant le whisky que Boone lui tendait. Tu sais, le jour où il a débarqué à Chypre à l'improviste, il arrivait d'Athènes où je l'avais envoyé rencontrer une source que nous traitons depuis des années. Une source que Grégoire traitait depuis des années, je devrais plutôt dire. Un communiste syrien vivant en exil à Sofia. Quelqu'un a dû contacter Grégoire pour lui demander de rappliquer à Chypre en quatrième vitesse. Quelqu'un qui devait savoir où il se trouvait. Quelqu'un qui devait savoir où le contacter.
— Ton Grégoire était donc un agent double.
— Grégoire et l'Appareil ? Ça ne colle pas, Harry, ça ne colle pas.
— Il ne traitait pas des sources islamistes ?
— Rien que des Palestiniens. Des Palestiniens, et d'anciens communistes.
— Il était au courant pour l'attentat contre le Charif ?
— Bien sûr que non.
— Il n'en savait rien ?
— Il n'a *jamais* touché à l'Appareil, ni plus généralement aux islamistes. Ni de près ni de loin. Etrange, non ?
— Et tu dis qu'il n'était pas au courant, pour l'attentat ?
— Tu ne m'écoutes pas, Harry ! Si Grégoire avait travaillé

Le système Boone

pour l'Appareil, les islamistes auraient pu m'inonder de fausses informations. Et ils ne l'ont jamais fait. Ce qui me laisse supposer que ce n'est pas pour l'Appareil que Grégoire travaillait. C'est peut-être du côté du communiste syrien qu'il faudrait chercher une réponse.

— Qu'est-ce qu'un communiste syrien, vivant en Bulgarie de surcroît, vient faire dans cette histoire ?

— Il y a autre chose, dit Damiano en se levant. L'autre mort de la villa... Joseph l'a identifié. Il l'avait déjà vu. Et ce n'était pas un musulman, Harry. Encore moins un islamiste. C'était un chrétien libanais. Il s'appelait Nidal Tabet, et il travaillait comme chauffeur chez un médecin de Beyrouth : le docteur Simon Zehil. Un autre chrétien. Et ce Simon Zehil – tiens-toi bien –, ce Simon Zehil n'est autre que le président de l'Association d'Amitié Liban-URSS. Aujourd'hui rebaptisée Association d'Amitié Liban-Russie, bien entendu ! Que penses-tu de tout cela ?

— Tu es sûr de ton fait ? Tu es sûr que l'autre mort de la villa est bien ce même Nidal Tabet ?

— Si j'en suis sûr ! Nidal Tabet a disparu de Beyrouth le vendredi saint. Personne n'en a entendu parler depuis. Après tout, il n'est pas donné à tout le monde de disparaître le vendredi saint pour réapparaître trois jours plus tard... » Se taisant brutalement, il revint s'asseoir. « Que Dieu me pardonne ce sacrilège », reprit-il quelques instants plus tard en s'enfonçant dans son siège, comme s'il avait voulu se faire tout petit devant la colère divine. Puis il se tut à nouveau. Mais comme l'ire céleste tardait à se manifester, il finit par s'estimer pardonné et retrouva l'usage de la parole. « Quelque chose n'est pas clair dans cette histoire. On commence une partie avec l'Appareil et des islamistes, et on se retrouve en fin de parcours avec des chrétiens et une flopée de communistes ! Qu'est-ce qui se passe, là ?

— Je ne sais pas.

— Ça me rappelle cet écriteau qu'un ami, un officier français en poste au Sud-Liban, avait accroché au-dessus de son bureau. On pouvait y lire : "Si vous croyez avoir tout compris sur l'Orient, c'est qu'on vous a mal expliqué !"... Qu'est-ce que tu m'as si mal expliqué, Harry ?

— Rien du tout ! Je reconnais que c'est un peu étrange de voir des chrétiens travaillant pour l'Appareil, mais après tout, pourquoi pas ? Tu as bien des sources chez les musulmans, toi.

— Des sources, oui. Pas des opérationnels ! Et puis je veux bien croire que l'Appareil utilise des chrétiens, mais des communistes !

— Qu'est-ce qu'un communiste, aujourd'hui ? Il n'y a *plus* de communistes ! L'Union soviétique est morte et enterrée, et les gens s'arrangent comme ils peuvent et trouvent l'argent où ils peuvent ! Et si c'est l'Appareil qui a le fric, eh bien, pourquoi pas ?

— Tu es d'un cynisme, Harry !

— C'est toi qui dis ça ?

— Et que fais-tu de la femme, alors ?

— Quelle femme ?

— Randa ! Randa Bsat !

— Qu'est-ce qu'elle a ?

— Elle, rien. Mais son père... Son père était au Parti. Au parti communiste.

— Le père de Randa était communiste ? »

Boone avala son whisky d'un trait.

« Randa Bsat. Père instituteur. Membre du Parti à Sidon.

Le système Boone

Famille nucléaire à l'européenne : le père, la mère, et trois enfants. Deux garçons et une fille... » Théo Damiano égrenait ses renseignements comme un sommier de service de police. « Il y a quinze ans, le ministère de l'Education nationale mute M. Bsat. Et M. Bsat se retrouve où ? » Il se tut et encouragea Boone du regard : un maître d'école sollicitant un élève appliqué mais timoré. « Dans un village de la Bekaa-Ouest, reprit-il. Et lequel, précisément ? Mastaba, Harry. Mastaba. Le village du Charif !

– Ils se connaissaient depuis *quinze* ans ? Ils se connaissaient du village ?

– C'est une belle histoire. Randa a dix ans, et le petit Ali – notre Charif – en a douze. Ils se voient, ils apprennent à se connaître, à s'apprécier, et puis, quand leurs corps éclosent, ils finissent par tomber amoureux. Mais les familles ne sont pas d'accord. Il y a maldonne. Son père à lui, Hassan El-Husseini, est un descendant direct du Prophète, et il est aussi l'imam du village. Lui et sa smala symbolisent la religion et la tradition. Alors que son père à elle, l'instituteur communiste, représente la laïcité, la modernité. Don Camillo et le maire Peppone, en quelque sorte. Tu sais, Harry... Guareschi... Ça ne te dit rien ? Alors disons que c'était un peu les Montaigu et les Capulet, ajouta-t-il d'un ton cabotin. Nos deux tourtereaux sont déchirés entre leur amour et leur famille. Cinq ans plus tard, leur vie bascule. La voiture piégée de Mastaba met fin à ce dilemme. Les deux familles rivales sont décimées. Enfin unies dans la mort. La petite Randa, elle, s'en sort indemne. Un vrai miracle. Quant à Ali El-Husseini, il est gravement blessé et transporté à l'hôpital de Nabatiyé. Il en sort pour rejoindre les rangs des islamistes et faire carrière au sein de

Le système Boone

l'Appareil, alors que la petite Randa est recueillie par des bonnes sœurs, des missionnaires canadiennes qui finiront par lui payer des études supérieures. Le reste, on peut l'imaginer. Quelques années plus tard, nos deux amis se retrouvent. Le hasard, peut-être. Lui est dans l'Appareil, elle est étudiante. Pourquoi ne l'épouse-t-il pas ? Je n'en sais fichtrement rien. Peut-être pensait-il qu'elle le gênerait dans sa carrière, ou peut-être bien que c'est elle qui n'a pas voulu de lui comme mari. Toujours est-il qu'il l'installe dans un appartement rupin, qu'il la protège, qu'il l'entretient. Son jardin secret, en quelque sorte. »

Boone ne disait toujours rien.

« Cette histoire est on ne peut plus étrange, Harry. Elle ne cadre pas avec le profil habituel du militant islamiste. Il y a trop de points obscurs, trop de zones d'ombre. Et le jour où on rencontre enfin quelqu'un qui pourrait nous parler du Charif – Randa –, on nous tombe dessus avec une célérité hors du commun, et en prenant des risques considérables.

– Tu veux dire que quelqu'un a été pris de panique ?

– Quelqu'un qui ne voulait apparemment pas qu'on remue le passé. Quelqu'un qui ne souhaitait pas qu'on cuisine cette Randa. Mais qui ? Et pourquoi ? Pourquoi était-ce tellement important que Randa Bsat ne puisse pas nous parler d'un mort ?

– Je n'en sais rien, mentit Boone.

– Et quel rapport avec Grégoire, avec ce Nidal Tabet, et avec le père communiste de Randa ?

– Je ne sais pas, Théo.

– Etrange tout ça, tu ne trouves pas ? Si étrange que je me suis dit que je ferais bien de m'intéresser d'un peu plus près à notre ami le Charif. Drôle d'histoire que la sienne, Harry. Elle commence il y a dix ans. Tout le village de Mastaba était rassemblé ce jour-là pour commémorer le souvenir de l'un de ses fils qui avait eu la mauvaise idée d'aller faire du tourisme armé en Galilée... Ce jour-là, donc – un vendredi du mois de juin –, tous les habitants du village, croyants et mécréants confondus, étaient réunis pour honorer leur martyr, et par la même occasion les dirigeants de la Résistance islamique qui, en l'envoyant se faire massacrer en Terre sainte, lui avaient prématurément ouvert les portes du Paradis. Et voilà que d'aucuns, dont les opinions politiques divergeaient apparemment de celles des islamistes, ont voulu profiter de l'occasion pour se débarrasser desdits résistants. Quelqu'un, ce jour-là, fit donc sauter une camionnette bourrée de six cents kilos d'explosifs garée sur la place du village. L'explosion pulvérisa les islamistes en question, et avec eux, hélas, presque toute la population de Mastaba. Une véritable hécatombe, Harry... Depuis, Mastaba est déserté.

– Tout ça, on le sait déjà.

– Mais on n'en sait pas plus sur lui. C'est ça qui est étonnant. Ce jour-là, après le drame, les morts et les blessés furent transportés à l'hôpital de Nabatiyé. C'est là que le Charif fut soigné. Et comme Mastaba est aujourd'hui déserté et que les survivants se sont éparpillés, je me suis dit que l'hôpital serait un bon endroit pour commencer mon enquête. Eh bien, non ! Figure-toi que, l'année suivante, un incendie ravagea une bonne partie de l'hôpital, et toutes les archives brûlèrent. Impossible de mettre la main sur le dossier médical du Charif. Parti en fumée.

Comme son village. Comme sa voiture. C'est un Charif fantôme que nous avons assassiné.

— Ce ne sont là que spéculations, Théo !

— Reconnais tout de même qu'il y a une étrange symétrie entre le début de sa vie publique et sa fin tragique. Une voiture piégée à un bout, une voiture piégée à l'autre. L'une explose et il apparaît, une autre explose et il disparaît !

— Tu verses dans le symbolisme !

— Feu notre ami le Charif n'était pas tout à fait ce qu'on pensait qu'il était. Il y a anguille sous roche.

— On n'a aucune preuve. Et sans preuve, je n'arriverai jamais à convaincre le Service de ton histoire. Il me faut des preuves.

— Tu en auras. Tu auras tes preuves, dussé-je y engloutir jusqu'à mon dernier sou. Je veux savoir à qui j'ai affaire, Harry ! Je ne compte pas passer le restant de mes jours à regarder par-dessus mon épaule sans savoir d'où viendra la menace. Et toi, j'imagine que tu voudras rentrer à Beyrouth et retrouver ma nièce. Maria ne t'attendra pas indéfiniment, tu sais.

— Ne fais pas trop de remous, s'il te plaît. »

Boone craignait à présent pour la sécurité du Charif.

« Je ne suis pas venu te demander ta permission, Harry. Je suis simplement venu t'informer. Par amitié. Il y a quelques années, vous m'avez lâché sans autre forme de cérémonie. Je ne vous dois rien. Absolument rien. Et je tiens à élucider cette histoire. Il en va de ma sécurité.

— Je vais en parler, Théo.

— Parles-en, Harry. Parles-en. Tiens... » S'étant levé, il tendit à Boone un bout de papier. « Tu pourras me trouver à ce numéro tous les soirs entre dix-huit et vingt heures.

– C'est ta pension ?

– Penses-tu ! C'est le numéro d'un pub... Mon seul souci est que Mme Rees, ma logeuse, ne découvre pas que j'y fais un pèlerinage quotidien alors qu'elle pense que je suis en prière. Si tu ne m'y trouves pas, laisse un message. Dis que c'est de la part de... Dis que c'est de la part de Bertie, ajouta-t-il après avoir jeté un œil sur la biographie de Mangoberti que Boone était occupé à corriger. Dis que c'est de la part de Bertie. Je comprendrai, et je te retrouverai le lendemain à quinze heures dans la salle Renaissance de l'Ashmolean Museum. »

A la porte il cala son chapeau sur la tête et se fendit d'un grand sourire.

« Tu es sûr que tu ne veux pas me prendre une bible ? » lança-t-il en guise d'adieu.

34

« Je te croyais en vacances, Harry.
— Je le suis, Archie, je le suis.
— Je croyais qu'on t'avait demandé de ne plus t'occuper de cette affaire.
— Damiano est venu chez moi. Je ne pouvais tout de même pas le mettre à la porte.
— Ainsi, Damiano se met au vert dans la verte Angleterre. En attendant que ça se tasse, j'imagine. Et où est-il à présent ?
— Je ne sais pas, mentit Boone. Il n'a pas voulu me le dire.
— Pas de rendez-vous préétabli ? » Briggs chassa de la main la fumée du cigare de Boone. « Pas de rancart de raccord ? Ça ne vous ressemble guère, toi et lui.
— Il a dit qu'il me recontacterait, mentit à nouveau Boone.
— Et c'est pour me raconter ces élucubrations que tu m'as fait faire tout ce chemin jusqu'à Windsor ? C'est pour cela que je suis en train de salir mes chaussures et le bas de mon pantalon sur la rive boueuse de cette rivière en crue ?

– Tu penses peut-être que ce n'est pas assez important ?
– Important ? Une chose, et une seule, m'importe : Damiano sait-il que le Charif n'est pas mort ?
– Non.
– Tu ne t'es pas laissé aller aux confidences avec lui ?
– Je n'ai rien dit !
– Bien, bien... Je sais ce que tu dois ressentir. Et je sais aussi que la frustration peut mener à l'indiscrétion. Alors fais attention. Pas de faux pas, s'il te plaît.
– Qu'en penses-tu ?
– Impressionnant ! dit Briggs en admirant une escadrille de canards en train de réussir un amerrissage parfait. Très impressionnant !
– Je te parle de l'histoire de Théo. De Grégoire, de Nidal Tabet, du père de Randa, et de ce village où Randa et le Charif ont grandi.
– A vrai dire, je n'en pense rien. Je ne suis pas payé pour penser, mais pour apporter du concret. Et je ne vois rien de concret dans tout ce que tu m'as raconté.
– Le Charif nous a menti ! »

Briggs ne répondit rien. Son regard venait de tomber sur un pommier, qu'un riverain avait étonnamment planté là. Briggs avait un faible pour les pommiers à cette époque de l'année, quand les bourgeons encore clos, pleins de la promesse de l'adolescence, enveloppent les vieux arbres d'un halo rosâtre qui transfigure leur carcasse grise. Les bourgeons lui rappelèrent la jeune Italienne qu'il avait aperçue à Piccadilly quelques semaines auparavant.

« Il nous a menti, répéta Boone, dont le regard s'était porté, non sur le pommier qui semblait fasciner son patron, mais sur les terrains de jeux d'Eton, de l'autre côté de la rivière.

— Tu connais une source qui ne ment pas, Harry ? Tu en connais qui n'ait pas une petite police d'assurance quelque part ?

— Et puis il y a Randa. Elle était notre seul lien avec le passé, et dès que nous l'avons eue sous la main quelqu'un s'est affolé.

— Oui, nous. Un vent de panique a soufflé sur Russell Square, ce jour-là.

— Et sa défection. Toi et moi pensions que des gens comme lui ne faisaient pas défection. Il nous a surpris. Il s'est conduit de manière atypique.

— Atypique, dis-tu ? C'est un beau mot, ça, atypique. Mais, si mes souvenirs sont bons, ce n'est pas lui qui a suggéré cette défection. L'idée est venue de nous. De Guy, pour être plus précis. C'est faible, très faible tout ça. Ça ne tient pas la route.

— Et Nidal Tabet, Archie ? Atypique ! Et Grégoire ? Atypique ! Et Randa ? Atypique !

— Ecoute-moi...

— Atypique, murmura Boone, comme un coureur à bout de souffle.

— Ecoute-moi, Harry. Cette affaire t'obsède... Je t'avais demandé de secouer un peu le bateau pour déstabiliser Guy. Mais tu l'as tellement secoué que j'en suis tombé, et Guy s'est retrouvé fermement aux commandes. Aux commandes, et prêt à m'envoyer par le fond.

— J'ai fait tout ce que tu m'as demandé.

— Un pied dans la porte, c'est tout ce que je te demandais.

— Je te l'ai donné, ce pied dans la porte. Je me suis mouillé. Tu es venu me voir et je ne t'ai pas laissé tomber. Renvoie-moi l'ascenseur. Je veux retourner à Beyrouth.

— Tu ne m'as pas donné un pied dans la porte. Tu l'as carrément enfoncée, la porte. Tu es arrivé comme un chien dans un jeu de quilles. Tu vois des complots partout. Tu sèmes la panique là où tu vas. Tu veux que je te dise ce que je pense ? Je pense que tu n'arrives plus à voir les choses comme elles sont.

— C'est *vous* qui ne voyez pas les choses comme elles sont. Vous êtes tellement obnubilés par les dividendes de cette opération que vous ne voulez même pas envisager la possibilité que tout cela puisse cacher autre chose.

— Autre chose ? Et quoi d'autre, à ton avis ? De la désinformation ? Le Charif serait un agent double ? Il nous raconterait des bobards ? Les réseaux que nous cueillons grâce à lui seraient peut-être des patrouilles de boy-scouts ? Les aveux signés, des scénarios de films ? Les explosifs que nous déterrons, du marzipan ? C'est ça ? Qu'est-ce que tu as à m'offrir, Harry ? Parce que le Charif, lui, a énormément de choses à offrir. Tu sais qui il reçoit, aujourd'hui, le descendant du Prophète dans sa retraite cornique ? Un amiral italien, rien de moins ! Et la semaine passée, c'étaient les Espagnols. Et la semaine prochaine, ce sera au tour des Israéliens : des Israéliens qui joueront bien entendu aux Hollandais pour ne pas trop heurter sa sensibilité. Tout le monde veut sa part. Tout le monde veut voir la perle rare. Tout le monde s'accorde à dire que les renseignements du Charif sont exceptionnels. Des carrières sont en train de se bâtir autour de lui. Ce saint homme est devenu le gagne-pain de toute une frange de la communauté du renseigne-

Le système Boone

ment qui ne savait plus à quel saint se vouer depuis la fin du monde bipolaire. Et c'est à *ça* que tu voudrais t'attaquer ?
— Tu me dois...
— Tu es allé trop loin. Si tu as envie de couler, coule tout seul ! »

Et laissant Boone en plan, il rebroussa chemin et repartit vers la gare en sautillant entre les flaques d'eau.

Boone était hors de lui. Très tôt, il le savait, la logique bureaucratique avait pris le pas sur la logique de terrain. Dès le départ, on s'était moins intéressé à la source — le Charif — qu'aux renseignements qu'elle livrait. *Combien de rapports, aujourd'hui ? Quelle dissémination en faire ? Qu'en disent nos amis ? Et que leur demander en échange ?* La source avait fini par devenir immatérielle, et par disparaître derrière le flot de renseignements qu'elle dégorgeait. La source aurait aussi bien pu être le boiteux, ou le cheikh Hammoud, ou le docteur Chartouni, ou le colonel Kamel, ou, ou... Qu'importe, les bureaucrates ne sont pas des sophistes. Ce n'est pas tant la source qu'ils veulent que l'eau de la source. Et les experts avaient statué que cette eau-là était de très bonne qualité : excellente pour l'avancement. Les motivations profondes du Charif, sa personnalité, sa psychologie, son passé, ses amis et ses amours, tout cela les bureaucrates n'en avaient cure. Ils ne s'y intéressaient que dans la mesure où la production de la source pouvait en être affectée. Mais tant que la production va, tout va !

Un ballon roula à ses pieds, suivi par un petit Arabe haletant qui s'immobilisa à quelques mètres de lui, ancré dans d'énormes Nike. L'enfant lui adressa un grand sourire. On avait dû lui dire qu'en Occident les adultes étaient gentils avec les petits. Mais Boone le détrompa rapidement en donnant un coup de pied rageur dans le ballon qui fit un vol plané d'une cinquantaine de mètres avant d'aller se perdre dans les fourrés. Le petit garçon le regarda d'un air effaré. Son monde s'écroulait. Les bras ballants, la tête basse, il s'en fut pensivement à la recherche de son ballon, traînant derrière lui sa peine et ses Nike trop grands.

Tout en marchant, Boone atteignit le pont séparant Windsor d'Eton. Eton lui fit penser à Nico Mowbray-Smyth et il traversa le pont machinalement en allumant un cigare. Il venait, sans s'en rendre compte, de franchir le Rubicon que le Royal & Ancien lui interdisait.

Dans la rue principale, une affiche placardée dans la vitrine d'un magasin d'antiquités annonçait qu'une troupe d'amateurs sponsorisée par l'auguste collège jouerait le samedi la *Penthésilée* de Heinrich von Kleist dans la salle du conseil municipal. Boone se souvenait avoir vu la pièce à l'université, mise en scène justement par Nico Mowbray-Smyth. Il se rappelait bien ces Grecs et ces Troyens, rivés les uns aux autres comme métal et aimant et se livrant un combat sans merci, qui voient soudain apparaître sur le champ de bataille déjà rouge de sang la redoutable Penthésilée à la tête de ses Amazones. Un moment, alors que les cavalières foncent vers les combattants à bride abattue, les armes, indécises, se taisent. « Penthésilée avec nous ! » crient les Grecs. « Penthésilée avec nous ! » hurlent à leur tour les Troyens. Mais voilà que, sourde à toutes ces clameurs d'espoir, Penthésilée lance ses guerrières à l'assaut et des Grecs et des Troyens, et voilà que les Amazones pourfendent les uns et les autres sans état d'âme et sans dis-

Le système Boone

tinction aucune. Penthésilée venait d'un coup de balayer le manichéisme des Grecs et des Troyens.

Soudain, en regardant cette affiche en papier recyclé, Boone se rendit compte que lui-même n'était pas différent de ces Grecs et de ces Troyens. Lui aussi s'était laissé enfermer dans un prisme manichéen à travers lequel il avait continué de percevoir et d'appréhender toute cette affaire et tous les faits qui s'y rapportaient. Et si j'oubliais un peu les Grecs et les Troyens, se dit-il. Et si j'introduisais une Penthésilée dans ce jeu à deux. Envisagée dans l'optique d'un jeu à deux, l'histoire de Théo Damiano ne tenait pas. Mais à supposer que ce jeu à deux ne le soit qu'en apparence, à supposer qu'il y ait une tierce partie quelque part : une Penthésilée qui s'amuserait à jouer les uns contre les autres, et contre les deux à la fois.

Grégoire : dans le cadre d'un jeu à deux, Grégoire ne pouvait avoir été recruté que par l'Appareil. Mais dans un autre type de jeu, ne pouvait-on pas concevoir qu'une tierce partie manipulait Grégoire ? Et Nidal Tabet ? Si ce n'était pas un mercenaire se vendant au plus offrant, ne pouvait-on imaginer qu'il était resté fidèle à ses anciennes convictions ? Et le boiteux ? Il n'apparaissait nulle part dans l'organigramme de l'Appareil, et pourtant il était très lié au Charif. Et Randa ? Tout son personnage américanisé de femme libérée faisait tache dans cette histoire. Boone aurait pu, à la rigueur, accepter qu'un islamiste, fils d'imam et descendant du Prophète, puisse avoir un cinq-à-sept dans sa vie, mais à présent qu'il savait que Randa et le Charif se connaissaient depuis leur adolescence il était moins enclin à entériner la version de la concupiscence. Là aussi il y avait incohérence. Et que dire du Charif ? Boone avait été surpris par sa décision de faire défection. C'est pourtant ce qu'il avait fait. Contre toute attente, il avait accepté de venir en Angleterre. Cette défection ne cadrait pas vraiment avec le jeu à deux de l'islam et de l'Occident. Et les Américains ? Pourquoi les Américains se désintéressaient-ils du Charif et de ses renseignements ? Et pourquoi le Charif n'avait-il rien à offrir aux Américains ? Aurait-il été en contact avec eux en Afghanistan ? Le Charif, une source américaine ?

Des Américains, des communistes, des islamistes et des Européens : il ne faisait plus de doute pour Boone que cette affaire dépassait largement le cadre des relations entre l'Appareil et le Club-House. Il y avait assurément une autre partie dans le jeu. Une partie que le Charif et le boiteux connaissaient, et que Randa avait peut-être soupçonnée. Mais qui ? Qui jouait le rôle de Penthésilée dans ce jeu entre les Grecs européens et les Troyens asiatiques ?

Ecrasant son cigare du pied, Boone se dit qu'il n'en savait rien. Le Royal & Ancien se nourrissait de certitudes, et lui se retrouvait avec seulement des interrogations. S'il voulait avoir une chance de retourner à Beyrouth, de revoir Maria et de remettre le système Boone à flot, il se devait de trouver des réponses à toutes ces questions. Il se félicita d'avoir menti à Briggs. De ne pas lui avoir donné l'adresse de Théo. Cela lui laissait une petite avance : quelques petites semaines avant que les Gens d'Alec Rose ne rappliquent à North Oxford et n'empiètent sur l'intimité de Mme Rees et de son pensionnaire. Sa décision était prise : Briggs l'avait laissé choir comme une vieille chaussette, il le trahirait à son tour.

35

Le onze heures dix-huit de Paddington arriva en gare d'Oxford un peu avant midi trente, avec seulement dix minutes de retard sur l'horaire affiché : un exploit. Boone y fut accueilli par une moiteur tout oxonienne, mélange de pluie printanière et d'émanations marécageuses propres à une ville située à soixante-dix mètres au-dessous du niveau de la mer. Oxford a beau être la cité anglaise la plus éloignée des côtes, l'eau n'y est pas moins omniprésente : dans le lit de la Tamise et celui de la Cherwell qui s'y rejoignent, bien sûr, mais aussi dans l'air dense et dans le sol, moisi et argileux à souhait.

Les règles les plus élémentaires de sécurité auraient voulu que Boone prenne le bus, ne serait-ce que parce que cela lui aurait permis de mieux débusquer un éventuel suiveur. Mais à la sortie de la gare il passa outre la vieille impériale qui toussotait à l'arrêt de toute sa carcasse rouge et partit à pied. Après cette longue absence, il ressentait le besoin de se replonger dans la ville en la traversant à ras du sol, sans la distance et sans la hauteur que lui aurait conférées son ticket de bus. Traversant Hythe Bridge, il remonta George Street jusqu'à Magdalen, puis il tourna à gauche

Le système Boone

pour rejoindre St. Giles. Il avait initialement prévu d'aller faire un tour dans University Park mais, arrivé à l'intersection de Woodstock et de Banbury, il changea d'avis. Le crachin qui l'avait accompagné depuis la gare tournait en effet à l'averse, et si, contre toute attente, quelqu'un l'avait suivi, ce quelqu'un comprendrait difficilement qu'il se fasse tremper jusqu'aux os pour le seul plaisir d'une promenade nostalgique dans le parc. Même après une longue absence, et même pour aller admirer les cottages ornés. Ça ne lui ressemblait guère. Il décida donc sagement de remettre sa petite excursion à une autre fois, et pour donner le change à son hypothétique suiveur il se rendit chez Brown's.

Comme à son habitude le café-restaurant le plus branché d'Oxford était bondé. Son succès perdurait depuis plus d'un quart de siècle, et Boone ne se l'expliquait pas vraiment. Etait-ce dû au mélange réussi de cuisine américaine, de musique anglaise et d'ambiance viennoise ? Ou alors à la qualité éminemment migratoire de la clientèle (espérance de vie : neuf trimestres) qui n'avait pas le temps de s'en lasser ? Toujours est-il que Brown's était plein à craquer ce jour-là, et Boone prit docilement sa place dans la queue juvénile qui encombrait l'entrée. Pas pour longtemps. Un jeune chef de rang entreprenant eut vite fait de le remarquer, flaira les grands moyens (tout étant relatif), et lui proposa adroitement un apéritif en attendant. Il lui fraya ensuite un chemin royal jusqu'au bar où, histoire de ne pas le démentir, Boone commanda un double whisky. Le jeune homme parut apprécier. Cinq minutes plus tard, une beauté noire le récompensa de sa prodigalité en le conduisant jusqu'à une petite table en coin au fond de la salle. De là, et tout en sirotant son whisky et en mâchonnant

Le système Boone

un seigle-pastrami, il put contempler à sa guise le manège immuable de ses successeurs, les nouveaux maîtres de la ville, en tous points semblables à leurs prédécesseurs, et admirer le ballet incessant des serveurs et des serveuses en noir et blanc, ponctué, à chacun de leurs passages, par le bruit sourd de la porte à battants menant aux cuisines, qu'ils traversaient avec une grâce toute fantomatique. Ayant commandé un café qu'il goûta à peine, Boone régla sa note, laissa le pourboire qu'on attendait de lui, et céda la place à trois jeunes gens qui n'en revenaient pas de l'aubaine : de mémoire d'étudiant on n'avait jamais vu chez Brown's quelqu'un consommer et débarrasser le plancher aussi rapidement.

Dehors, il pleuvait encore. Si la pluie est froide c'est qu'on est en hiver, et si elle est tiède c'est qu'on doit être en été. C'était ça, les îles Britanniques, se disait-il en pensant à la Méditerranée dont on l'avait sevré, et il se souvint qu'à l'âge classique on expliquait volontiers la mélancolie des Anglais par l'influence du climat : toutes ces gouttelettes imprégnaient le crâne et les tissus, pénétraient les canaux, et finissaient par affecter les humeurs et le cerveau. Erasme n'était-il pas passé par Oxford avant d'écrire son *Eloge de la folie* ? Et n'était-ce pas dans cette ville que Robert Burton avait rédigé son *Anatomie de la mélancolie* ?

En arrivant à l'Oriental Institute il nota qu'on y entrait toujours comme dans un moulin. Les lecteurs retiraient eux-mêmes les ouvrages dont ils avaient besoin, remplissaient ensuite des fiches de prêt qu'une notice leur demandait poliment de déposer dans une boîte à la sortie, et quittaient les lieux avec leur butin sans autre forme de contrôle. La confiance était de mise. Elle était d'ailleurs

Le système Boone

payante, puisqu'on disait que l'Oriental Institute perdait moins de livres que les bibliothèques les mieux policées et les plus informatisées du royaume.

Une fois à l'intérieur, Boone alla consulter le fichier à la lettre *B* : *B* pour Barthold, Vladimir Barthold, *Turkestan down to the Mongol Invasion*, Londres, 1928, réimp. 1958. Autant soigner sa couverture. Armé du numéro de référence, il s'en fut chercher l'ouvrage sur les rayons, puis il se trouva une place tranquille au fond de la salle de lecture.

Une heure durant il parcourut son Barthold en prenant consciencieusement des notes à l'attention, sinon de Maria, du moins d'un éventuel curieux. Puis, peu avant quinze heures, il se permit un petit bâillement, s'étira, se leva, et finit par quitter les lieux en laissant son livre et ses notes bien en évidence sur la table : un lecteur fatigué s'accordant une pause.

Une fois dans le hall, il prit l'escalier menant au premier étage et s'engagea d'un pas décidé le long d'un couloir bordé de portes entrouvertes d'où émanaient divers bruits bureautiques. Au fond du couloir une autre porte, close, elle, lui barrait le passage. Boone n'en saisit pas moins la poignée fermement et la tira résolument vers lui. La porte céda, et il poussa un soupir de soulagement. Il s'engagea ensuite sur le « Pont », un petit passage reliant l'Oriental Institute à l'Ashmolean Museum qui lui était contigu. Le traversant, il poussa une autre porte qui s'ouvrit aussi facilement que la première. Décidément, se dit-il, il est des choses qui ne changent jamais dans cette université. Du temps où Boone était étudiant, on racontait que ces portes-là restaient ouvertes afin de permettre à un conservateur adultère de l'Ashmolean de rejoindre en catimini sa dulci-

Le système Boone

née, bibliothécaire à l'Oriental Institute. Et voilà qu'une vingtaine d'années plus tard, et pour des raisons totalement différentes quoique aussi inavouables, Boone empruntait en le dévoyant ce même pont des amoureux. Il se demanda si la liaison des vieux amants durait encore, si les portes demeuraient ouvertes en leur souvenir, ou si le droit coutumier avait fini par s'imposer. Toujours est-il qu'elles étaient ouvertes, ce qui faisait son affaire.

Il se trouvait à présent dans la section d'archéologie de la bibliothèque de l'Ashmolean. Empruntant l'escalier Griffith, il longea un couloir administratif, traversa la grande salle de lecture, sortit dans le hall byzantin, grimpa l'escalier Evans, coupa par la salle flamande et poussa jusqu'à la galerie Mallett où il trouva Théo Damiano en apparence absorbé par une étude de Raphaël sur saint Jérôme.

« Alors, Harry ? lui demanda Damiano sans quitter saint Jérôme des yeux. Tu en as parlé ?

— J'en ai parlé...

— Et alors ?

— Rien à faire.

— Rien à faire, rien à faire, ça veut dire quoi, rien à faire ?

— Ils ne sont pas intéressés.

— Pas intéressés ? s'étonna Damiano en abandonnant sa contemplation de saint Jérôme. Tu veux dire qu'ils ne voient rien de trouble dans cette histoire ?

— Ils ne sont pas intéressés, c'est tout. Ils ne croient pas en tes indices.

— Tu leur as dit, à propos de Nidal Tabet ? Et à propos du dentiste ? Du docteur Zehil ?

— Je leur ai tout dit.

— Tu leur as parlé de Grégoire ? Tu leur as bien dit qu'il était impossible qu'il ait été recruté par l'Appareil ?

— Je le leur ai dit. Je le leur ai dit et répété.

— Et ça n'a pas fait tilt dans leur petite tête ?

— Ils ne veulent rien savoir.

— Eux, peut-être pas, mais moi j'ai besoin de savoir. Je ne vais quand même pas passer le restant de mes jours ici. Je veux rentrer à Beyrouth, et j'ai donc besoin de savoir à qui j'ai affaire !

— En ce qui les concerne, c'est à l'Appareil que nous avons affaire.

— Et toi, Harry, qu'est-ce que tu en penses, toi ? »

Boone prit son temps avant de répondre. Il savait qu'il s'engageait sur une voie sans retour.

« Tu as peut-être raison, Théo. Nous avons peut-être affaire à quelque chose d'autre que l'Appareil.

— A la bonne heure ! dit Damiano en allant admirer une étude raphaélite de la présentation de l'Enfant Jésus au Temple. Mais la question demeure de savoir qui ? Si ce n'est pas l'Appareil, c'est peut-être le Centre. C'est peut-être Moscou.

— L'idée que les Russes soient impliqués dans cette affaire est franchement aberrante !

— C'est le pourquoi qui m'échappe, Harry. Pourquoi l'Appareil, ou alors le Centre, se donnerait-il tant de mal pour nous empêcher d'aller fouiller le passé d'un mort ? Pourquoi ? »

Boone ne dit rien. Il savait qu'il avait besoin de Damiano. Il savait qu'il avait déjà décidé de tout lui avouer, advienne que pourra. Mais il retardait le moment de franchir le pas : un suicidaire choisissant son heure.

Le système Boone

« Attends ! » Damiano venait de s'arrêter net devant un dessin de Michel-Ange représentant une bataille. « Je crois que j'ai trouvé, Harry. C'est à cause de l'explosion.

— Quelle explosion ? » Boone se dit que Damiano devait avoir puisé son inspiration soudaine dans cette scène de carnage. « Il y en a eu tellement, des explosions, Théo.

— Tu te rappelles l'opération contre le Charif ? Tous ces morts inexpliqués ? Tu m'as alors accusé d'avoir eu la main lourde, et moi je vous ai accusés d'avoir placé une autre bombe dans la voiture du Charif.

— Je me le rappelle.

— Cette explosion, tu crois toujours que c'est moi qui avais forcé la dose ?

— ...

— Tu crois toujours que c'était moi ?

— Non... Non, je ne le crois pas, finit par dire Boone.

— Cette explosion, c'était vous ?

— Non, ce n'était pas nous.

— Ce n'était pas vous ? Ce n'était pas votre source ? Ce n'était pas pour protéger votre taupe dans l'Appareil et la couvrir ? Alors qui ? L'Appareil ? Pourquoi l'Appareil aurait-il voulu éliminer ainsi son fils chéri ? Et si ce n'est pas l'Appareil, est-ce le Centre ? Et si oui, pourquoi les Russes auraient-ils assassiné le Charif en se cachant derrière moi et derrière vous ? Je ne comprends pas ! »

Boone avait une envie folle de fumer. Il savait que le moment était venu pour lui de passer de l'autre côté de la barrière.

« Je sais qui a placé cette deuxième bombe, dit-il.

— Tu le sais ? Qui ça ? Le Centre ?

— Pas le Centre, Théo.

Le système Boone

— L'Appareil, alors ?
— Ni l'Appareil.
— Qui alors ?
— C'est le Charif lui-même qui a piégé sa propre voiture.
— Le Charif ? Qu'est-ce que tu me racontes là ? Pourquoi le Charif...
— Il n'est pas mort. Voilà pourquoi.
— Il n'est pas mort ? Comment cela, il n'est pas mort ?
— Il n'est pas mort. Il est ici même, en Angleterre. C'est moi qui l'ai fait sortir de Beyrouth juste après l'attentat.
— Tu veux dire..., dit Damiano en se saisissant du bouton de veste de Boone et en le triturant. Tu veux dire que toute cette histoire...
— Un écran de fumée. Un faux attentat pour brouiller les pistes et permettre une exfiltration en douceur suivie d'un debriefing tranquille. La deuxième explosion, c'était sa police d'assurance. Une police d'assurance qu'il n'a bien entendu pas contractée chez nous. C'était sa façon de s'assurer qu'il n'y aurait pas de traces. Pas de *corpus delicti*. Et juste après l'explosion, il m'a gentiment rejoint au passage du Musée.
— Nom de Dieu de nom de Dieu ! Tu veux dire que c'était un montage ? Et j'ai marché ? Moi, l'Abouna ? J'ai marché comme un amateur ?
— Il était venu nous proposer ses services.
— Vous proposer ses services ? A vous ? Pourquoi vous ? Après tout, qu'est-ce que l'Angleterre, aujourd'hui ? Pourquoi pas les Américains ? Pourquoi passer un marché avec la queue du chien quand on peut traiter avec sa tête ?
— Il n'avait apparemment rien à offrir aux Américains, et beaucoup à nous offrir.

— C'est bizarre, ça. Vraiment bizarre. A moins que ce ne soient les vieilles affinités arabo-britanniques qui aient joué : la Révolte arabe et tout le bataclan. Si mes souvenirs sont bons, Lawrence d'Arabie était irlandais. Tout comme toi.

— Arrête de persifler, Théo, et décide-toi : ou c'est un agent russe, ou c'est un agent américain ! Mais pas les deux à la fois, tout de même !

— Et en bon Lawrence, poursuivit Damiano, faisant celui qui n'a rien entendu, tu as bien sûr tout manigancé.

— Je n'ai rien manigancé du tout. Je n'ai fait que suivre ses instructions. Tout au long. C'est lui qui a conçu toute l'opération : le où, le quand, et le comment.

— Dieu du ciel, Harry !

— Toi et moi n'avons été que des exécutants : il m'a choisi, et je t'ai choisi. Et pour bien marquer qu'il ne nous faisait pas entièrement confiance, il a tenu à piéger sa propre voiture. Sans nous prévenir.

— Et c'est maintenant que tu me dis ça ? Un *walk-in* qui organise sa propre défection ? Mais ça pue le Centre, Harry ! Ça pue le Soviétique ! C'est du classique ! Nidal Tabet, le docteur Zehil, Grégoire et l'Association d'Amitié Liban-Russie : je comprends tout, à présent.

— Ne t'emballe pas. Ton histoire ne colle pas. Car, vois-tu, il nous donne du renseignement de qualité. Rien que nous n'ayons pu vérifier, recouper, et exploiter. Des réseaux entiers, des caches, des planques, des écrans, des comptes bancaires. Des opérations, aussi. Il nous a donné des opérations. C'est la meilleure source qu'on ait jamais eue chez les islamistes. Je ne peux pas croire un instant qu'il soit un agent du Centre.

— Et qui te dit que toutes ces opérations ne sont pas le fait des Russes ?

— Tu déconnes, Théo ! Et quand bien même elles le seraient, pourquoi le Centre nous en ferait-il cadeau ?

— Tu t'aveugles, Harry. Tu réfléchis encore en termes de guerre froide et de monde binaire. Tu crois que l'idéologie explique tout, et tu en oublies la géopolitique. Tu penses peut-être que les nouvelles affinités idéologiques entre la Russie et l'Occident nient les réalités géopolitiques séculaires ?

— C'est possible, reconnut Boone en pensant à Penthésilée. C'est bien possible que je m'aveugle, comme tu dis. Mais comment s'en assurer ? Nous n'avons aucune preuve. Rien que des hypothèses.

— Il faut aller les chercher, les preuves. » Damiano était déjà en campagne. « Il faut continuer à fouiller dans le passé du Charif pour savoir où et quand il a pu être contacté et recruté par le Centre.

— Pourrais-tu vérifier un nom pour moi, Théo ? Tarek Ghazzaoui... Aussi connu sous le nom de Tarek Bizri.

— Il est impliqué dans cette affaire ?

— Je pense qu'il est au courant de tout.

— C'est noté. Mais il me faudra des sous...

— Je n'ai pas de budget. Je suis sur la touche.

— Tu as bien un peu d'argent de côté, Harry. Pour la maison de Dhour Choueïr...

— Maria me tuera si j'y touche.

— Et si tu n'y touches pas, tu ne risques pas de la revoir, ta Maria, ni de revoir Dhour Choueïr, d'ailleurs !

— D'accord, abdiqua Boone en disant adieu à son épargne

logement. J'essaierai de te débrouiller quinze ou vingt mille dollars. »

Après tout, se disait-il, le système Boone valait bien ce sacrifice.

« Je me mets tout de suite au travail, dit Damiano, soudain ragaillardi.

— Tiens... » Boone lui tendit un bout de papier. « Retiens ça. Ce sont les numéros de quatre cabines téléphoniques à Londres. Appelle-moi dès que tu auras quelque chose. Je serai au premier numéro mardi prochain à treize heures, au deuxième numéro le mardi d'après à quatorze heures, au troisième numéro le mardi suivant à quinze heures, et au dernier numéro dans quatre mardis à seize heures. Après cela, retour au premier numéro mardi à treize heures...

— Non. Pas le mardi. Le lundi.

— D'accord. » Boone ne comprenait pas pourquoi Damiano préférait le lundi au mardi, mais il n'était pas d'humeur à chicaner. « Et si des fois j'ai besoin de te contacter, je te téléphonerai au même pub le jeudi à dix-huit heures en donnant comme nom Bertie.

— Non. Pas le jeudi. Le vendredi.

— Entendu », dit Boone qui pensait à présent comprendre pourquoi Damiano changeait ainsi les dispositions qu'il avait prises. L'Abouna voulait apposer son empreinte sur l'entreprise. En décidant lui-même des détails opérationnels, il signifiait à Boone que c'était désormais lui qui menait la danse.

« Je vais te quitter, maintenant, dit le nouveau meneur de jeu. Donne-moi dix minutes d'avance avant de sortir à ton tour. »

Damiano ayant emprunté le grand escalier de marbre

Le système Boone

donnant sur Beaumont Street, Boone attendit quelques minutes devant une *Vierge et sainte Anne* de Michel-Ange, puis il repartit d'où il était venu en suivant le parcours des amoureux.

De retour à l'Oriental Institute il se replongea dans l'ouvrage de Vladimir Barthold, mais ses pensées allaient moins à l'Asie centrale qu'à sa quête insensée. Une quête sanglante, jalonnée de morts. Randa, Chartouni, Hammoud, Grégoire, Nidal Tabet et tous les innocents et moins innocents de la Cité sportive, et le Charif qui continuait de lui échapper. Combien de morts ? se demandait-il. Combien de morts encore pour assouvir son désir tantalesque du Charif ? Et combien de trahisons pour sauver le système Boone ?

36

Les semaines qui suivirent la trahison de l'Ashmolean s'écoulèrent lentement, très lentement, au gré des recherches intermittentes de Boone sur Mangoberti et au rythme de la progression ardue du prince déchu à travers les détroits montagneux de la Transoxiane. Dans sa fuite éperdue, le Khwarezmien faillit même réussir à faire oublier à l'Irlandais le Libanais – mais libanais, l'était-il vraiment ? –, et il y eut des jours où l'on aurait pu croire que Mangoberti finirait par prendre le dessus, sinon sur les Mongols, du moins sur le Charif. C'était compter sans les médias. Les médias étaient vite venus à la rescousse du Charif, se chargeant de le rappeler au bon souvenir de Boone. La saison était apparemment bonne pour les polices européennes, et faste pour les journalistes.

A Londres, Scotland Yard annonçait l'arrestation d'un commando qui projetait, semble-t-il, une nouvelle nuit Guy Fawkes version islamiste. On murmurait même que l'entourage d'un Honorable Membre du Parlement représentant la communauté pakistanaise de Bradford y était impliqué. A Rome, le président du Conseil, qui avait eu des mots malheureux sur l'islam, proclamait fièrement et

Le système Boone

sur un ton vengeur que *ses* services secrets avaient déjoué une tentative de sabotage du grand barrage de Santa Giustina. A Barcelone, les Douanes déclaraient avoir découvert vingt kilos de C4 dans un chargement de halva en provenance de Beyrouth destiné à un commerçant libanais de la ville. A l'aéroport de Roissy, apprenait-on, la police de l'air avait appréhendé un employé d'une société de services au sol, qui, tout en passant son aspirateur dans la carlingue d'un avion de ligne, avait tenté de dissimuler un couteau dans les toilettes à l'attention d'un passager qui aurait su pertinemment le découvrir. Au terminal de Calais, des réfugiés kosovars avaient été arrêtés en possession d'une bombe artisanale qu'ils s'apprêtaient apparemment à faire exploser dans le tunnel sous la Manche. A Moscou, le Président lui-même annonçait à la télévision que la coopération entre les services russes et les services occidentaux avait permis d'éventer un attentat à l'explosif contre l'hôtel Métropole. A Séville, les ministres des Affaires étrangères de l'Union déclaraient que la Russie serait désormais associée à toutes les initiatives européennes pour combattre le terrorisme. Londres, Paris, Rome et Madrid préconisaient une action militaire contre des cibles islamistes au Liban, au Yémen, en Algérie et ailleurs dans le monde arabe. Berlin et Bruxelles, quant à eux, prêchaient encore la modération. L'Europe était divisée.

A Whitehall, imagina Boone, on préparait déjà les promotions, citations, médailles et autres lauriers pour la distribution des prix de fin d'année. Cet été-là, le Club-House fêterait son cinquième anniversaire dans l'allégresse. Certains, à Russell Square, devaient d'ailleurs rêver d'anoblissement et répéter d'ores et déjà devant leur miroir et sous

Le système Boone

les yeux attendris de leurs épouses aimantes la génuflexion qu'ils espéraient faire sans trop tarder devant la Reine. Et tout cela, Boone le savait, c'était au Charif qu'on le devait. Le Charif. Sa source. *Sa* source, que le Royal & Ancien avait eu beau jeu de lui dérober pour en faire un marchepied. Sevré, Boone l'était plus que jamais, et ni Mangoberti le musulman ni son destin de fuyard n'arrivaient à lui faire oublier cet autre musulman, cet autre fuyard.

Semaine après semaine, au jour et à l'heure convenus, Boone était allé attendre le coup de fil de Théo Damiano. Mais Théo n'avait jamais été au rendez-vous. Théo n'était peut-être plus en Angleterre, se disait-il. Théo était peut-être trop pris. Théo n'avait peut-être rien à lui dire. Théo n'avait peut-être rien trouvé qui puisse le consoler de la perte de son épargne logement. Il n'y avait peut-être rien à trouver, se disait-il.

Le deuxième lundi du mois de juillet, peu avant seize heures, Boone fit le chemin à pied jusqu'à Clapham pour attendre l'appel de Théo à la cabine numéro quatre, celle du West Side. Sans trop y croire. Il s'apprêtait à boucler son deuxième tour de circuit et semblait résigné à en entamer un troisième. Arrivé à proximité de la cabine il se dit qu'il avait dû traîner, car il entendit confusément le timbre d'une sonnerie. Il n'était pas le seul, d'ailleurs. Une femme aux cheveux ternes qui promenait son teckel l'avait, elle aussi, entendue, s'était arrêtée, et fixait le téléphone qui l'interpellait ainsi de l'air de quelqu'un qui n'aurait pas encore décidé quelle conduite adopter. Boone mit fin à son dilemme en bondissant sur l'appareil, tout en lui adressant un grand sourire embarrassé. C'est pour moi, semblait lui dire son regard confus, c'est mon épouse, c'est ma petite amie, c'est ma vieille mère, c'est ma carte téléphonique qui est épuisée. La femme n'en demandait pas tant. Son chien l'appelait ailleurs.

Oui, Théo, c'est bien moi, dit-il au combiné dès que le teckel eut entraîné sa maîtresse au loin. Tu allais raccrocher ? Vraiment ? Je suis en retard ? A peine. A peine vingt secondes de retard. Et toi, Théo ? Combien de semaines de retard as-tu ? Combien de semaines, de jours, d'heures, de minutes et de secondes interminables ? Tu as de bonnes nouvelles pour moi ? Oui, tu as de bonnes nouvelles. Je le sens à ta voix. Tu as ta voix d'Abouna. La voix des grands jours. Tu veux qu'on se retrouve, c'est ça ? Retrouvons-nous tout de suite, alors. Non ? Pas tout de suite ? Pourquoi pas tout de suite ? Tu attends quelqu'un, c'est ça ? Quelqu'un qui doit t'apporter quelque chose ? Demain, alors ? Non ? Même pas demain ? Lundi prochain, dis-tu ? Pourquoi si loin ? Enfin, c'est toi qui décides, Théo. Va pour lundi prochain. Observatory Street, dis-tu ? Oui, je connais. Observatory Street à Oxford, n'est-ce pas ? Au numéro 59, dis-tu ? D'accord, Théo, au 59. La porte sera ouverte et je n'aurai qu'à la pousser ? D'accord, je la pousserai. Que j'arrive juste après treize heures, dis-tu ? Pourquoi juste après treize heures, Théo ? Pourquoi pas juste avant treize heures ? Et pourquoi pas treize heures juste ? Mais après tout, pourquoi pas ? C'est toi le patron, n'est-ce pas ? Depuis notre rencontre à l'Ashmolean c'est toi le patron. C'est d'ailleurs moi qui l'ai voulu ainsi. Ce sera donc comme tu le voudras. Lundi prochain, juste après treize heures, au 59, Observatory Street, je pousserai la porte et j'entrerai sans sonner.

37

Le lundi suivant, Boone reprit docilement le onze heures dix-huit de Paddington et, une fois sorti de la gare, il tourna deux fois à gauche pour rejoindre Worcester Street. Il avait décidé d'attaquer Observatory Street par l'Ouest résidentiel plutôt que par l'Est universitaire. Plus discret, lui semblait-il.

Dans la partie la plus sordide de Walton Street, dans ce lieu auquel les promoteurs immobiliers ne s'étaient pas encore sérieusement attaqués et où s'alignaient, comme sur une page dickensienne, de minuscules bâtisses victoriennes décrépites, il fut interpellé par une vieille dame qui devait avoir l'âge de sa maison, et que les années avaient autant malmenée. Enveloppée dans un châle d'une propreté douteuse, elle se tenait sur le pas de sa porte et lui faisait vaguement signe de la main. Comme à un autobus lointain.

« Auriez-vous des allumettes, s'il vous plaît ? lui demanda-t-elle d'une voix cassée.

— Je n'ai pas d'allumettes, mais j'ai un briquet.

— Mon chauffage s'est éteint, et je n'arrive plus à le rallumer. »

Le système Boone

La température avoisinait les vingt degrés. Mais peut-être que pour de vieux os..., se dit Boone.

– Je suis toute seule, lui disaient les vieux os.

Boone hésita. Il ne pouvait tout de même pas ignorer cette pauvre vieille et passer son chemin comme si de rien n'était. De plus, il était en avance sur son rendez-vous de « juste après treize heures », et il aurait bien aimé savoir ce qu'un éventuel suiveur penserait de cette halte impromptue. Il poussa la grille du jardinet.

« C'est vraiment aimable à vous, dit-elle, soudain revigorée. Venez, je vais vous montrer. »

Elle le précéda dans un vestibule étroit dont l'escalier était obstrué de cartons et de sacs de toutes sortes. Boone se dit qu'elle devait être arthritique, et avait abandonné sa chambre à l'étage pour dormir au rez-de-chaussée.

« Là », lui dit-elle avec un autre geste vague de la main.

« Là » consistait en une minuscule pièce avec, pour tout ameublement, un fauteuil usé et une table basse où trônaient, souverains, une peau de banane ratatinée et un gobelet ébréché, témoin archéologique d'une longue succession de sédiments théiers. Le corps du délit, lui, se trouvait contre le mur du fond, face au fauteuil, et à l'endroit où l'on aurait pu s'attendre à voir un poste de télé.

« Vous le voyez ? » s'inquiéta la vieille dame.

Boone se dit qu'elle devait être presque aveugle, et qu'elle se guidait au bruit : le bruit de ses pas sur le trottoir, le bruit de sa voix quand il lui avait répondu, le bruit des charnières mal huilées quand il avait ouvert la grille.

« Je le vois, dit-il en se baissant pour examiner le radiateur.

– Je vis toute seule depuis la mort de mon mari. Il était

manutentionnaire aux Presses universitaires. Monsieur Hopwood... »

Quand Boone eut trouvé le bon bouton, il le tourna à fond, attendit quelques instants, et promena la flamme de son briquet jetable le long du panneau central. Mais rien ne se passa. Il répéta donc la manœuvre, tendant l'oreille et guettant un feulement, mais toujours sans résultat. Il se mit alors à renifler. Discrètement. Toujours rien. La compagnie, privatisée, aurait-elle coupé le gaz ? Pour impayés ? Il en était à se demander quelle attitude adopter, et que dire à cette pauvre vieille, quand son regard tomba sur un fil électrique qui, allant d'une prise dans le mur, menait tout droit à l'appareil. Il n'en revenait pas. Cette vieille folle lui avait demandé du feu pour allumer un radiateur électrique.

« Je suis désolé, marmonna-t-il en se relevant, mais je n'arrive pas à allumer avec mon briquet. Je pense que pour ce genre de radiateur ce sont des allumettes qu'il faudrait. Mon briquet ne fait malheureusement pas l'affaire.

— C'est ce que je pense aussi, renchérit-elle, nullement décontenancée. Merci quand même.

— Il n'y a pas de quoi. Voulez-vous que je referme derrière moi ?

— Non, non ! Laissez la porte ouverte. Je vais attendre qu'un autre monsieur passe par là. »

Boone se demandait depuis combien d'années elle utilisait le même subterfuge pitoyable. Depuis la mort de M. Hopwood, sans doute. Décidément, se disait-il, il n'y avait pas d'âge pour racoler, et tous les moyens étaient bons pour rompre la solitude.

Poursuivant son chemin, Boone souriait en pensant que

si, contre toute attente, quelqu'un l'avait suivi, il devait être bien perplexe, maintenant. Qu'était donc allé faire Boone dans cette bicoque ? Une planque ? Un rancart clandestin ? Et si oui, pourquoi si bref ? Une boîte aux lettres, alors ? Fallait-il continuer à le suivre ? Fallait-il rester là et attendre la sortie du mystérieux personnage qu'il avait pu rencontrer à l'intérieur ? Et qui était cette vieille femme ? Et si elle sortait à son tour ? Fallait-il la filer ? Renverser malencontreusement son panier pour le fouiller ? Boone imaginait son suiveur notant l'adresse de Mme Hopwood, et ses collègues interrogeant ensuite discrètement ses voisins : c'est pour un sondage, c'est pour le téléphone, c'est pour le gaz, c'est pour les pensions de retraite.

Plus au nord, Walton Street offrait un tout autre visage aux passants. Là, dans le quartier de Jericho, les façades étaient gaies et les toitures entretenues. Jadis, des retraités impécunieux, désireux d'arrondir leurs fins de mois, y louaient des chambres à des étudiants. Plus maintenant. A présent les classes moyennes et la plus-value avaient envahi les lieux. Les étudiants aisés ne se contentaient plus de louer à fonds perdus. Ils achetaient. Ils achetaient et ils jouaient aux logeuses avec leurs collègues moins favorisés. Exclu de l'université sous la pression du nouveau gouvernement travailliste, le système des classes se reconstituait extra muros. Et quel meilleur endroit, pour cela, que Jericho ?

Dans Observatory Street, les maisons, fidèles à une vieille tradition britannique d'urbanisme, se ressemblaient mais ne se suivaient pas. La numérotation y était chaotique, et il fallut à Boone une bonne dizaine de minutes pour trouver ce qu'il cherchait : une maisonnette pareille à une centaine d'autres, l'ego de certaines se manifestant tout de même à coups de pinceau criards sur les portes. Celle du numéro 59 était jaune, et Harry Boone la franchit sans sonner comme on le lui avait ordonné.

Dans l'entrée, un portemanteau perroquet poussiéreux arborait une écharpe en laine bariolée et un bonnet rouge en acrylique, vestiges négligés d'un hiver parti sans laisser de regrets. Un peu plus loin, un panneau de liège invitait le visiteur à acheter une bicyclette, à essayer la cuisine libanaise d'un restaurant syrien, à retrouver un chat perdu, à laver les tasses après les avoir utilisées.

« Harry ? Par ici, Harry ! » La voix propriétaire de Théo Damiano lui parvenait à présent de derrière une porte entrouverte qui faisait face au tableau d'affichage.

« Mais entre donc... »

Boone fit comme on le lui avait demandé et découvrit Théo Damiano installé derrière une énorme table, mi-bureau mi-table de lecture.

« Bienvenue au CEL, dit ce dernier, confirmant ainsi son penchant pour les acronymes. Bienvenue au Centre des études libanaises. »

Un fauteuil, un sofa, un kilim, une cheminée, un pan de mur couvert de rayonnages, et sur les autres des gravures tirées d'ouvrages orientalistes. Le tout ressemblait davantage à l'antre de quelque professeur brouillon qu'à un centre d'études et de recherches.

« Assieds-toi, Harry, disait Damiano. Nous ne serons pas dérangés.

— Il n'y a personne, dans ce... dans ce centre ?

— Il y a bien un directeur, mais il est absent. Il est parti pour Londres y vanter les vertus du mécénat aux richissimes expatriés libanais... Je le plains.

Le système Boone

— Tu as pris ton temps.
— Tu t'impatientais, Harry ? Ça n'a pas été de tout repos, tu sais. Le bougre avait bien couvert ses traces.
— Tu as trouvé quelque chose ?
— J'ai trouvé ton Tarek Ghazzaoui. Tarek Ghazzaoui, alias Tarek Bizri.
— Et alors ?
— C'est un larbin de ton Charif. Une sorte d'homme à tout faire. Ce qui est intéressant, c'est que dans son adolescence, du temps où il n'était encore que Tarek Ghazzaoui, il a flirté avec la gauche libanaise.
— Encore un communiste ?
— Communiste, je ne sais pas. Il n'a jamais été au Parti. Mais il a gravité autour.
— Je vois. Mais il n'y a là rien d'étonnant, n'est-ce pas ? Dès les années quatre-vingt beaucoup de gauchistes désenchantés avaient commencé à rejoindre les rangs du mouvement islamiste naissant. Je connais même des chrétiens qui s'étaient convertis à l'islam.
— C'est vrai. N'empêche que plus on fouille, et plus on déterre de communistes et de cryptocommunistes.
— Et à part Ghazzaoui ? Tu as découvert quelque chose ?
— Tu connais cet ouvrage ? » Damiano lui agita un gros livre vert devant les yeux. « C'est le tome trois d'une encyclopédie en cinq volumes des villages libanais. Je me suis amusé à y chercher des références à Mastaba. Sais-tu qu'ils donnent ici les noms de toutes les familles libanaises, village par village, hameau après hameau ? Très intéressant, Harry, vraiment très intéressant. J'ai ainsi appris que les fils de Mastaba avaient une longue tradition d'émigration vers l'Afrique de l'Ouest. Depuis les années cinquante, en fait.

Le système Boone

Et qui est le grand spécialiste de l'émigration libanaise en Afrique ?

— Je donne ma langue au chat, répondit Boone quand il se rendit compte que Damiano attendait vraiment sa réponse.

— C'est ma grande amie le professeur Beasley ! » Théo Damiano appelait son grand ami toute personne avec qui il s'était entretenu plus de trois minutes. « Une femme remarquable ! Elle enseigne à l'université d'Oklahoma, et j'ai eu le plaisir de faire sa connaissance ici même le mois dernier. J'étais plongé dans les familles de Mastaba, et Phyllis — je veux dire le professeur Beasley — les connaît de fond en comble. Elle les connaît comme si elle avait vécu au village. Alors bien sûr je n'ai pas pu résister. "Où sont-ils tous passés ?" lui ai-je demandé. "Ils sont en Côte-d'Ivoire, me répondit-elle, et leur patriarche, là-bas, est un certain Khaled Kotob." Puis elle m'a raconté son histoire. Notre ami Khaled Kotob est arrivé à Abidjan au début des années soixante, et pendant longtemps il a été colporteur. Il allait dans la brousse avec son baluchon. Puis, petit à petit, il est devenu un intermédiaire obligé entre les villes et les campagnes, il a gagné énormément de sous, il a fait ami-ami avec les Blancs, puis avec les Noirs, et c'est aujourd'hui l'un des piliers de l'économie locale. Alors je me suis dit qu'on gagnerait peut-être à lui parler... Avant que les voitures piégées ne commencent à secouer Abidjan.

— Bien vu.

— Je me suis souvenu, continuait Damiano en se berçant du son de sa propre voix, qu'au moment où le monde entier tombait à bras raccourcis sur feu le Président ivoirien à propos de sa basilique, le CODE — en la personne de ton serviteur dévoué – n'avait pas hésité à lui adresser un message de félicitations et d'appui. C'est toujours une bonne politique, Harry. Ces gens-là s'en souviennent, et ce ne sont pas des ingrats. Comme d'aucuns... J'ai donc mis à contribution mes vieux amis ivoiriens, et contact fut pris avec Khaled Kotob. Je lui ai envoyé Joseph. Car Joseph s'est découvert une nouvelle passion, figure-toi. Il prépare un ouvrage sur les émigrés libanais en Côte-d'Ivoire. Joseph avait les recommandations qu'il fallait, il a donné du professeur Beasley par-ci et du Oxford par-là, et monsieur Kotob s'est montré tout à fait charmant. Charmant, et volubile. Joseph a ainsi appris qu'il y a quatorze ans monsieur Kotob avait effectué un voyage triomphal dans son village natal, pour l'inauguration de sa route, de sa mosquée et de son école. C'est en effet lui qui a fait construire, à ses frais, une route pour désenclaver Mastaba. C'est lui aussi qui a financé la construction d'une nouvelle mosquée, et d'une nouvelle école. Monsieur Kotob se souvient d'ailleurs très bien de l'instit – et surtout de sa femme –, comme il se souvient de l'imam et de la famille El-Husseini. Des siècles durant, les Kotob avaient travaillé sur les terres des El-Husseini, et monsieur Kotob était bien entendu ravi d'étaler sa richesse et sa générosité devant ses anciens maîtres et seigneurs.

– Tu as tout ça par écrit ?

– J'ai mieux. » L'Abouna agita une grosse enveloppe brune. « J'ai là un enregistrement de l'entretien accordé à Joseph par monsieur Kotob. Et ce n'est pas tout. » Ouvrant l'enveloppe, il en sortit une série de clichés qu'il fit glisser vers Boone. « J'ai des photos ! Pas de voyage triomphal sans photos, n'est-ce pas ? Jette donc un coup d'œil, Harry.

Le système Boone

Monsieur Kotob foulant le bitume de *sa* route... Monsieur Kotob accueilli par les notables de *son* village... Monsieur Kotob posant devant *son* école... Et devant *sa* mosquée... Monsieur Kotob avec *son* instituteur et la famille de ce dernier.. Monsieur Kotob avec *son* imam et les rejetons de ce dernier – la femme et les filles de l'imam ne sont nulle part sur les photos, bien sûr. Khaled Kotob a bien entendu remis tous les négatifs à Joseph pour son livre. Pour la postérité ! »

Examinant les clichés, Boone s'attarda sur l'un en particulier. Deux adultes, l'un glabre et rayonnant dans son costume de ville, l'autre portant la barbe taillée court et arborant la coiffe à turban blanc des descendants du Prophète, étaient entourés de cinq garçons dont l'âge variait entre huit et seize ans. Le Charif devait avoir treize ans, à l'époque. Boone élimina donc d'emblée l'aîné et le plus jeune des cinq enfants, et se concentra sur les trois autres. Le Charif devait être parmi ces trois-là, se dit-il en s'efforçant de retrouver l'homme qu'il connaissait sous les traits de ces adolescents timides au sourire figé par l'objectif. Celui-là, se dit-il finalement. Celui qui est tout au bout. C'est lui, le Charif. Peut-être à cause du regard lointain. Peut-être aussi parce qu'il se tenait un peu à l'écart. Excentré. Atypique.

« Et là, Harry ! » Damiano s'était levé et lui montrait du doigt un autre cliché. « Juliette... Randa... Randa avec son père, sa mère, ses deux frères, et Khaled Kotob. Regarde un peu Kotob, Harry ! Fier comme un coq de poser à côté de Mme Bsat ! Beau brin de femme, hein ? »

La femme de l'instituteur était effectivement belle. Très belle. Elle ressemblait d'ailleurs étrangement à sa fille.

C'était comme si Randa était morte deux fois. Et les deux fois de mort violente.

« Ton Joseph a fait du bon boulot... » Boone posa les clichés sur la table. « Cette enquête sur les émigrés libanais d'Afrique était une idée très judicieuse.

– Et ce n'est pas fini ! » Damiano se rassit. « En fait, ça ne fait que commencer. Car, vois-tu, à présent on va reprendre nos recherches au Liban. Joseph a une lettre d'introduction de Khaled Kotob qui lui a aussi donné les noms des natifs de Mastaba qui profitent encore de ses largesses. Un homme très généreux, ce Khaled Kotob.

– Tu vas donc pouvoir poser des questions.

– Et comment ! Des questions on ne peut plus légitimes. Et avec la bénédiction de Khaled Kotob. Son seul nom devrait suffire à ouvrir bien des portes et délier bien des langues. » Il alla remettre le tome trois de l'encyclopédie sur son étagère. « Nous finirons par découvrir ce qui se cache derrière tout ça, Harry, et nous rentrerons au Liban sans craindre de nous faire abattre... Mais je vais avoir besoin d'argent. Tu n'imagines pas ce que cette affaire m'a déjà coûté.

– Je peux le deviner. »

Boone avait pris son air le plus compatissant.

« Crois-moi, le billet d'avion de Joseph à lui seul...

– Je sais, l'interrompit Boone qui soupçonnait Damiano de s'être fait offrir le billet de Joseph par des barbouzes ivoiriennes reconnaissantes.

– Une vraie petite fortune, Harry.

– Je peux prendre les négatifs ?

– Prends-les, prends-les. Mais pense un peu à l'argent.

– Je vais voir ce que je peux faire. »

Le système Boone

Boone ne cherchait même pas à cacher son agacement.

« Et prends soin des négatifs, lui dit Damiano en l'accompagnant jusqu'à la porte. Prends-en bien soin, s'il te plaît. Après tout, si nous faisons chou blanc, je pourrais peut-être me refaire avec un livre à la gloire de monsieur Kotob. »

Boone ne réagit pas tout de suite. Plus tard, cependant, alors qu'il descendait Woodstock Road pour se rendre à la Bodleian y poursuivre des recherches pour le compte de Maria, il se demanda si Théo Damiano n'avait pas déjà encaissé de Khaled Kotob une petite avance sur publication.

En cette période de vacances, Oxford avait pris un sacré coup de vieux. Comme chaque été, quand la ville universitaire échangeait momentanément ses hôtes triennaux contre d'autres saisonniers, la moyenne d'âge des habitants – comme le chiffre d'affaires des commerçants – montait en flèche, et les cycles cédaient la place à des conteneurs multiroues qui déversaient dans les rues leurs flots de touristes qui se répandaient ensuite dans l'auguste cité en configurations nationales : étalements américains, queues britanniques, formations germaniques, agrégats asiatiques, processions romaines.

Dans Broad Street, la vue des visiteurs affluant vers la Bodleian lui fit changer d'avis et il décida d'aller directement à la gare, mais, une fois qu'il eut tourné dans Turl Street, il tomba sur un bataillon teuton qui avançait lentement mais résolument en direction d'Exeter College, et il se retrouva malgré lui en train de jouer à la vivandière. Arrivé à hauteur du collège, l'unité militaire entreprit de modifier son déploiement en vue d'une attaque frontale sur le portique, et l'Irlandais profita d'une brèche dans le dispositif germanique, et d'un moment de flottement peu caractéristique de la race, pour filer à l'anglaise et rejoindre High Street.

Au centre, dans Carfax une marée américaine, les yeux rivés sur l'horloge, attendait les jaquemarts et le carillon de quinze heures pour se retirer.

« *Fortis est veritas*, entendit-il quelqu'un dire en montrant du doigt la devise de la ville qui ornait la tour médiévale.

– On est loin de l'hôtel ? » demanda quelqu'un d'autre.

L'homme avait un fort accent sudiste. Portant machinalement la main à la poche, Boone palpa l'enveloppe de Théo. Cet accent venait à l'instant de lui donner une idée. Il alla donc jusqu'au téléphone public au pied de la tour et composa un numéro.

« Allô ? dit à l'autre bout du fil une voix féminine harassée.

– Sarah ? C'est Harry.

– Harry ! Non ! Pas maintenant, Pam, pas maintenant ! Arrête, veux-tu ! Excuse-moi, Harry... D'où appelles-tu ?

– De Londres, mentit Boone, en priant fort que les carillons d'Oxford ne se mettent pas à sonner.

– Tu es en Angleterre ? Attends un peu, Harry... Pamela ! J'ai dit pas maintenant ! Prends ton frère et va dans le jardin. Harry... Pourquoi n'appelles-tu jamais, vilain garçon ? »

Vilain garçon ! Elle n'avait pas changé. Toujours cette tendance à infantiliser. Toujours ce même ton maternel. Deux fois mère, déjà, et pas encore repue.

« Les enfants vont bien ? Pam et...

– Jack, Harry, Jack... Pamela et Jack vont très bien, comme tu peux l'entendre. C'est *moi* qui ne vais plus bien. Ils m'épuisent.

Le système Boone

– Et Lew ?
– Lew aussi va bien.
– Pourrais-tu me passer son numéro au bureau ? J'aurais voulu lui parler.
– Ce n'est donc pas pour prendre de mes nouvelles qu'on appelle. C'est à mon époux qu'on veut parler.
– Sarah... »
Malgré son ton contrit, Boone était soulagé de se voir ainsi rabaissé au rang de pronom indéfini.
« Enfin... Lew n'est pas à son bureau, aujourd'hui. Il est ici. Tu l'attrapes entre deux avions. Je te le passe...
– Merci, Sarah.
– Tu me rappelleras, n'est-ce pas ? Tu rappelleras pour prendre de *mes* nouvelles.
– Promis », mentit Boone en se demandant pourquoi les Anglaises s'évertuaient toujours à traiter leurs ex-maris comme des amis d'enfance.
« Pamela ! criait à présent l'ex-Mme Boone. Arrête de taquiner ton petit frère. Et allez dans le jardin. Excuse-moi, Harry, je te passe Lew. »
Boone souffla. Pamela et son petit frère martyr aidant, l'entretien avait été plus bref et moins pénible qu'il ne l'avait craint.
« Harry ?
– Lew...
– Comment vas-tu ? Quel bon vent t'amène ?
– J'aurais besoin de tes lumières d'informaticien.
– Bien sûr. De quoi s'agit-il ?
– Il s'agit d'enfants disparus, Lew. »

38

« Alors, ce pudding à la rhubarbe ?
— Délicieux, Lew. Tout comme le rôti de porc. Comment diable déniches-tu ces endroits ?
— Secret d'Américain. Pour ce qui est de la bonne cuisine traditionnelle, tu peux toujours faire confiance à un Américain. »

Dix ans de vie londonienne n'avaient en rien affecté l'accent de Lew Gates. Boone le soupçonnait de le cultiver dans le seul but de rassurer ses patrons qui, pour être multinationaux, n'en étaient pas pour autant cosmopolites.

« Quand les gros bonnets du siège nous font l'honneur d'une visite, c'est dans ce genre d'endroit qu'ils aiment manger : ambiance feutrée, rideaux fleuris, mobilier en chêne et personnel obséquieux. »

Il fit signe à un serveur.

La même chevalière blasonnée, remarqua Boone, assortie aux mêmes boutons de manchette. Seule la Rolex changeait, gagnant régulièrement en poids avec les années.

« Allons prendre le café au bar », dit Gates en voyant son invité sortir un petit cigare défraîchi.

A table, ils s'étaient contentés d'échanger des civilités,

Le système Boone

comme il sied à deux messieurs bien élevés qui ont un moment partagé la même femme. Comme à son habitude Lew Gates s'était montré particulièrement aimable envers Boone car, au fond de lui, il avait le sentiment de lui avoir volé Sarah. Quant à Harry Boone, il avait comme toujours redoublé de politesse envers Lew Gates parce que, au fond, il lui était plutôt reconnaissant de la lui avoir enlevée.

En quittant la salle du restaurant, Gates alla au vestiaire d'où il retira une sacoche malmenée qui rappela à Harry Boone celle du pauvre docteur Chartouni. Au bar, et une fois qu'on leur eut servi le café, Gates se cala dans son fauteuil et croisa les jambes, offrant à Boone la vision fugace de ses mocassins Ivy League cousus main.

« J'ai travaillé sur tes clichés, Harry.

— C'est vraiment très gentil de ta part. J'apprécie.

— Inutile de me remercier. C'était amusant. Tu connais le système, n'est-ce pas ?

— Vaguement. J'avais lu un article dans la presse. Il s'agissait d'enfants disparus qu'on tentait de retrouver dix ou vingt ans après. On faisait vieillir leur photo, en quelque sorte. L'article mentionnait votre société.

« C'est effectivement nous qui avons développé le logiciel. Néanmoins, l'idée de vieillir un portrait n'est pas nouvelle. La photographie composite existe depuis la fin du XIXe siècle. Un cousin de Darwin, l'eugéniste Francis Galton, s'y était essayé dès 1877. Mais c'était un traitement mécanique des traits, par simples recoupements et superpositions de différents clichés. Ce que nous proposons actuellement est totalement différent. Ça t'intéresserait de savoir comment on procède ?

— Beaucoup, mentit Boone.

Le système Boone

— Eh bien, le visage humain est formé d'une structure et d'un canevas. La structure est constituée des os et du cartilage, et elle se stabilise dans les quinze ou vingt premières années de la vie. Le canevas, quant à lui, est composé des muscles, des tissus organiques et de la peau. Et ce canevas bouge et s'altère avec le temps. Pour vieillir un portrait, il suffit d'une caméra, d'un ordinateur et du logiciel adéquat. La caméra convertit l'image en données numériques, l'ordinateur emmagasine et retranscrit ces données, et le logiciel manipule ensuite le tout. On intègre les paramètres de base comme la structure osseuse, le canevas, l'environnement, le régime nutritif. Dis-moi si je te barbe...

— Pas du tout, mentit à nouveau Boone.

— On soumet ensuite ces paramètres à l'ordinateur qui permute toutes les combinaisons possibles et donne le résultat final... Bien sûr, quand nous disposons de la photo d'un adulte dont la structure est similaire à celle de l'enfant, notre tâche devient autrement plus aisée puisque nous disposons alors d'un référent. C'est le cas pour tes deux clichés : sur l'un nous avons le père et la mère de la petite fille, et sur l'autre le père des cinq garçons. Bien entendu, le système a ses limites. Les impondérables, les facteurs extrinsèques que nous ignorons et qui auront pu contribuer à modifier la physionomie de l'enfant : maladies graves, fractures, cicatrices, dentition amochée, malnutrition, etc.

— Et ça marche, votre logiciel Michelangelo ? Ça se vend bien ?

— Le logiciel *Leonardo*... Et oui, pour répondre à ta question, Leonardo se vend très bien. A la police, à l'ONU,

Le système Boone

aux ONG... Et toi ? Tu hantes toujours les mêmes alcôves secrètes ? »

Autant pour la discrétion, se dit Boone. Sarah Gates annonçait à qui voulait l'entendre que son ex-mari était espion avec autant de candeur que s'il avait été au Foreign Office ou à la BBC.

« Ces clichés... J'imagine que c'est pour ton travail, Harry. Je te dis ça parce que je t'avoue que les chérubins que tu m'as confiés n'ont plus leurs frimousses d'enfants de chœur. C'est mignon quand c'est tout petit, mais... » Il se pencha vers Boone. « Où diable es-tu allé les chercher ? Et qui diable a envie de retrouver ces enfants-là ?

– Je peux voir ces clichés ?

– Bien sûr... » Gates les sortit de sa sacoche. « Ah ! La fille... Celle-là, par contre, j'aimerais bien la retrouver : une vraie beauté. Sur la photo que tu m'avais confiée, elle devait avoir une dizaine d'années, n'est-ce pas ? Eh bien, voilà ce que cela donne quinze ans après. »

Boone saisit fébrilement le portrait que Gates lui tendait. La texture en était quelque peu étrange et le grain trop uniforme, mais c'était bien un portrait de Randa. Une Randa aux cheveux longs, certes, une Randa au visage un peu trop plein peut-être – réflexe d'informaticien américain bien nourri –, mais c'était elle.

« Je te félicite, Lew. Ton Leonardo fait des merveilles. J'ai vu cette femme il n'y a pas longtemps, et je peux t'assurer que ce portrait est très ressemblant.

– Tu l'as vue ? Tu la connais ? Petit veinard ! Dis-moi, est-elle vraiment...

– Je peux voir les autres ? »

Le système Boone

Boone était agacé. Lew Gates pensait peut-être partager Randa avec lui comme il avait jadis partagé Sarah.

« Oui, oui, bien sûr, balbutia Gates. Tiens... Voici les deux photos de groupe que tu m'avais remises, et voici ce que j'en ai tiré... Il y a là huit portraits en tout.

— Huit ? Pourquoi autant ?

— Tu m'en avais demandé six : les cinq garçons sur la première photo, et la fille sur l'autre. Mais comme il y avait deux autres garçons sur la même photo que la fille, je me suis dit autant les faire tous. Tous les enfants, je veux dire... Il ne fallait peut-être pas ? »

Boone ne l'écoutait plus. Il venait de tomber sur un portrait du Charif. Glabre, et sans les cicatrices qui couvraient à présent le côté droit de son visage. Leonardo ne pouvait pas savoir.

« Dis-moi... J'avais parié avec moi-même que cet homme-là était le troisième des cinq frères : le petit garçon de douze ou treize ans qu'on voit tout à fait à droite sur la photo de groupe. Est-ce que Leonardo m'a donné raison ?

— Montre voir, dit Gates en prenant les photos que Boone lui tendait. Quel numéro de référence lui a-t-on donné, à celui-là ? G ? Voyons un peu... G, G, G... Ah ! non, tu t'es trompé, Harry.

— Le garçon qui est à ses côtés, alors... »

Boone était déçu.

« Mmm... Non, ce n'est pas non plus ce petit-là ! dit Gates d'un ton d'animateur de télé. Tu as encore droit à *une* réponse.

— Ce ne peut donc être que le cadet... Franchement, ça m'étonne.

– Et tu as raison. De t'étonner, je veux dire. Car, là, tu n'es même plus tiède, Harry. Tu es carrément froid.

– L'aîné est pourtant trop âgé, et le benjamin trop jeune !

– C'est vrai. En réalité, ton ami – appelons-le monsieur G – ne se trouve pas sur ce cliché. »

Nom de Dieu !

« Il n'y est pas », répétait Gates.

Mais bien sûr ! Randa n'était pas sa maîtresse ! Elle n'était pas plus son premier amour !

« Ton monsieur G se trouve en fait sur l'*autre* cliché. »

Ils sont frère et sœur ! Randa était sa sœur. C'est pour cela qu'il la protégeait. C'est pour cela qu'il l'avait installée dans cet appartement rue d'Australie.

« Tiens... Regarde... »

C'est pour cela que le boiteux veillait sur elle. C'est pour cela qu'il était venu jusqu'à Chypre. Pour m'empêcher de découvrir le pot-aux-roses !

« Il est là... A côté de la fille. »

Je ne suis pas une femme entretenue. C'est ce qu'elle essayait de me dire. Et moi, j'ai pris cela pour de la pudeur mal placée.

« Tu t'es gouré, Harry... »

Bien sûr que je me suis gouré. Et je ne suis pas le seul, d'ailleurs. L'Appareil lui aussi s'est gouré.

« Les sujets A, B, C, D et E sont les cinq garçons du premier cliché... »

L'Appareil connaissait l'existence de Randa, mais l'Appareil fermait les yeux. L'Appareil croyait bien faire en tolérant l'incartade et les excès libidinaux de son Charif chéri.

Le système Boone

« Quant aux sujets F, G et H, eh bien, ce sont la fille et les deux garçons sur l'autre cliché. »

Voilà pourquoi il effaçait ses traces à coups de voitures et de colis piégés. Mais il a négligé l'Afrique. Il a compté sans l'Afrique. Sans Khaled Kotob. Sans l'Abouna. Et sans la basilique qui avait permis à l'Abouna de se faire des amis haut placés en Côte-d'Ivoire.

« Tu ne m'avais pas demandé de te faire les sujets G et H, mais je les ai faits à tout hasard. »

Et sans le hasard. Le Charif a compté sans le hasard qui a voulu que Lew Gates fasse du zèle.

« Un petit cadeau, en quelque sorte. Avec les compliments de Leonardo. »

Merci pour le cadeau, Lew. Et un grand merci à Leonardo, aussi. Le système Leonardo venait, *in extremis*, de repêcher le système Boone. Harry Boone sentait déjà sur sa peau l'air moite de Beyrouth, et sur ses lèvres le goût épicé de Maria.

39

« Ainsi, notre Charif n'est pas tant un noble El-Husseini qu'un simple Bsat ! disait Briggs.
– Un communiste. Un jeune militant communiste, fils de cadre communiste, infiltré par Moscou chez les islamistes.
– Ainsi, notre Charif n'est pas plus un descendant du Prophète qu'Alec Rose ne l'est de la reine Bodicée ! »

L'exil de Harry Boone à Wandsworth, au sud de la Tamise, ayant pris fin grâce à Leonardo, Archie Briggs le recevait officiellement, fièrement même, autour d'un verre, dans son bureau de Russell Square. Ce jour-là, il faisait plus que le recevoir, d'ailleurs : il le parrainait, et il l'adoptait.

« Mais pourquoi, Archie ? C'est ça que je ne comprends pas ! Pourquoi Moscou a-t-il monté cette opération ? Pourquoi s'être servi d'un agent à eux pour nous refiler ces renseignements sur les terroristes islamistes et sur leurs bailleurs de fonds du Golfe ?

– Pourquoi ? » Briggs était occupé à verser du whisky d'une carafe dans deux verres tulipe. « Je vais te dire pourquoi. Moscou a maille à partir avec ses voisins musulmans du Sud, voilà pourquoi. Moscou aimerait en découdre une fois pour toutes avec ses Ossètes, Tatars, Bachkirs, Dagues-

Le système Boone

tanais et autres Tchétchènes, voilà pourquoi. » Il ajouta un peu d'eau au whisky. « Moscou voudrait qu'on lui laisse les coudées franches, et toute latitude, pour napalmer et fragmenter à satiété toutes ces populations réfractaires. Seulement voilà, jusqu'au 11 septembre l'Europe ne l'entendait pas du tout de cette oreille. Droits de l'Homme, droit à l'autodétermination et respect des particularismes, c'était ça la philosophie du jour, n'est-ce pas ? D'où la Slovénie, bien sûr, et la Croatie, et la Bosnie, et le Kosovo, et la Macédoine. Et j'en passe. Moscou a appris la leçon des Balkans. Moscou n'est pas Belgrade, et la Russie se languit déjà du Caucase et de l'Asie centrale d'où l'implosion de l'Union soviétique l'a chassée.

— D'où l'idée de nous envoyer le Charif entre les pattes, j'imagine... » Boone huma l'arôme iodé du whisky, que l'eau aidait à éclore. « D'où l'idée de le laisser nous intoxiquer... » Il avala la moitié de son verre d'un trait. Un goût fumé et fortement tourbé le saisit à la gorge. Ile d'Islay, se dit-il. Sans doute du Lagavulin.

« Nous intoxiquer ? dit Briggs, un œil sur la quantité considérable de liquide intoxiquant que Boone venait juste d'ingurgiter. Pas vraiment nous intoxiquer. Non, je ne crois pas. Moscou n'a pas fait tout cela juste pour nous intoxiquer, comme tu dis, mais pour nous éclairer. Oui, nous éclairer.

— Nous éclairer ? Changer notre perception de l'islam et des musulmans ?

— Exactement ! Après toute la publicité que nous avons donnée à nos récents succès contre les islamistes, il ne se trouvera pas beaucoup d'Européens pour protester quand les Russes se mettront à casser du musulman sans faire dans

le détail. Pas plus que l'Europe ne poussera de grands cris quand la Russie étendra finalement son influence sur une bonne partie de l'Asie centrale musulmane.
— Moscou relève son seuil d'impunité.
— Les droits de l'homme, le droit à l'autodétermination, le respect des particularismes, tout ça c'est du passé, maintenant. Et tu imagines bien qu'après les arrestations en Europe, les procès, les saisies de comptes bancaires, les mises sous contrôle de sociétés gérées par des princes arabes et des hommes d'affaires musulmans, les mises à l'index d'associations caritatives financées par des cheikhs du Golfe, ce sont aussi les relations de l'Europe avec ses voisins arabo-musulmans qui en prennent un coup. Et pour un bout de temps.
— Pour ne rien dire de nos relations avec nos propres communautés islamiques : Londres, Bradford, Paris, Marseille, Francfort, Berlin...
— Un vrai casse-tête ! Tu sais combien de musulmans il y a déjà en Europe ? combien d'Européens musulmans ? Et je ne te parle pas des Bosniaques et des Albanais, Harry, mais des Britanniques d'origine asiatique, des Français d'origine nord-africaine et des Allemands d'origine turque ou kurde... Les Etats-Unis, eux, n'ont pas ce problème. Contrairement à l'Europe ils peuvent autant se passer des musulmans que de leur pétrole.
— Alors que l'Europe, avec sa population vieillissante, dépend de la main-d'œuvre musulmane, tout comme elle dépend du gaz et du pétrole musulmans.
— Pour ne rien dire de notre industrie nationale d'armement qui dépend des marchés arabes, et de notre système bancaire qui vit des fonds qui y sont déposés par les Arabes.

— C'était vraiment un cadeau empoisonné, et nous avons donné dans le panneau tête baissée.

— Tu remarqueras que Loukine ne s'est pas contenté de nous asséner ses renseignements comme ça, en vrac ! Pas du tout ! Tout avait été bien fignolé, et longtemps à l'avance. Chaque information que nous recevions du Charif découlait en quelque sorte de la précédente, et préparait la suivante. Loukine a commencé par nous mettre en appétit avec ses renseignements sur l'attentat contre le Palais de Justice à Paris, puis il nous a sevrés. Il nous a si bien affamés que nous nous sommes littéralement jetés sur son Charif. Ensuite, une fois le Charif chez nous, il nous a détournés des Américains, mais il nous a aussitôt donné les Européens en échange. Il nous a permis d'accrocher les Français et, une fois l'Entente cordiale lancée, il a semé le doute dans nos esprits sur les agissements des Allemands et des Belges. Puis, tout en nous alertant contre ces derniers, il s'est efforcé de nous gagner de nouveaux alliés sur le Continent en nous donnant des renseignements qui intéressaient les Italiens et les Espagnols.

— Le vrai coup de maître, ce fut de nous faire croire que nous lui donnions des renseignements alors qu'il en était lui-même à l'origine !

— Un vrai coup de maître, comme tu dis. Parce qu'entre celui qui donne et celui qui reçoit, c'est surtout celui qui donne qui s'attache à celui à qui il donne. C'est toujours valorisant de donner, et en donnant du renseignement aux Russes nous nous sommes sentis valorisés. Nous nous sommes attachés à ceux qui, en acceptant nos largesses, nous confortaient dans l'image que nous avions de nous-mêmes. Entre celui qui donne et celui qui reçoit, c'est celui qui donne qui fait le pas, qui vient vers l'autre, et la Russie voulait que nous venions vers elle. Et maintenant, c'est fait.

— Quand je pense que Loukine a poussé le culot jusqu'à inviter Guy à Moscou pour le remercier de vive voix pour les renseignements qu'il lui fournissait. Des renseignements qui provenaient de l'un de ses propres agents.

— Un morceau d'anthologie ! » Réprimant un sourire à l'idée du mauvais tour que Loukine avait joué à Fennell, Briggs regarda autour de lui, scrutant les lieux et leur ameublement de l'œil critique de celui qui ne s'en contente déjà plus. L'œil de celui qui sait — le malheur des uns faisant le bonheur des autres — qu'il en occupera bientôt d'autres, plus spacieux et plus imposants. « Un vrai morceau d'anthologie qu'il faudrait mettre au programme du Practice, reprit-il une fois son examen terminé. Loukine a totalement conquis Guy avec ça. Frustré par Van Dusen, Guy est allé se jeter dans ses bras, et Loukine l'a mené à la baguette.

— Il a donné à Guy tout le crédit de l'affaire.

— Ça me rappelle ce secrétaire d'État américain qui disait à propos de Washington : "C'est fou tout ce qu'on peut faire dans cette ville, si tant est qu'on accepte d'en laisser le crédit à quelqu'un d'autre !" C'est ce que notre ami Loukine a fait avec Guy. Un vrai maître-espion. Guy n'avait aucune chance contre lui.

— Et les Américains ? Tu penses qu'ils étaient au courant ? Tu crois qu'ils savaient que le Charif était traité par Moscou ?

— En tout cas, dit Briggs prudemment, ça expliquerait le peu d'enthousiasme affiché à son égard par Van Dusen. J'ignore ce que ce dernier a pu entendre à Langley, mais c'était apparemment assez pour le refroidir.

Le système Boone

— Et le Charif ne nous a jamais rien donné sur les attentats commis contre les Américains.

— Il ne le fallait surtout pas, chuchota Briggs, comme si même son bureau n'était pas à l'abri des grandes oreilles de Washington. Surtout pas... Tu l'imagines un peu déballant tout ce qu'il sait sur les attentats anti-américains ? Il nous aurait vite échappé, Harry. Le Charif aurait été un trop gros morceau pour nous. Trop gros même pour Van Dusen et ses potes. Un de ces innombrables comités dont Washington a le secret lui aurait aussitôt mis le grappin dessus... Tu imagines un peu Langley en train de mentir au Congrès ? Ou Langley annonçant à ces messieurs du Capitole que le Charif est très certainement un agent russe ? Que Moscou a mis sur pied une opération de toute beauté pour foutre le bordel en Europe et envenimer nos relations avec l'islam ?

— Ou, pire encore, que Moscou avait un agent en place, et que les Russes se taisaient toutes ces années et ont laissé les terroristes islamistes cibler à leur gré les Occidentaux, dont les Américains. Que les Russes étaient peut-être au courant, et bien à l'avance, des attentats du 11 septembre.

— Et qu'ils n'ont rien dit. Qu'ils ont laissé faire.

— Qu'ils ont laissé faire pour obliger les Américains à déclarer la guerre à l'islam. » Boone se rappelait cette remarque du Charif qui avait tant choqué Julian Le Pelley : *Dans notre métier, il vaut toujours mieux guérir que prévenir !*

« Il ne fallait surtout pas qu'il nous donne quoi que ce soit sur les Américains. Moscou devait à tout prix éviter d'en arriver là. Et le meilleur moyen était encore de faire en sorte que le Charif ne nous donne *rien* – mais absolu-

Le système Boone

ment *rien* – qui puisse intéresser les Américains et attirer sur lui l'attention du Congrès.

– Mais si les Américains s'en doutaient, s'ils soupçonnaient que le Charif était un communiste et un agent russe, pourquoi ne nous ont-ils rien dit ? Ils auraient pu en toucher un mot à Fennell. L'avertir. Nous sommes alliés, non ?

– Alliés ? ricana Briggs en jetant un œil furtif autour de lui. Tu veux rire ! Qu'est-ce qu'un allié quand il n'y a plus d'ennemi ? L'Union soviétique est morte et enterrée, et avec elle la relation spéciale anglo-américaine dont nos maîtres continuent pourtant de se gargariser.

– Tu veux dire que les Américains *savaient* ? Qu'ils sont complices des Russes ?

– Ça ne m'étonnerait nullement. Le monde bipolaire a vécu, et le monde circulaire prend la relève. Le centre de la planète se déplace à présent vers la périphérie : vers Washington, vers Moscou, et demain vers Pékin. La périphérie devient centrale, et le vieux centre se retrouve marginalisé. Le vieux centre, c'est-à-dire nous, Harry : nous et nos voisins et néanmoins ennemis musulmans.

– Les Russes et les Américains seraient donc tombés d'accord pour lobotomiser l'islam en agitant le spectre du terrorisme ?

– Tout comme ils ont jadis lobotomisé l'Europe en agitant le spectre de la bombe atomique.

– L'Europe et la Méditerranée ne seraient plus qu'un enjeu ? Un maelström ? Un champ de bataille ?

– Et pourquoi pas ? professa Briggs, plus retors que jamais. Rien n'y passe plus, désormais. Que des mouvements désordonnés de populations incontrôlables. Les principaux flux d'énergie et de matières premières contournent déjà l'Europe depuis belle lurette, et lui échappent : au nord vers la Russie, à l'est vers la Chine, au sud vers l'océan Indien, et à l'ouest vers l'Atlantique.

— Le Vieux Monde n'est donc plus qu'un terrain de jeu, soupira Boone.

— Pas de n'importe quel jeu, le consola Briggs. Du *Grand Jeu* ! De ce Grand Jeu auquel nous avons nous-mêmes jadis joué avec les Russes. En terre d'islam, rappelle-toi... en Afghanistan. A présent ce sont les Américains qui y jouent avec les Russes, et le Kipling de demain sera américain.

— Et quand l'islam aura finalement été mis au pas, ils redeviendront des rivaux. Mais nous n'en sommes pas encore là, n'est-ce pas ?

— Nous n'en sommes pas encore là. Pour l'instant, les Russes et les Américains sont dans le même camp.

— Et nous nous sommes bêtement fourvoyés dans une affaire de famille.

— Une affaire de famille, comme tu dis. Après tout, la moitié des terroristes que nous combattons aujourd'hui ont été formés et armés par les Américains pour croiser le fer avec l'autre moitié que Moscou entraînait et équipait... C'est une simple affaire de famille, comme tu dis si bien. Ou, pour être plus précis, une affaire d'héritage. Avec, à la clé, la réglementation de l'extraction et le contrôle de l'écoulement du pétrole des pays musulmans : d'un côté Moscou casse les prix en augmentant unilatéralement sa production, de l'autre Washington contrôle les routes des oléoducs et les points de sortie de la Caspienne et du Golfe.

— Qui a fermé les portes de la mer ?

— Qui a fermé quoi ?

— Non... Rien... Je citais le Livre de Job.

Le système Boone

– J'oubliais ton éducation religieuse. Mais oui, tu as raison, les Américains ont fermé les portes de la mer.

– Les humbles hériteront peut-être de la terre, dit Boone, toujours à ses références religieuses, mais les puissants se réserveront les richesses du sous-sol.

– L'histoire se répète. Et comme le disait si bien Karl Marx, le mentor de notre ami le Charif, la première fois c'est une tragédie, et la deuxième fois c'est une farce. »

Et les dindons de la farce, se dit Boone en vidant son verre, c'est nous.

40

L'autoroute reliant Londres au sud-ouest s'effilochait après Southampton. Boone aurait alors dû emprunter des nationales qui traversaient le Wiltshire, le Somerset et le Devon avant d'arriver jusqu'en Cornouailles. Mais il avait envie de rouler, de rouler vite, et en cette saison estivale les nationales méridionales étaient investies par les vacanciers. Délaissant donc la M3 et son delta de confluents secondaires, il se mêla aux routiers sur la M4 et poussa jusqu'à Bristol d'où il rejoignit la M5 en direction d'Exeter. Il conduisait vite en prévision du goulot qui l'attendait plus à l'ouest. Il conduisait d'ailleurs trop vite au goût de Briggs, assis à ses côtés, à la place du mort. Mais Briggs ne protestait pas. Pas plus qu'il n'avait protesté quand Boone avait allumé un de ses petits cigares nauséabonds. La dernière réunion du Royal & Ancien avait en effet conféré à Harry Boone une certaine immunité, et Archie Briggs n'était pas homme à gâcher le triomphe de ses subordonnés. En tout cas, pas avant l'heure.

A Exeter, la route se rétrécit brutalement et, au grand soulagement de Briggs, Boone finit par lever le pied. Prenant son mal en patience, ce dernier rétrograda en troisième, fin prêt pour un dépassement, et prit sagement sa place dans la file des voitures qui roulaient (façon de parler) vers la mer. Sur le plateau de Dartmoor, ils furent considérablement retardés par un convoi de Néerlandais qui se sentaient apparemment chez eux sur ce plat pays, et qui cherchaient probablement des yeux le fameux pénitencier victorien. Boone sema finalement les Bataves à la sortie de Lifton mais, sur Bodmin Moor, il tomba aussitôt sur d'autres touristes, aussi placides que les précédents, et qui faisaient sans doute le pèlerinage à la Jamaica Inn de Daphné du Maurier, à moins que ce n'ait été l'épée d'Excalibur qu'ils quêtaient.

Après Truro la républicaine, la circulation devint extrêmement dense. A croire que tous les automobilistes de la péninsule s'étaient donné le mot ce jour-là pour les escorter. Boone roulait au pas, à présent, et Briggs ne s'en plaignait pas. Mais le répit de ce dernier fut de courte durée car l'escorte motorisée finit par les laisser choir à l'entrée de Helston. Apparemment, ce n'étaient ni Mullion Cove ni son hôte illustre qui attiraient ainsi les vacanciers, mais la petite ville saxonne et ses flambards.

Laissant ces âmes nostalgiques à leurs plaisirs sains, Boone reprit possession du bitume enfin libéré et suivit à vive allure des routes sinueuses de plus en plus étroites, de plus en plus opaques à force d'être ombragées, qui les menèrent jusqu'à la demeure que Guy Fennell avait réquisitionnée pour y installer son Charif adoré. Boone suivit ces petites routes perdues jusqu'au bout, sans hésiter, sans ralentir une seule fois pour consulter un panneau. Il les suivit comme s'il l'avait toujours fait, comme s'il eut été aimanté, comme un bourreau itinérant suivrait sans hésiter le couloir de la mort d'une prison déjà vue où il n'aurait pourtant jamais mis les pieds. Une exécution, se disait-il. Oui, c'était à une exécution qu'il se rendait. Non, pas une exécution : une vivisection. Il aurait d'ailleurs préféré être seul pour s'y préparer. Il se serait bien passé de la présence de Briggs. Briggs le médecin légiste. Mais Briggs s'était montré incontournable. Briggs avait couru au secours de la victoire et rattrapé le train en route. Briggs était déterminé à ce que le triomphe de Boone soit surtout le sien.

Les abords de la maison baignaient dans une atmosphère de fin de règne. Des camionnettes anodines et des voitures banalisées, suspectes à force d'anonymat, y embarquaient techniciens et appareillages sophistiqués. Fennell débranchait. Fennell abdiquait. Fennell retirait ses billes.

Catlow et Le Pelley – deux billes que Fennell avait encore omis de retirer – vinrent à leur rencontre, et Catlow poussa l'obséquiosité jusqu'à ouvrir la portière à Briggs. Ce dernier prit silencieusement note de l'hommage et sortit du véhicule avec la dignité du régent qu'il était devenu. La passation des pouvoirs était enclenchée.

A la porte, Briggs ne put s'empêcher de s'arrêter pour admirer une belle plante aux fleurs en trompette qui grimpait allégrement le long de la façade : *bignonia grandiflora*. Il appréciait particulièrement le contraste des fleurs orangées sur la pierre grise. Que de fois n'avait-il pas vu ces fleurs splendides totalement écrasées par la brique rouge contre laquelle on les obligeait à éclore. Délaissant finalement son plaisir de jardinier, il condescendit à suivre le poussah déchu et son acolyte bouffardu à l'intérieur où Simon Blaker les attendait. Boone fermait la marche.

Le Boy faisait grise mine. Il les salua d'une voix inaudible et resta debout près de la cheminée, aussi superflu qu'elle en cette belle journée d'été. Sur un signe de Briggs dûment relayé par Catlow, il les quitta ensuite et revint quelques instants plus tard en compagnie du Charif.

L'ancienne star du Club-House avait laissé pousser sa barbe. Sans doute, se disait Boone, pour conférer une autorité tout islamique à l'enseignement qu'il dispensait. Son regard embrassa vite la salle, nota les visages graves, glissa sur Archie Briggs assis dans le fauteuil de Fennell, et finit par s'arrêter sur Boone.

« Harry ! Mon ami ! Quelle bonne surprise ! »

En dépit de ce qu'il annonçait, il ne devait pas être surpris de voir Boone là. Depuis la veille, il devait sentir que quelque chose avait changé. Tout ce matériel qu'on remballait. Et Guy qui avait disparu. Et Simon qui l'évitait. Et ses anges gardiens qui se faisaient de plus en plus collants, échangeant la laisse longue des derniers mois contre une laisse courte. Et tous ces silences. Ces silences propres aux gens à qui l'on aurait soudain retiré le pouvoir de décider. Le Charif n'était certainement pas dupe. Il devait savoir que tout cela annonçait de nouveaux venus, une nouvelle autorité. Et elle n'avait pas tardé à se manifester, cette nouvelle autorité. Elle était désormais là, investie dans son vieil ami Harry, et dans ce petit homme rondouillard qui avait fait avec eux le voyage depuis Chypre, et qui squattait à présent le fauteuil de Guy. Un homme qui avait le visage de monsieur tout-le-monde, et qui n'avait même pas un nom à lui.

Ignorant Briggs, il traversa la pièce à grandes enjambées et s'approcha de Boone, main tendue. Ce dernier n'avait que quelques secondes pour se décider. Devait-il prendre ses distances et lui donner le temps d'élaborer sa stratégie de défense et préparer sa parade et ses mensonges ? Ou devait-il feindre, lui sourire dans son désarroi, l'étreindre même, en lui donnant des tapes affectueuses et bien orientales dans le dos afin d'endormir sa méfiance ? Il se dit qu'il avait assez d'atouts dans sa manche pour ne pas être contraint à jouer ce jeu-là. Il tendit donc une main passive qui exprimait davantage que la répugnance connue des Britanniques pour tout contact physique.

« Je pensais ne plus jamais te revoir... » Le Charif lui secouait la main énergiquement. « Je demandais constamment des nouvelles de toi à mon ami Simon. N'est-ce pas, Simon ? »

Mon ami Simon ! Ainsi, le Charif avait vite trouvé le maillon faible dans le dispositif de Fennell : Simon Blaker, le Boy, l'arabisant. Et il en avait fait un allié contre les autres. *Toi et moi, nous sommes pareils, Simon. Toi et moi, nous avons lu le Coran. Toi et moi, nous ne sommes pas comme eux, Simon.*

« N'est-ce pas, Simon ? insistait le Charif, sans lâcher la main de Boone. N'est-ce pas que je te demandais des nouvelles de Harry ? »

Simon Blaker ne répondait pas. Le Boy avait brusquement décidé qu'il ne serait pas là. Boone se dit qu'il devait se languir de ses livres, et regretter cette incursion désastreuse dans le monde des vivants.

Le Charif, lui, fixait toujours Boone. *Où diable étais-tu passé ?* semblaient lui dire ses yeux à la fois rieurs et inquisiteurs. *Es-tu allé, comme je l'espérais, rejoindre le lit de ta maîtresse et renouer avec ton* dolce farniente, *ou alors jouais-tu à la fouine tout ce temps-là ?*

« On déménage ? demanda-t-il finalement, une fois qu'il eut désespéré de ranimer la main de Boone.

Le système Boone

— On déménage, répondit ce dernier en reprenant possession de ses doigts. Mais d'abord j'aimerais m'entretenir avec toi.

— Bien ! ordonna Briggs en se levant. Tout le monde dehors ! On les laisse seuls ! »

Et il sortit de la pièce en poussant les autres devant lui. Un berger parquant ses moutons.

« J'ai quelque chose pour toi. » Prenant place dans le canapé – dans *leur* canapé –, Boone sortit ostensiblement une enveloppe de sa poche. Le Charif vint s'asseoir à côté de lui. Boone se rappela qu'ils s'étaient toujours assis côte à côte, jamais face à face.

« Tiens... » Il sortit une photo de l'enveloppe. « Jette un œil sur ça... »

Le Charif se pencha légèrement vers lui en prenant l'air appliqué de la source qu'on va incessamment mettre à contribution. Peut-être pensait-il que Boone lui montrerait la photo d'un quelconque dignitaire islamiste. La prenant, il l'examina, fronça les sourcils, l'examina à nouveau, haussa les sourcils, et finit par esquisser un sourire. *Ainsi, tu n'étais pas du tout en vacances*, avait-il l'air de dire.

« C'est une photo de mon village que tu as là !

— Tu reconnais quelqu'un ?

— Bien sûr ! » Il alluma une cigarette. « Ça c'est mon père, que Dieu ait pitié de son âme, et à côté de lui, si je ne me trompe pas, c'est un millionnaire d'Afrique qui était revenu visiter le village... Cette photo date d'une quinzaine d'années au moins. Où donc l'as-tu trouvée ?

— Et là ? dit Boone en lui tendant un autre cliché. Je parie que c'est toi, là, tout à fait à droite.

— Attends un peu... » Le Charif fronça à nouveau les

sourcils. Il s'était sensiblement rapproché de Boone, et leurs épaules se touchaient. « A droite, dis-tu ? Non, ce n'est pas moi. C'est mon frère Ahmad.

— Tu es sur cette photo ?

— Bien sûr que j'y suis, répondit-il sans l'ombre d'une hésitation, sans ciller. Je suis là, à côté de mon père. »

Ainsi, tu continues à mentir, se dit Boone. Tu ne sais peut-être pas que je sais.

Laissant tomber la photo sur ses genoux, le Charif tira sur sa cigarette et expira la fumée bruyamment en regardant à travers la porte-fenêtre.

« Ils sont tous morts... morts dans un attentat à la voiture piégée.

— Je sais.

— Tu as d'autres photos ? »

Tu aimerais bien savoir quelles autres photos j'ai pu trouver, n'est-ce pas ? Tu aimerais bien que je te dise quels indices j'ai pu rassembler.

« Tiens... Tu reconnais quelqu'un sur celle-ci ? »

La main du Charif ne trembla pas quand il saisit la photo, et il reprit son air appliqué. *Curieux ?* semblait-il dire. *Tu penses que je suis curieux ? Bien sûr, je suis curieux. Nostalgique, en fait. Qui ne le serait pas ?*

« Bien sûr que je reconnais ! » Il avait pris un ton enjoué. « C'est notre instituteur ! L'instituteur, sa famille, et ce même émigré d'Afrique... Son nom m'échappe... Il avait donné de l'argent pour construire une nouvelle école au village.

— Et les gosses ? Tu les reconnais ?

— Là c'est l'aîné, Rafic, dit-il sans broncher. Là c'est la fille – Randa, je crois –, et là c'est le plus jeune dont j'

Le système Boone

oublié le nom. Je me souviens bien de Rafic parce qu'on était dans la même classe.

— Eux aussi sont morts ?

— Oui, le même jour que toute ma famille... Le même attentat... Tous, sauf la fille. Elle a survécu.

— Tiens, regarde ça. »

Boone sortit un portrait en noir et blanc.

« On dirait que c'est moi. Mais c'est une photo récente. Une photo retouchée. Comme si je n'avais jamais été blessé.

— C'est bien une photo de toi. Pour être plus précis, c'est une projection que l'ordinateur a réalisée à partir d'une photo de toi adolescent.

— Ah oui ? Un ordinateur ?

— Un nouveau logiciel, dont on se sert pour retrouver, des années plus tard, des enfants disparus en bas âge.

— Ah oui ?

— Tu veux voir à quoi ton frère Ahmad aurait ressemblé aujourd'hui s'il avait survécu ? » Boone lui tendit d'autres portraits en noir et blanc. « Et ton frère Mohammad ? Et ton frère Abdallah ? Et ton frère Abdelmajid ? Ils ne te ressemblent pas tant que ça, tes frères, tu ne trouves pas ? Ton père non plus, d'ailleurs, quand on y pense. Mais peut-être tiens-tu de ta mère ?

— C'est possible », mentit le Charif.

Il n'avait certainement jamais entendu parler de ce logiciel. Boone bluffait, devait-il se dire Il se doutait de quelque chose, mais il n'avait aucune preuve. Ces portraits n'étaient peut-être que de simples portraits-robots.

« Et voilà Randa... Randa Bsat telle que vue par l'ordinateur à partir de la photo que nous avons d'elle quand elle avait dix ans. »

Prenant la photo, le Charif la fixa d'un regard neutre, comme s'il s'était agi de la photo d'une parfaite inconnue. Il ne désarmait pas. Il voulait se battre jusqu'au bout. Mais Boone en avait marre de ce jeu-là. Il décida d'abattre ses cartes et de lui donner le coup de grâce.

« C'était une belle femme, lança-t-il.

— Oui, c'est vrai qu'elle est belle.

— *Etait.*

— Pourquoi était ? Elle n'est pas morte, à ma connaissance. Elle a survécu à l'attentat de Mastaba.

— Elle a en effet survécu à l'explosion de la camionnette piégée de Mastaba, mais malheureusement pas à toute cette histoire.

— Que veux-tu dire par là ?

— Je veux dire qu'elle est morte. » Boone le regarda droit dans les yeux. « C'est fini... Tout est fini... Randa est morte... »

Le Charif soutint son regard, et il dut savoir, intuitivement, qu'il ne mentait pas. Ainsi, Randa était morte. Rangeant méthodiquement les photos, il les rendit à leur propriétaire. Elles ne l'intéressaient apparemment plus. Plus rien ne semblait l'intéresser, d'ailleurs. Ecrasant sa cigarette, il en prit immédiatement une autre et Boone l'imita en allumant un autre de ses petits cigares hollandais. Ils fumèrent longtemps en silence tous les deux, Boone regardant le Charif et ce dernier regardant sa cigarette se consumer tel un sablier. Il fumait intensément, généreusement, comme on fumerait sa première cigarette de la journée, ou peut-être sa toute dernière. Dopée par les agents de texture, la cigarette galopait et, quand la fumée se mit à danser autour de ses doigts, il l'éteignit délicatement dans le cendrier argenté que Simon Blaker lui avait offert, fixa Boone, et lui sourit tristement. Sa décision semblait prise.

« Quand ça ? Quand est-elle morte ?
— Il y a près de quatre mois.
— Quatre mois ? Tant que ça ? Pourquoi ne m'en a-t-on rien dit ? Pourquoi me l'avoir caché ?
— Ils n'ont pas voulu.
— Comment est-elle morte ?
— Une fusillade. Elle a été prise dans un échange de coups de feu.
— A Beyrouth ?
— A Chypre.
— Tu y étais ?
— J'y étais.
— Qui d'autre y était ? Quelqu'un que je connais ?
— Tarek Ghazzaoui. Celui que tu appelles Tarek Bizri. Lui aussi y était. »

Le Charif se tut. Il ne voulait même pas savoir qui avait tiré sur qui, ce jour-là. Il n'en était plus là.

« C'était un accident, dit Boone.
— Pourquoi me l'avoir caché ?
— Ils avaient peur de perdre leur source. Ils croyaient en toi.
— Ils croyaient en moi ! Et toi ? Tu croyais en moi, toi ?
— Au début.
— Au début... Quand as-tu commencé à te douter de quelque chose ?
— Quand je me suis rendu compte que tu nous avais menti à propos de l'explosion qui avait détruit ton véhicule.

J'aurais pu admettre que tu aies voulu prendre tes précautions en piégeant ta propre voiture au cas où on aurait lésiné sur les explosifs. Ça, j'aurais pu le comprendre. Mais je ne comprenais pas pourquoi tu nous l'avais caché, alors que tu n'avais pas hésité à nous dire que tu avais piégé la mallette pour faire taire Hammoud et Chartouni... Pourquoi nous avoir caché que tu avais piégé ta propre voiture ? Et puis j'ai compris. La mallette, tu pouvais à la rigueur la piéger seul : tu as été à bonne école. Mais, pour la voiture, il te fallait l'aide de quelqu'un : trois ou quatre cents kilos d'explosifs dans la voiture d'une "personnalité" comme toi, ça ne se fait pas en un tour de main, et ça ne se fait pas discrètement. Pour le faire, tu avais besoin d'un complice... Tarek...

— Il s'appelle bien Tarek, mais tu as raison, son nom de famille n'est pas Bizri mais Ghazzaoui.

— Tu as donc menti au détecteur de mensonges sur son nom, tout en disant la vérité sur son prénom. Tu as ainsi pu cacher ton mensonge.

— Bien vu.

— Si tu nous avais dit qu'il s'appelait Ghazzaoui, on aurait pu, en fouillant un peu, découvrir qu'il n'était islamiste que de fraîche date, et qu'avant cela il avait été gauchiste.

— C'est vrai.

— Et c'est bien pour nous cacher Tarek que tu as passé sous silence ton méfait de la Cité sportive. Parce que qui dit complice dit secret éventé. Qui dit complice dit conspiration. Et ça, il te fallait à tout prix l'éviter.

— Tu as raison... » Le Charif semblait regretter cette erreur. « Mais je n'avais pas le choix. Je devais avoir un gage de vous en vous mouillant dans une opération où il y aurait mort d'homme, et je devais surtout m'assurer que vos "scrupules" d'Occidentaux et de pseudo-démocrates ne vous feraient pas faire des économies injustifiées sur les explosifs.

— Parce qu'un attentat manqué aurait bouleversé tous tes plans.

— Un attentat manqué — un attentat qui n'aurait pas pulvérisé ma voiture — aurait effectivement attiré l'attention sur moi, et ma marge de manœuvre en aurait été réduite. Cela m'aurait empêché de disparaître un peu plus tard.

— D'un autre côté, tu ne pouvais pas nous avouer que tu avais un complice, ni nous dire qui il était.

— C'était un risque à prendre, et nous l'avons pris.

— Comme tu dis.

— Et maintenant tu sais... Comment ?

— J'ai trouvé une photo. Une photo de toi et de Randa en famille. Le logiciel a fait le reste.

— Où l'as-tu trouvée, cette photo ?

— En Afrique.

— En Afrique ? Il est vrai que l'Angleterre est une puissance coloniale ! »

Une puissance œcuménique, plutôt, se dit Boone avec une pensée pour l'Abouna.

« Où en Afrique ?

— Chez cet émigré millionnaire.

— Chez un millionnaire ! Quelle ironie ! Comme tu vois, la lutte des classes continue ! Comment s'appelait-il, déjà ?

— Kotob.

— Oui, c'est ça, Kotob... Khaled Kotob. Ça me revient à présent. Que sais-tu au juste ?

— Je sais que tu n'es pas Ali El-Husseini. Je sais que tu es le frère de Randa. Son frère aîné.

— Alors tu sais tout. » Se levant, il fit quelques pas vers la porte-fenêtre, puis il s'en éloigna à nouveau, comme s'il avait craint que Boone n'interprétât mal son intérêt soudain pour cette porte de sortie. « Mon nom est Rafic, finit-il par dire en regardant au-dehors. C'est drôle... C'est la première fois depuis plus de dix ans que j'ose prononcer ce nom. Même Randa ne m'appelait plus comme ça. Mon jeune frère, lui, s'appelait Raja. Rafic, Randa et Raja. Mon père aimait les structures. Lui-même s'appelait Rabih. C'était un homme rationnel, mon père. Il ne laissait rien au hasard. » Il revint s'asseoir à côté de Boone. « Tout a commencé ce fameux vendredi de juin, il y a dix ans. Tout a commencé avec la voiture piégée de Mastaba. C'est Tarek qui a eu l'idée de la substitution. Il travaillait alors comme infirmier à l'hôpital de Nabatiyé. »

D'où l'incendie qui a ravagé les archives, se dit Boone.

« Je ne le savais pas encore à l'époque, mais Tarek était déjà mon traitant. Il l'est toujours, d'ailleurs.

— Ton traitant ? Ainsi, c'est bien le Centre qui est derrière toute cette affaire !

— Moscou, les Russes, les Soviétiques... Le Centre, si tu préfères. » Il alluma une autre cigarette. « Ce jour-là, on m'avait transporté à l'hôpital où Tarek est venu me voir. Je souffrais atrocement. J'avais très peur. Je pensais que j'allais mourir. Tarek m'a appris que ma sœur Randa était saine et sauve, mais que Raja, mon père et ma mère avaient été tués. Et puis il ma dit que le Charif Hassan El-Husseini avait aussi péri, ainsi que tous les membres de sa famille. Je ne comprenais pas pourquoi il me parlait du Charif et de sa famille. Il m'a dit que leurs corps étaient méconnaissables. Qu'on ne les avait transportés à l'hôpital que pour les besoins des statistiques. Qu'on devait les inhumer avant la tombée de la nuit, comme le veut la tradition. Pour Tarek c'était une occasion en or : tous ces cadavres déchiquetés et calcinés qu'on enterrait à la hâte, toutes ces identités subitement désincarnées et qui n'attendaient plus qu'un autre corps, un autre visage... C'est alors que je compris pourquoi il me parlait du Charif et de son fils. Il voulait que je prenne la place d'Ali El-Husseini. Ali avait mon âge, ma taille, et son corps avait été pulvérisé par l'explosion. » Il passa la main sur son visage. « Et moi, j'étais défiguré, méconnaissable. L'occasion était trop belle. Alors, quand l'un des médecins daigna finalement s'occuper de moi et me demanda qui j'étais, Tarek lui répondit immédiatement que je m'appelais Ali El-Husseini. Que j'étais le fils du Charif Hassan. Le médecin nota tout cela dans son carnet et, à la morgue, le corps d'Ali El-Husseini reçut mon identité. Le tour était joué. J'étais désormais le Charif Ali El-Husseini, fils d'imam et descendant du Prophète. Effacé le flirt avec le Parti, effacé le père communiste. J'avais acquis une généalogie et un pedigree, et Tarek avait enfin sa source chez les islamistes. Légende parfaite : même âge, même gabarit, même vie au village, même adolescence. Du sur mesure.

— Mais pourquoi t'envoyer ici ? Après avoir pris tant de peine à te construire une légende, à te protéger, à t'infiltrer chez les islamistes, à t'aider à gravir tous les échelons de l'Appareil... pourquoi ?

— L'Appareil est fini ! » Il écrasa sa cigarette. « L'Appareil est lâché par les princes arabes, ses bailleurs de fonds.

L'Appareil est sur le point d'être trahi par les divers services secrets qui l'encadraient jusqu'ici, trop heureux à présent de se dédouaner aux yeux des Américains en leur livrant leurs coreligionnaires. Le Centre a donc décidé de vendre les actions qu'il détenait dans l'Appareil – avant la baisse –, et d'investir ailleurs. Ou, si tu préfères, Moscou vend ses dinars et ses riyals pour acheter des euros.

– Pourquoi chez nous ? Pourquoi pas en France ?

– Parce que le Centre avait besoin d'un canal crédible, voilà pourquoi ! Et quoi de plus crédible que le canal anglais ? Après tout, l'Angleterre est connue pour sa tiédeur à l'égard de l'Union européenne. Alors, quand Londres se met à distiller des informations particulièrement percutantes sur le terrorisme islamiste en France, en Espagne, en Italie, personne ne trouve à y redire. Au contraire, on voit cela comme un signe encourageant que l'Angleterre met son atlantisme de côté et joue le jeu européen. Et quand, un peu plus tard, cette même Angleterre qualifie les Allemands et les Belges de mauvais Européens et les accuse de passer des accords secrets avec les islamistes, elle a déjà ses alliés sur le Continent : Paris, Madrid, Rome. »

Il s'emballait, à présent. Il semblait déterminé à donner à Boone la preuve de sa supériorité. Et il y réussissait. *Vous avez peut-être des logiciels sophistiqués qui font vieillir des photos d'enfants,* semblait-il vouloir dire, *mais pour ce qui est des montages et des manipulations, nous avons toujours une longueur d'avance sur vous. Votre système économique a peut-être prévalu,* semblait-il vouloir dire, *mais côté renseignement, vous avez encore beaucoup à apprendre.*

« Aiguillonnés par les renseignements que le Centre leur fournit, les Anglais ne se tiennent plus de joie et se décou-

Le système Boone

vrent soudain européens. Plus encore, titillés par le crédit que ces mêmes renseignements leur donnent à Moscou, ils se prennent à rêver d'être les parrains de l'entrée de la Russie dans l'Union. Sans le savoir, ils font le jeu du Centre en cassant l'Europe en deux, en intégrant la Russie au système européen de sécurité, et en faisant monter la tension entre l'Europe et ses voisins arabes et musulmans.

— Car l'islam a un autre voisin que l'Europe, n'est-ce pas ?

— Justement ! » Il se délectait, de toute évidence, à démonter devant son « vainqueur » tous les mécanismes de l'opération. « L'islam a un autre voisin, comme tu dis. La Russie ! La Russie qui a besoin d'un peu de temps encore pour se reprendre en main. La Russie qui a besoin d'un petit répit. Que l'Europe se lance donc à la conquête de sa moitié ruinée si ça lui chante. La Russie est tout à fait disposée à lui laisser les mains libres dans ses anciennes colonies européennes, ingérables pour l'instant. Mais l'Orient, Boone ! C'est en Orient, dans le Caucase et en Asie centrale, que la Russie veut rebâtir ses forces. »

D'où Loukine, se dit Boone. D'où l'arrivée de ce spécialiste de l'islam à la tête du Centre.

« Et pour ce faire, la Russie a besoin que l'Europe lui donne un blanc-seing pour écraser les foyers de rébellion islamiques dans la Grande Russie, et pour ramener les anciennes républiques musulmanes dans son giron.

— Pourquoi as-tu accepté ? Après tout, le communisme, c'est fini ! Tout a changé !

— C'est vrai, le Mur est tombé et avec lui le communisme. Tout a changé, comme tu dis. Mais seulement pour vous. Pour nous, au Moyen-Orient, c'est pire qu'avant. Tu as vu ce que la religion a fait du Liban ? Dix-huit communautés religieuses s'entre-déchirant dix-huit années durant ? Tu vois ce que la religion fait en Israël ? Des fanatiques juifs nés à New York qui alimentent des illuminés musulmans nés dans des camps ? Tu as vu ce que la religion a fait dans les Balkans ? Et en Afghanistan ? Tu vois ce que font les beaux moudjahidin romantiques que vous aviez armés contre les communistes ?

— Les Russes ne valent pas mieux. Ils utilisent la religion comme les autres. Leurs popes consacrent leurs bombes au napalm et bénissent leurs mafieux. Pourquoi t'es-tu prêté à leur petit jeu ?

— Un jeu est un jeu. Et quand on a commencé, il faut aller jusqu'au bout.

— Les règles du jeu ont changé, nom de Dieu !

— Tu crois ça ? Les noms ont changé, c'est tout ! Union soviétique, Russie, quelle différence ? La géographie reste la même. Et la nature humaine aussi. Je suis toujours le même. Je n'ai pas changé, moi. Randa non plus n'avait pas changé. Elle était restée la même. Détrompe-toi : rien n'a vraiment changé. Rien n'a changé, et bientôt, très bientôt, ce Mur que vous avez si gaiement abattu, c'est vous qui l'érigerez à nouveau. Pour empêcher le quart monde de venir brouter votre herbe. Pour protéger votre mode de vie minable. Pour préserver votre confort petit-bourgeois. »

Habitué à des sources parcimonieuses qu'il lui fallait secouer dans l'espoir de quelque maigre fruit, Boone était subjugué par tant de prodigalité. Est-ce là, se disait-il, l'instant que tout espion attend ? Est-ce là ce à quoi il tend réellement ? La confession ? La délivrance ? Il avait à l'esprit une phrase qu'il avait entendue quand il avait rejoint les services secrets. Une source, c'est comme une bouteille de ketchup : on secoue et on tape sans arrêt et rien n'en sort, et soudain, au moment où l'on s'y attend le moins, tout sort d'un coup.

« Tu as fait de l'excellent travail, lui disait à présent le Charif, d'un ton si humble qu'il frisait l'arrogance, et je m'incline bien bas devant toi. Mais dis-moi une chose : à quoi cela vous servira-t-il de savoir que le Centre vous a bernés ? »

A rien, se dit Boone. Il a raison. Cela ne servira absolument à rien. Nous sommes des Wellington. Wellington a eu beau défaire Napoléon, il n'a pas pour autant réussi à défaire ce que Napoléon avait fait. Un flic, voilà ce que Wellington était. Un bon flic peut-être, mais un simple flic. Et nous ? Nous aussi nous sommes des flics. Pas des officiers de renseignements. Des flics. Des flics habiles, certes, mais constamment à la traîne. Des flics sans visibilité. Et à qui avons-nous affaire, là ? A un espion ? Non, pas à un simple espion. Le Charif était bien plus qu'un espion. Un étrange mélange de vieux systématisme bolchevique et de jeune ferveur islamiste. Un croisement entre la sape soviétique et la soif orientale de martyre. Le matérialisme scientifique sanctifié. Etait-ce là l'avenir du monde ? Boone en avait des sueurs froides.

« Je suis peut-être ton prisonnier, Harry Boone, mais le perdant ce n'est pas moi, c'est toi. »

Boone ne le savait que trop bien. Il avait eu beau démasquer le Charif, l'opération de Moscou se poursuivrait sans lui. Prises aux pièges mais néanmoins complices, ses victimes se chargeraient elles-mêmes de la mener à terme. Fennell, Devereux et Walker assuraient désormais le relais. Un œil sur Whitehall, l'autre sur leur retraite.

41

« Alors, satisfait de ton entrevue avec le "Charif" ? »

Briggs et Boone accompagnaient le soleil dans sa descente le long de la falaise vert-de-gris. Ils marchaient lentement, au rythme de l'astre couchant. Un rythme funèbre, se disait Boone. Un rythme dicté par un Briggs aussi solennel que jubilant dans son costume de ville, un Briggs aussi sincère qu'un croque-mort à un enterrement de luxe.

« Ce que je ne comprends pas, disait Boone, c'est qu'ils n'aient pas anticipé la piste africaine.

— Tu oublies que nous n'avons pas affaire à un Illégal. Pas au sens strict du terme, en tout cas. Cette affaire n'a pas été planifiée par les Russes. C'est une opération impromptue suscitée par l'explosion de la voiture piégée de Mastaba. De l'opportunisme pur, avec toutes les vertus — mais aussi toutes les faiblesses — de la spontanéité. L'initiative est venue de Tarek Ghazzaoui, pas de Moscou. Loukine a simplement hérité de l'opération, et il s'est contenté de la gérer. Gestion impeccable, je dois dire.

— Gestion impeccable, comme tu dis. Mais je connaîtrai bientôt tous les tenants et aboutissants de cette affaire, et je saurai aussi pour les Américains.

Le système Boone

– Oh, que non !
– Comment ?
– Non, tu n'en sauras rien. Et tu n'en sauras rien parce que nous ne voulons *pas* savoir ! Tu penses bien qu'après un tel fiasco le Royal & Ancien ne prendra pas le risque de mettre en péril les quelques relations privilégiées que nous entretenons encore avec Washington. Walker et le Royal & Ancien voudraient oublier toute cette histoire. Le Charif – nous continuerons à l'appeler ainsi, ne serait-ce que pour sauver les apparences –, le Charif, donc, ne nous donnera *rien* sur les attentats contre les Américains. Il ne nous donnera rien parce que tu ne lui demanderas rien ! Compris ? »

Harry Boone avait compris. Ainsi, c'était en acceptant de jouer au liquidateur judiciaire raisonnable que Briggs prenait du galon. Mentalement, Boone l'ajouta à sa liste des relais qui feraient de l'opération de Moscou un franc succès : Walker, Devereux, Fennell, et maintenant Briggs.

« Après tout, disait ce dernier, nous tenons là une grande victoire, n'est-ce pas ? Tous ces réseaux islamistes, ces agents, ces caches d'armes et d'explosifs, ces attentats déjoués, ces financiers épinglés, c'est du réel, du concret, du solide, n'est-ce pas ? Qu'il nous ait donné cela sur ordre de Moscou ne change pas grand-chose à l'affaire. Quoi qu'on en dise, en termes de renseignement pur cette opération est un succès : un Birdie. Mieux qu'un Birdie, même : un Eagle.

– Un Eagle ? Et pourquoi pas un Albatros tant que tu y es ?

– Côté politique, il est vrai, c'est un véritable désastre. Un Airshot. Mais la politique ce n'est pas vraiment notre affaire, n'est-ce pas ? Notre affaire à nous c'est le renseignement.

– Alors rien ne changera ?

– Chez nous ? Au Club-House ? Non, rien ne changera. Pas dans l'immédiat, en tout cas. Bien sûr, Guy y a déjà laissé quelques plumes... »

Ils venaient d'arriver en vue de Poldhu Point, là où s'élève le monument érigé en souvenir de la première transmission télégraphique transatlantique. Le Monument Marconi, symbole de cette relation si spéciale unissant les deux peuples anglo-saxons pourtant séparés par une langue commune, de ces mains qui se tendent pour se toucher par-delà l'océan, de la jeune Rome prenant le relais d'une Grèce vaillante mais à bout de souffle. Quel meilleur endroit que celui-ci, se disait Boone, pour admettre que le grand cousin américain avait une fois de plus berné le parent pauvre anglais.

« Finalement Guy aura très mal calculé son coup, disait à présent Briggs, soulagé d'avoir atteint sans encombre la plage sablonneuse. Il n'est d'ailleurs plus dans les bonnes grâces de nos maîtres. Oh ! rien de tangible pour l'instant, mais il y a tout de même des signes qui ne trompent pas. Sais-tu qu'il y a quelques jours Walker s'est adressé à lui en l'appelant Fennel... Pas *Fennell*, mais *Fennel* ! Fennel avec un seul l... Musicalement, ce n'est pas tout à fait la même chose, n'est-ce pas ? »

La musique avait effectivement changé, se disait Boone pensivement, Platon à l'esprit, et quand la musique change les murs de la Cité tremblent. La musique avait changé, mais les amis américains de Fennell avaient omis de l'en informer. Les murs de la Cité avaient donc tremblé, et Fennell avait fini par en tomber.

« *Fennel,* ce n'est jamais que du *fennel* : du fenouil... Autant dire que Walker revoyait Guy avec ses chaussures vernies.

— Et le Charif ? demanda Boone que le sort du Libanais intéressait davantage que celui de Guy Fennell.

— Le Charif ? Eh bien, il ne sert plus à grand-chose, maintenant, n'est-ce pas ? Après tout ce qui s'est passé, on peut difficilement l'envoyer en tournée chez les services amis. Bien entendu, on ne peut pas non plus le renvoyer à Beyrouth ou l'expédier ailleurs au Moyen-Orient, avec toutes nos excuses messieurs les Arabes, Moscou nous a roulés dans la farine, mais oublions tout cela si vous le voulez bien et repartons du bon pied. Et on ne peut pas plus le garder ici indéfiniment. Tôt ou tard l'envie pourrait lui prendre de parler. De parler à la presse, par exemple. Nous serions dans de beaux draps.

— Donc ?

— Officiellement, le Charif est déjà mort, n'est-ce pas ? Officiellement, ça fait plus de six mois qu'il est mort. Je t'avoue que d'aucuns au Club-House et au gouvernement sont d'avis que son état physiologique devrait maintenant se confondre avec son état civil. Ils sont tentés de faire comme les médecins, qui enterrent leurs bourdes par six pieds sous terre.

— Vous voulez l'éliminer ?

— Ça ne dépend que de toi, Harry.

— De moi ?

— Il y a bien une autre solution... Tu m'arranges un petit debriefing vite fait bien fait, en faisant attention d'éviter tout ce qui a trait aux Américains, et une fois que tu en auras terminé, on le mettra au frais.

— En prison, tu veux dire ?

— On ne peut quand même pas le lâcher dans la nature. On le mettra donc au frais le temps que son public l'oublie, et plus tard on le renverra discrètement chez ses amis à Moscou. On le renverra à Loukine.

— Qui aura autant intérêt que vous à se taire.

— Comme je te le disais à l'instant, tout ça dépend de toi. Tu ne fais pas de vagues, et en échange je m'efforcerai de calmer les instincts sanguinaires de Walker et de Devereux. Tu pourras ensuite rentrer à Beyrouth. On est d'accord ?

— D'accord », finit par dire Boone, et mentalement il s'ajouta à la liste des relais qui feraient de l'opération de Moscou un franc succès : Walker, Devereux, Fennell, Briggs, et maintenant lui.

Tant pis, se dit-il juste après en donnant un coup de pied dans le sable. Il devait bien cela au Charif. Ou était-ce à Randa qu'il le devait ? Ou peut-être à Maria ? En tout cas, il le devait à Harry Boone.

Le système Boone venait de faire une victime de choix : Harry Boone lui-même.

REMERCIEMENTS

Vladimir Barthold ; François Bourgeon ; Rupert Brooke ; Catherine Casley ; Winston Churchill ; Bruno Delamotte ; Gilles Deleuze ; J. Gerson ; Giovanni Guareschi ; Félix Guattari ; les frères Houzel ; Marc Iacono ; Veronica Kemp ; Rudyard Kipling ; Heinrich von Kleist ; Chibli Mallat ; Karl Marx ; André Miquel ; Dominique Mongin ; Georges Nasr ; Yassine Omari ; Vincent Pelletier ; Platon ; Lolita Romanov ; Vita Sackville-West ; Vladimir Sergueïev ; William Shakespeare ; Georges Simenon ; Margaret Sironval ; Perla Srour.

DU MÊME AUTEUR

Aux Éditions Albin Michel

MUSC, roman, prix Guerlain 2000.

MOORE LE MAURE, roman, 2001.

La composition de cet ouvrage
a été réalisée par I.G.S. Charente Photogravure,
à l'Isle-d'Espagnac.
L'impression et le brochage ont été effectués
sur presse Cameron dans les ateliers
de **Bussière Camedan Imprimeries**
à Saint-Amand-Montrond (Cher),
pour le compte des Éditions Albin Michel.

Achevé d'imprimer en avril 2002.
N° d'édition : 20542. N° d'impression : 021808/4.
Dépôt légal : mai 2002.